Ralf Kurz

Tödlicher Triumph

Ralf Kurz

Den geborenen Pfälzer, Jahrgang 1961, verschlug es nach dem Abitur nach Freiburg, wo es ihm so gut gefiel, dass er die Stadt zu seiner Wahlheimat erkor. Er erlernte den Kaufmannsberuf, spielte jedoch nebenbei viele Jahre als Gitarrist und Bassist in Rock- und Bluesbands, bevor er mit dem Schreiben begann.
Seine ersten beiden Romane „Sdaiv – die Entführung der Fußball-Nationalmannschaft" (Krimi, 2005) und „Die Ziege im Anzug" (Liebeskomödie, 2008) sowie einige Kurzgeschichten in verschiedenen Anthologien veröffentlichte er unter seinem Pseudonym FREEMAN. Im Jahr 2008 erschien unter seinem eigenen Namen der große, historische Portraitroman „Der Diplomat" über den Staatsmann und Minister Johann Christian von Hofenfels (1744 – 1787). Mittlerweile ist Kurz zum Krimigenre zurückgekehrt.

Bereits im Wellhöfer Verlag erschienen:
Die Honigspur – Kommissar Bussards erster Fall
Im Schatten der Wahrheit – Kommissar Bussards zweiter Fall

Wellhöfer Verlag
Ulrich Wellhöfer
Weinbergstraße 26
68259 Mannheim
Tel. 0621/7188167
info@wellhoefer-verlag.de
www.wellhoefer-verlag.de

Titelgestaltung: Uwe Schnieders, Fa. Pixelhall, Mühlhausen
Satz: Creative Design, Lukas Fieber, Mannheim

Der Roman ist frei erfunden. Ähnlichkeiten mit wirklichen Personen oder tatsächlichen Ereignissen sind nicht beabsichtigt und somit rein zufällig.

ISBN 978-3-95428-140-4

Ralf Kurz

Tödlicher Triumph

Kriminalroman

(Bussards dritter Fall)

wellhöfer VERLAG

Für Uwe

Erst die Gefahr einer totalen Niederlage
erhebt den Sieg zum Triumph

Nichts deutete darauf hin, dass die Zeitspanne von zehn Sekunden das Leben von Achim Strahle auf eine Art verändern würde, die er sich in seinen schlimmsten Alpträumen nicht vorzustellen vermocht hätte. Mit laufendem Motor stand sein Mercedes vor der Hofeinfahrt seines Hauses und Strahle wartete darauf, dass der automatische Antrieb das zweiflügelige, schmiedeeiserne Tor öffnete. Geduldig beobachtete Strahle die gleichmäßige Bewegung, ohne an etwas Besonderes zu denken. Es war kurz vor zwanzig Uhr und er freute sich auf das Abendessen nach einem langen Arbeitstag. Eine schemenhafte Bewegung im Rückspiegel ließ ihn aufschauen, doch der schwarze Schatten war bereits verschwunden. Eine Sekunde später wurde die hintere Tür auf der Beifahrerseite aufgerissen. Eine Gestalt sprang in den Wagen und schlug die Tür zu. Überrascht und erschrocken wandte Strahle sich um. Das Gesicht der Gestalt war mit einer schwarzen Motorradmaske vermummt und als sie die Hand hob, starrte Strahle direkt in die Mündung eines Schalldämpfers.

„Rückwärtsgang einlegen und langsam losfahren!"

„Was? Wer sind Sie?", fragte Strahle verwirrt.

„Ich schieße dir die Nase aus dem Gesicht, wenn du nicht sofort losfährst!"

Die vermummte Gestalt sprach leise, aber bestimmt. Es war mehr ein Zischen als ein Flüstern, das Strahle ebenso sehr erschreckte wie die Waffe, die auf seinen Kopf gerichtet war. Der Schock ließ das Adrenalin durch seinen Körper strömen und er konnte das Hämmern seines eigenen Herzschlags in seinen Ohren spüren. Langsam und vorsichtig wandte er seinen Blick von der Gestalt auf dem Rücksitz ab, legte den Rückwärtsgang ein und drehte sich wieder um. Seine Knie zitterten, während er den Fuß von der Bremse nahm. Der Mercedes setzte sich in Bewegung und bog rückwärts in die Straße ein. Strahle bremste abrupt, obwohl er das nicht beabsichtigt hatte und das Fahrzeug kam ruckartig zum Stehen.

„Vorwärtsgang einlegen und losfahren!"

Strahle nickte und gehorchte. Er wandte seinen Blick wieder nach vorn, betätigte den Automatikhebel und fuhr los. Die längsten vierundzwanzig Stunden seines Lebens hatten begonnen.

1

Auf dem hölzernen Parkettboden klackten die Absätze seiner Stiefel viel zu laut. Das Geräusch wurde von den nackten Wänden zurückgeworfen und verhallte nur langsam. Missmutig sah Bussard sich um. Seine eigene Wohnung gefiel ihm nicht, obwohl er sie erst kurz zuvor komplett neu eingerichtet hatte. Nichts erinnerte ihn an ihn selbst und er fühlte sich, als habe man ihn in ein anderes Leben versetzt. An den Wänden hingen keine Bilder, keine vertrauten Stimmen drangen an sein Ohr und auf dem Fußboden lag kein Teppich. Seufzend ließ er sich auf einen der Stühle nieder, die er in einem schwedischen Möbelhaus gekauft hatte. Er stützte die Ellenbogen auf den Tisch und ließ sein Kinn in seine Handflächen sinken. Der Anblick und der Geruch der Wohnung fühlten sich falsch an, fremd und ungewollt, doch Bussard hatte keine Alternative. Er hob den Kopf und schlug mit der flachen Hand knallend auf den Tisch.

„Scheiße!“, fluchte er.

Ein Monat war seit seinem Umzug vergangen, vier Wochen, die er am liebsten aus seinem Gedächtnis gestrichen hätte. Er mochte diese Wohnung nicht, die mehr war als seine neue Behausung. Sie war ein stummes Zeugnis seines Scheiterns, kein Neuanfang, sondern das Ende des Lebens, das er bisher geführt hatte. Bussard wollte sich nicht auf die neue Situation einstellen und wusste nicht, womit er diese plötzliche Freiheit ausfüllen sollte, nach der es ihn nie verlangt hatte. Er hatte alle Möglichkeiten, aber er hatte keine Idee.

Das Gitarrenintro von *Hells Bells* holte Bussard aus seinen trübsinnigen Gedanken. Er nahm sein Handy und das Display zeigte Sasha Wegner als Anrufer an.

„Was gibt´s?", fragte Bussard.

„Wir haben hier eine Vermisstenmeldung", antwortete Wegner.

„Und warum rufst du mich deshalb an?"

„Der Vermisste ist Achim Strahle."

„Der Leitende Oberstaatsanwalt?", fragte Bussard und hob überrascht die Augenbrauen.

„Ja", antwortete Wegner, „seit gestern Abend ist er spurlos verschwunden. Seine Frau hat ihn als vermisst gemeldet. Sie ist gerade bei Neudörfer und der Chef will, dass du sofort ins Präsidium kommst. Hier brennt der Baum, Alarmstufe Rot!"

Bussard sah auf seine Armbanduhr. Es war Viertel vor neun und eigentlich war es nicht seine Art, zu spät zum Dienst zu erscheinen, doch seit er die neue Wohnung bezogen hatte, mangelte es ihm am nötigen Antrieb. Er wollte weder im Präsidium sein noch zu Hause, doch dort, wo er sein wollte, konnte er nicht hin.

„Sag Neudörfer Bescheid", antwortete er, „ich bin unterwegs."

Er beendete das Gespräch und stand auf. Vielleicht gab es Grund zur Panik, weil Achim Strahle verschwunden war, vielleicht aber auch nicht. Viele Vermisste tauchten nach kurzer Zeit wieder auf, ohne dass ein Verbrechen verübt worden war. Strahle jedoch war Leitender Oberstaatsanwalt und deshalb war es auch kein Wunder, dass überall die Alarmglocken schrillten. Die Suche nach einer vermissten Person gehörte nicht zu den Aufgaben des Kriminalhauptkommissars, der die Ermittlungsgruppe Gewaltverbrechen bei der Freiburger Kripo leitete, doch er ahnte schon, dass der Fall oberste Priorität genießen würde. Alles andere würde warten müssen, bis der Leiter der Staatsanwaltschaft wieder aufgetaucht war, und nach ihm zu fahnden war allemal besser als sich in dieser beschissenen Wohnung dem Selbstmitleid zu ergeben. Bussard nahm seinen Schlüsselbund und ging zur Tür, während seine klackenden Absätze auf dem Parkettboden wie das viel zu laute Ticken seiner Lebensuhr klangen. Er nahm seine Lederjacke von der Garderobe, schlüpfte hinein, verließ seine ungeliebte Wohnung und zog die Tür hinter sich ins Schloss.

„Stell den Bass zur Seite, den laden wir als Letztes ein“, sagte jemand, als Bussard ins Treppenhaus trat und unvermittelt vor einem großen, schwarzen Kontrabasskoffer stand.

Zwei junge Männer waren gerade damit beschäftigt, diverse Regalteile aus der Wohnung, die der seinen gegenüberlag, zu tragen, während ein dritter an der Wand lehnte und den Koffer im Arm hielt. Offensichtlich zog sein Nachbar, dem Bussard drei oder vier Mal im Treppenhaus begegnet war, aus. Der Kontrabasskoffer versperrte Bussard den Weg und der Kommissar wartete, bis einer der Helfer das Ungetüm in einer Nische im Treppenhaus abgestellt hatte.

„Ein ziemlich trockener Umzug“, rief der Mann in die offene Wohnung, aus der postwendend die Antwort kam.

„Wenn wir in Kerry sind, kannst du dich in Guinness ertränken!“

„Bis dahin bin ich längst verdurstet“, maulte der Umzugshelfer, der sich mit dem Ärmel den Schweiß von der Stirn wischte.

Bussard ging an ihm vorbei, nickte ihm kurz zu und lief die Treppe hinunter. Als er den großen Möbelwagen passierte, der vor dem Haus stand, kam ihm der kuriose Gedanke, sich zwischen den Möbeln zu verstecken. Er hätte einfach alles stehen und liegen lassen können, um in Irland ein neues Leben zu beginnen, doch er wusste auch, dass er einen solchen Schritt niemals ohne Miriam und Tabea tun würde. Vor dem Möbelwagen parkte sein VW Passat. Bussard verscheuchte den verlockenden Gedanken an die grüne Insel, stieg in seinen Wagen und fuhr los.

*

„Morgen, Bussard“, sagte Susanne Bauer, die EDV-Spezialistin der Abteilung, als Bussard aus dem Aufzug trat, „wir haben schon auf dich gewartet. Neudörfer und die Kollegen sind im Besprechungsraum. Du kannst mich gleich begleiten.“

„Morgen, Susanne“, erwiderte Bussard und nickte.

Er folgte seiner gutaussehenden Kollegin, die wie immer ihr Notebook unter dem Arm trug. Der Geruch ihres Parfüms stieg ihm in die Nase und wieder einmal bewunderte er ihre langen, schlanken Beine. Auch Helens Beine hatte er stets gemocht, doch das war eine andere Geschichte. Susanne öffnete die Tür zum Besprechungszimmer, ließ Bussard eintreten und folgte ihm.

„Morgen", murmelte der Kommissar und nickte den Anwesenden zu.

Neben Polizeirat Neudörfer, dem Chef der Abteilung, hatten sich Bussards Kollege Sasha Wegner und Oberstaatsanwalt Georg Schmieder sowie eine Frau, die nicht zur Kripo gehörte, zu der Besprechung eingefunden. Bussard suchte sich einen freien Stuhl und setzte sich.

„Da wir nun vollzählig sind, können wir beginnen", sagte Neudörfer und warf Bussard einen missbilligenden Blick zu. „Das ist Frau Strahle, die Ehefrau unseres Leitenden Oberstaatsanwalts. Herr Strahle wird seit gestern Abend vermisst und wir müssen der Sache nachgehen."

Bussard kannte die Frau flüchtig, die neben Neudörfer auf einem Stuhl saß und ein zusammengeknülltes Taschentuch in der Hand hielt. Sie war Anfang sechzig, gut gekleidet und perfekt frisiert, doch ein Blick in ihr Gesicht genügte, um zu wissen, dass sie sich große Sorgen machte. Ihre Augen waren gerötet und trotz ihrer Solariumbräune wirkte sie blass.

„Wir wissen noch nicht, ob Herr Strahle entführt wurde oder einem Verbrechen zum Opfer gefallen ist", fuhr Neudörfer fort. „Doch aufgrund der Position, die er bekleidet, gehen wir davon aus, dass er weder heimlich noch freiwillig verschwunden ist."

„Könnte es nicht einen ganz harmlosen Grund für sein Verschwinden geben?", fragte Bussard.

„Nein, sicher nicht", erwiderte Oberstaatsanwalt Schmieder und schüttelte den Kopf.

„Aber vielleicht hat er die Nacht in einem anderen Bett verbracht“, mutmaßte der Kommissar.

Frau Strahle hob den Kopf und bedachte Bussard mit einem vernichtenden Blick.

„Das ist völlig ausgeschlossen“, erwiderte sie eisig.

Bussard zuckte mit den Achseln. Dass ein Ehegatte in einem fremden Bett übernachtete, war alles andere als völlig ausgeschlossen. Auch er hatte vor nicht allzu langer Zeit diese Erfahrung machen müssen, die ihn wie ein Blitz aus heiterem Himmel getroffen hatte.

„Sein letzter bekannter Aufenthaltsort ist die Staatsanwaltschaft, die er gestern Abend gegen 19:30 Uhr verließ“, berichtete Neudörfer und schob das delikate Thema damit zur Seite, „wir nehmen an, dass er nach Hause fahren wollte und vermutlich auch dort angekommen ist. Allerdings hat er sein Haus nicht betreten.“

„Wie kommen Sie zu dieser Annahme?“, fragte Bussard.

„Das Hoftor stand offen“, antwortete Frau Strahle. „Achim muss es mit seinem Funksender geöffnet haben, doch er ist nicht in den Hof gefahren. Um sieben Uhr war es noch geschlossen, aber als ich gegen halb neun aus dem Fenster sah, stand es sperrangelweit offen. Von ihm oder seinem Wagen war jedoch nichts zu sehen. Ich habe versucht, ihn auf seinem Handy zu erreichen, doch es meldet sich immer nur die Mailbox.“

Bussard dachte daran, dass damit die Möglichkeit einer anderen Frau noch nicht aus der Welt geschafft war, doch er wollte nicht unnötig Öl ins Feuer gießen.

„Der Leitende Oberstaatsanwalt ist sich seiner Verantwortung sehr wohl bewusst", erklärte Schmieder, „er weiß durchaus, welche Reaktionen ein ungeklärtes Verschwinden seinerseits zur Folge haben würde. Amt und Person lassen sich in seiner Position nicht voneinander trennen. Ich bin felsenfest davon überzeugt, dass er sich bei Karin gemeldet hätte, wenn er vorgehabt hätte, die Nacht außer Haus zu verbringen."

Er wandte den Kopf und sah Bussard von der Seite an. Allem Anschein nach wollte Schmieder nicht daran glauben, dass Strahle eine Geliebte haben könnte.

„Strahle will doch demnächst in Pension gehen, oder?", fragte der Kommissar.

„Was hat das damit zu tun?", erwiderte der Oberstaatsanwalt.

Bussard lehnte sich zurück, schlug die Beine übereinander und verschränkte die Hände hinter dem Kopf.

„Der Übergang vom Berufs- zum Privatleben ist für manche Männer nicht ganz einfach", erklärte er, „und manchmal neigen sie dazu, Dummheiten zu machen."

„Was für Dummheiten?"

„Aus Angst, an Bedeutung zu verlieren, schlagen manche über die Stränge."

„Wenn Sie damit andeuten wollen ...", begann Schmieder, doch Bussard schnitt ihm das Wort ab.

„Ich will überhaupt nichts andeuten, aber ich will von vornherein auch nichts ausschließen. Vielleicht hat Strahle einen Anruf gekriegt und ist kurzfristig zu einem Freund gefahren, wo er das eine oder andere Glas zu viel getrunken hat. Dabei hat er ganz einfach vergessen, seine Frau anzurufen. So etwas kommt vor."

„Reden Sie keinen Unsinn, Herr Bussard", blaffte Schmieder. „Ich kenne Achim Strahle schon mein halbes Leben. Er ist ein Mann ohne Fehl und Tadel und ich halte es für absolut ausgeschlossen, dass er eine, wie Sie es nennen, Dummheit gemacht hat. Als Leitender Oberstaatsanwalt ist er eine Person des öffentlichen Interesses und das würde er niemals außer Acht lassen. Ich bin davon überzeugt, dass ein Verbrechen der Grund für sein Verschwinden ist."

Bussard ließ die Hände sinken, verschränkte die Arme vor der Brust und nickte. Er kannte Strahle, der nicht dafür bekannt war, ein Schürzenjäger zu sein.

„Ich stimme Herrn Schmieder zu", erklärte Neudörfer. „Wir alle kennen Herrn Strahle als korrekten und zuverlässigen Mann. Selbst wenn er, was ich mir überhaupt nicht vorstellen kann, die Nacht mit einer anderen Frau verbracht hätte, dann hätte er sich zumindest eine plausible Ausrede einfallen lassen. Er weiß ganz genau, welche Mechanismen in Gang gesetzt werden, wenn ein Leitender Oberstaatsanwalt spurlos verschwindet."

Er unterbrach sich und sah alle Anwesenden nacheinander an. Jeder teilte seine Einschätzung und selbst Bussard musste zugeben, dass ein unfreiwilliges Verschwinden sehr viel wahrscheinlicher war als ein freiwilliges.

„Gehen wir von einer Entführung aus?", fragte der Kommissar und Neudörfer nickte bedächtig.

„Solange wir keine anderen Informationen haben, müssen wir wohl mit einer Entführung rechnen“, bestätigte der Polizeirat. „Sprechen Sie mit Smirna. Er soll sich um die Handyortung kümmern und schreiben Sie Strahles Wagen zur Fahndung aus.“

Bussard nickte und wollte sich erheben, doch Neudörfer gebot ihm mit einer Handbewegung zu warten.

„Offiziell behandeln wir Achim Strahle für den Augenblick lediglich als vermisste Person“, fuhr der Polizeirat fort. „Halten Sie den Ball flach, Bussard, und wirbeln Sie keinen Staub auf. Solange wir nicht wissen, wer oder was hinter der Sache steckt, sollten wir dafür sorgen, dass nichts nach außen dringt. Wenn die Medien erst einmal Wind von der Sache kriegen …“

Neudörfer sprach nicht weiter, doch alle Anwesenden wussten, was er damit andeuten wollte. Schmieders Handy läutete und der Oberstaatsanwalt zog sein Telefon aus seiner Jacke. Er meldete sich und lauschte einen Augenblick, dann zog er plötzlich überrascht die Augenbrauen nach oben.

„Wer spricht da?“, fragte er und betätigte die Taste für den Lautsprecher.

Er hielt sein Handy hoch, damit alle die Stimme des Anrufers hören konnten. Sie klang nicht menschlich, sondern war elektronisch verzerrt.

„Das Spiel hat begonnen. Schicken Sie Ihren besten Mann aufs Feld!“

Die Verbindung brach ab und einen Augenblick lang regte sich niemand im Raum. Schließlich brach Schmieder das Schweigen.

„Er sagte, er habe sich Achim Strahle geholt. Den Rest haben Sie selbst gehört."

*

Der ominöse Anruf hatte Neudörfers Ansinnen, den Ball flach zu halten, ad absurdum geführt. Jeder verfügbare Beamte der Freiburger Polizei wurde dienstverpflichtet. Neudörfer gründete eine dreißigköpfige SOKO, deren Leitung er selbst übernahm. Die Beamten im Außeneinsatz fahndeten nach Strahles Mercedes, während die Kollegen vom Innendienst sich alle Fälle vornahmen, in denen Strahle als Anklagevertreter fungiert hatte. Aufgrund des Anrufs gingen Bussard, Neudörfer und Schmieder davon aus, dass es sich um eine persönlich motivierte Tat handelte. Man suchte deshalb nach Straftätern, die innerhalb des vergangenen Jahres entlassen worden waren und die Grund gehabt hätten, sich an Strahle zu rächen. Innerhalb von zwei Stunden wurden vier potentiell Verdächtige ermittelt und zur Fahndung ausgeschrieben. Gegen elf Uhr wurden bereits zwei der Verdächtigen, die beide in Freiburg lebten, zum Verhör vorgeführt. Beide konnten Alibis vorweisen, die innerhalb einer Stunde von Zeugen bestätigt wurden. Trotzdem behielt man die beiden vorübergehend in Gewahrsam, um auch die Zeugen einer Überprüfung zu unterziehen und um Gefälligkeitsaussagen definitiv ausschließen zu können. Der dritte Verdächtige wohnte seit mehreren Monaten an der schwäbisch-bayrischen Grenze. Ein Augsburger Kollege meldete sich kurz vor halb zwölf und informierte die Freiburger Beamten, dass man den potentiell Verdächtigen im dortigen Krankenhaus aufgespürt habe, wo er seit einem Verkehrsunfall eine Woche zuvor stationär behandelt wurde. Ein doppelter Schien- und Wadenbeinbruch, schwere Prellungen des Beckenknochens, eine Fraktur des Jochbeins und eine schwere Gehirnerschütterung machten sein Alibi wasserdicht. Nur vom vierten Verdächtigen, einem 35-jährigen Mann, fehlte jede Spur.

„Sein Name ist Oliver Hafner", berichtete Wegner und deutete auf das Foto auf dem Monitor seines PCs. „Ich habe mir seine Akte bereits angesehen."

„Was wissen wir über ihn?", fragte Bussard.

„Hafner wurde im Jahr 2005 wegen gefährlicher Körperverletzung und schweren Raubes zu acht Jahren Freiheitsstrafe verurteilt", berichtete Wegner, „Strahle hat damals die Anklage selbst vertreten. Es war ein Indizienprozess, denn der Augenzeuge, der die Tat angeblich beobachtet hatte, hat später seine Aussage widerrufen. Strahle war davon überzeugt gewesen, dass der Zeuge von einem Helfershelfer Hafners unter Druck gesetzt worden war. Hafner selbst hat die Tat immer bestritten, konnte aber für die Tatzeit kein Alibi vorweisen."

„Weißt du mehr über den Raub?"

„Das Opfer war ein Einzelhändler, der am Abend die Tageseinnahmen, etwa 2.500 Euro, zur Bank bringen wollte. Nach Aussage des Händlers hat ein maskierter Mann versucht, ihm die Tasche mit dem Geld zu entreißen. Als er sich wehrte, hat der Täter mit einem Schlagring auf ihn eingeschlagen. Der Mann erlitt schwere Verletzungen im Gesicht. Ein Zeuge, der die Tat beobachtet hat, beschrieb den Täter und dessen auffällige Jacke, die später bei Hafner gefunden wurde. Außerdem fand man bei ihm den Schlagring mit Blutspuren des Opfers. Hafner jedoch behauptete, man habe ihm den Schlagring untergeschoben. Obwohl der Zeuge seine Aussage später widerrief, wurde Hafner aufgrund der Indizien schuldig gesprochen. Da er bereits zwei Vorstrafen wegen Körperverletzung hatte, verurteilte ihn das Gericht zu acht Jahren Freiheitsentzug. Hafner hat die gesamte Strafe abgesessen und wurde vor vier Wochen aus der JVA Freiburg entlassen. Er hat sich nach seiner Entlassung jedoch nicht behördlich gemeldet und wir haben keine aktuelle Adresse von ihm."

„Okay, Sasha", erwiderte Bussard und klopfte seinem Kollegen auf die Schulter, „schick einen Kollegen zur JVA. Ich will wissen, ob Hafner von jemandem abgeholt wurde."

„Alles klar."

Bussards Handy meldete den Eingang einer SMS. Er rief die Nachricht auf, die ihn in den Besprechungsraum rief. Zwei Minuten später fand er sich mit den anderen Kollegen der SOKO dort ein. Es gab weniger Stühle als Anwesende und Bussard suchte sich einen Platz am Fenster. Jemand hatte die Jalousien heruntergelassen und den Raum abgedunkelt. Alle warteten gespannt, was Neudörfer ihnen zu sagen hatte.

„Es gibt eine heiße Spur", begann der Polizeirat, der von einem Beamer angestrahlt wurde und einen scharf umrissenen schwarzen Schatten auf die weiße Leinwand hinter ihm warf. „Frau Bauer, bitte."

Er trat zur Seite und Susanne, auf deren Schreibtisch ein aufgeklapptes Notebook lag, stand auf.

„Ich habe Strahles Kreditkarten überprüft und herausgefunden, dass seine EC-Karte letzte Nacht zweimal benutzt wurde", berichtete sie, „um 23:58 Uhr und um 00:01 Uhr wurden jeweils zweitausend Euro von einem Geldautomaten in Freiburg-Ebnet abgehoben. Die Aufnahmen der Überwachungskamera liegen uns bereits vor."

Sie betätigte zwei Tasten ihres Notebooks und auf der Leinwand tauchte das Bild eines Geldautomaten auf. Von der rechten Seite kam eine Person ins Bild, deren Gesicht man nicht erkennen konnte. Sie war ganz in Schwarz gekleidet und trug eine Jacke, deren Kapuze sie tief ins Gesicht gezogen hatte. Der Körperbau und die Bewegungen der Person deuteten darauf hin, dass es sich um einen Mann handelte. Seine schlanke Gestalt verriet, dass es sich eindeutig nicht um Achim Strahle handelte, der ebenso wie Schmieder im Laufe der Jahre immer weiter an Gewicht zugelegt hatte. Der Unbekannte stellte sich vor den Geldautomaten und zog etwas aus seiner Jacke, das vermutlich Strahles EC-Karte war. Obwohl die Überwachungskamera ungünstig postiert war und nur die Rückansicht des Mannes von schräg oben zeigte, war es offensichtlich, was der Unbekannte tat. Die digitale Zeitanzeige in der unteren rechten Ecke des Bildes stand bei 23:57 Uhr, als der Mann die Karte in den Automaten steckte. Er verdeckte das Tastenfeld mit seinem Körper und so konnten die Beamten nicht sehen, was er eingab. Kurz darauf zog er die Karte heraus, entnahm die Geldscheine und stopfte sie in seine vordere, rechte Hosentasche, dann stand er eine Weile reglos vor dem Automaten. Als die

Zeitanzeige 00:00 Uhr übersprungen hatte und das Datum des neuen Tages angezeigt wurde, steckte er die EC-Karte erneut in den Automaten. Nach wenigen Augenblicken zog er sie wieder heraus, entnahm die Geldscheine und stopfte sie abermals in seine Hosentasche, dann hob er plötzlich den linken Arm und formte mit Zeige- und Mittelfinger das V-Zeichen, ohne sich dabei umzudrehen. Er verharrte zwei, drei Sekunden, dann wandte er sich nach rechts und verschwand aus dem Bild. Die Zeitanzeige stand bei 00:03 Uhr. Susanne tippte auf eine Taste ihres Notebooks und das Bild des nun verwaisten Geldautomaten verschwand. Bertold Smirna, der Leiter der Kriminaltechnik, der neben der Tür stand, betätigte den Lichtschalter und die Leuchtstoffröhren an der Decke flammten auf.

„Der Dreckskerl verhöhnt uns“, sagte jemand und Neudörfer nickte.

„Richtig“, erklärte der Polizeirat, „und damit hat er schon seinen ersten Fehler gemacht. Wir werden das Video analysieren und ich bin sicher, dass uns Kollege Smirna einiges über den Täter erzählen wird.“

„Geben Sie uns eine Stunde“, bat der Kriminaltechniker und nickte der EDV-Spezialistin zu. „Hast du eine Kopie für mich?“

„Ist bereits als Mail auf deinem Rechner“, antwortete sie.

„Wir melden uns, sobald wir erste Ergebnisse haben“, erklärte Smirna.

„Okay. Schicken Sie Mallmann mit einem Team nach Ebnet“, wies Neudörfer den Kriminaltechniker an, „vielleicht haben wir Glück und finden verwertbare Spuren, vielleicht sogar einen Fingerabdruck des Täters."

„Mallmann ist bereits unterwegs", erklärte Smirna. „Ich schätze, dass er schon vor Ort ist."

Er nickte den Anwesenden zu und verließ den Besprechungsraum.

„Der Täter hat viertausend Euro erbeutet, aber er hat Strahle nicht gehen lassen", erklärte Neudörfer und sah auf seine Armbanduhr. „Das ist kein gutes Zeichen. Trotzdem hoffe ich, dass wir Achim Strahle lebend und unversehrt finden werden."

„Vielleicht liegt Strahle irgendwo gefesselt in seinem Wagen und wartet darauf, dass er gefunden wird", spekulierte Susanne. „Schließlich hat der Täter bekommen, was er wollte."

Bussard teilte den Optimismus seiner Kollegin nicht und schüttelte langsam den Kopf.

„Ich glaube nicht, dass wir Strahle irgendwo zufällig finden werden. Der Entführer hat Schmieder angerufen und erklärt, dass das Spiel eröffnet sei. Er weiß nicht nur, dass er von der Überwachungskamera aufgenommen wird, er nutzt sie sogar für eine Botschaft. Das beweist das Victory-Zeichen. Er will uns damit zeigen, dass er überlegen ist. Sein Spiel, was auch immer das sein mag, hat gerade erst begonnen und ich bin sicher, dass es noch längst nicht zu Ende ist."

„Und was, glauben Sie, beabsichtigt er damit?", fragte Neudörfer.

„Keine Ahnung", erwiderte Bussard, „aber ich denke, dass Strahle kein zufälliges Opfer war. Kein Junkie oder Kleinkrimineller ruft den Staatsanwalt an, wenn er schnell ein paar tausend Euro abzocken will. Der Täter hat mit seinem Anruf selbst auf sich aufmerksam gemacht und ich bin sicher, dass Strahle gezielt ausgewählt wurde. Wir sollten uns darauf einstellen, dass diese Geschichte noch ziemlich hässlich werden könnte."

*

Die Märzsonne schien schon ziemlich kräftig. Nach einem langen und schneereichen Winter hatten die Temperaturen pünktlich zum Frühlingsanfang endlich die Zwanzig-Grad-Marke übersprungen und die Wettervorhersage versprach ein anhaltendes Hoch für die folgenden Tage. Bussard und Susanne standen im Hof des Präsidiums, wohin sie nach der Besprechung gegangen waren, um zu rauchen. Ein paar Minuten lang genossen sie schweigend die Sonnenstrahlen auf ihren Gesichtern, dann grinste Susanne ihren Kollegen plötzlich an.

„Vor einem Jahr haben wir beide hier unser Invalidentreffen abgehalten", erklärte sie, „erinnerst du dich?"

Bussard zog an seiner Selbstgedrehten und nickte. Natürlich erinnerte er sich daran. Nachdem sie gemeinsam einen Fall abgeschlossen und den Täter überführt hatten, waren sie, sich gegenseitig stützend, die wenigen Stufen zum Hof hinuntergehumpelt und hatten frierend zwei Zigaretten geraucht. Es war verflucht kalt gewesen und eigentlich hätte keiner von beiden arbeiten sollen, doch beide hatten unbedingt einen Mann dingfest machen wollen, der sich an jungen Mädchen vergangen hatte. Im Laufe der nervenaufreibenden Ermittlungen hatten sie einen Abend lang in einem griechischen Restaurant gesessen und mehr getrunken als ihnen beiden gut getan hatte. Bussard hatte Susanne nach Hause gebracht, wo sie auf der Treppe vor ihrem Haus torkelnd umgeknickt war. Sie hatte sich dabei die Bänder im Fuß verletzt und anschließend zwei Wochen lang an Krücken gehen müssen. Kurz nach ihrem Missgeschick hatte Bussard bei der Verfolgung einer Verdächtigen selbst einen Unfall erlitten. Auf einem abschüssigen Waldweg im Schwarzwald hatte er versucht, auf Skiern einen Porsche Cayenne zu überholen. Er hatte es fast geschafft, doch er war zu schnell gewesen und hatte sich bei dem unvermeidlichen Sturz eine Gehirnerschütterung zugezogen, einen Schlüsselbeinbruch und einen Kreuzbandriss im linken Knie. Nach einem zweiwöchigen Krankenhausaufenthalt war er für kurze Zeit wieder an seinen Schreibtisch zurückgekehrt, weil er zusammen mit der damals immer noch humpelnden EDV-Spezialistin den Täter unbedingt selbst hatte überführen wollen. Das Invalidenteam hatte dem Vergewaltiger dessen Taten zweifelsfrei nachgewiesen und er war später zu einer Haftstrafe verurteilt worden. Bussard hatte danach eine vierwöchige Auszeit genommen, um seine Verletzungen auszukurieren. Einen Monat lang hatte er seine Tage mit Helen, Miriam und Tabea verbracht. Trotz seines malträtierten Körpers hatte er die Zeit sehr genossen, doch dieses Kapitel seines Lebens gehörte der Vergangenheit an.

„Wir haben ausgesehen wie Bruce Willis und Uma Thurman nach dem Showdown“, bemerkte er, warf seine Kippe auf den Boden und trat sie aus.

„Stimmt", bestätigte Susanne und trat ihre Kippe ebenfalls aus, „obwohl du noch wesentlich mehr Haare hast."

Bussard lehnte sich gegen das Treppengeländer und blickte in den wolkenlosen Frühlingshimmel. Es waren noch zwei Wochen bis Ostern, doch er hatte noch keine Ahnung, wie er die Feiertage verbringen würde.

„Woran denkst du?", fragte Susanne, der nicht entgangen war, dass ihr Kollege schon seit Wochen kaum noch lächelte. „Du wirkst in letzter Zeit manchmal ziemlich abwesend."

„Ich frage mich, was der Täter mit Strahle vorhat", antwortete Bussard ausweichend.

Die EDV-Spezialistin betrachtete den Kommissar einen Augenblick lang nachdenklich. Bussard hatte ihre eigentliche Frage nicht beantwortet, doch wenn er nicht über sein Problem sprechen wollte, dann wollte sie ihn auch nicht dazu drängen.

„Glaubst du, dass er ihn gefangen hält?", fragte sie stattdessen.

„Ja, ich denke schon", erwiderte Bussard. „Der Täter will etwas von uns."

„Und was will er?"

„Zunächst einmal Aufmerksamkeit. Er hat sich quasi zweimal bei uns gemeldet. Mit der Entführung des Leitenden Oberstaatsanwalts ist ihm unsere Aufmerksamkeit sicher. Er weiß jetzt, dass wir ihm zuhören werden, wenn er seine Forderungen stellt."

Bussards Handy läutete und er nahm sein Telefon aus seiner Jacke. Im Display stand der Name „Smirna".

„Bertold, was gibt's?", fragte der Kommissar.

Er hörte eine Weile zu, dann bedankte er sich und steckte sein Handy wieder ein.

„Mallmann und sein Team haben den Geldautomaten untersucht", berichtete er. „Auf dem Tastenfeld haben sie Fingerabdrücke von mehreren Personen sichergestellt. Einer dieser Abdrücke konnte bereits jemandem zugeordnet werden."

„Jemanden, den wir kennen?"

„Ja, Mallmann hat einen Fingerabdruck von Oliver Hafner auf dem Tastenfeld des Geldautomaten sichergestellt."

2

„Wir wissen also jetzt, mit wem wir es zu tun haben", stellte Neudörfer fest. „Kollege Wegner hat bereits einige Informationen über den Mann zusammengetragen."

Er nickte Wegner zu und der Angesprochene erhob sich von seinem Stuhl. Alle Augen waren auf ihn gerichtet, als er mit einem DIN-A4-Blatt, auf dem er sich einige handschriftliche Notizen gemacht hatte, nach vorn trat.

„Das ist Oliver Hafner", begann er und deutete mit der Hand auf die Leinwand, auf der von einem Beamer angestrahlt das Konterfei des Gesuchten leuchtete. „Hafner ist 35 Jahre alt, deutscher Staatsbürger und ledig. Das erste Ermittlungsverfahren gegen ihn wurde eröffnet, als er vierzehn Jahre alt war. Bei einer Personenkontrolle wurde eine geringe Menge Haschisch bei ihm sichergestellt und er wurde zu zwanzig Sozialstunden verurteilt. In den folgenden zehn Jahren gab es mehrere Ermittlungsverfahren gegen ihn, unter anderem wegen Drogenbesitz, Diebstahl und Körperverletzung. Im Jahr 2001 wurde er wegen Sachbeschädigung und Nötigung zu einer Bewährungsstrafe verurteilt. Zwei Jahre später erfolgte seine erste Inhaftierung in der JVA Freiburg, nachdem er wegen gefährlicher Körperverletzung zu zweieinhalb Jahren Haft verurteilt worden war. Bereits vier Wochen nach seiner Haftentlassung hat er sich wieder der Körperverletzung schuldig gemacht und wurde noch einmal zu zwei Jahren Haft verurteilt. Sechs Monate nach seiner Haftentlassung, im Jahr 2005, hat er im Zuge eines Raubüberfalls einen Einzelhändler schwer verletzt. Das Gericht verurteilte ihn zu einer Haftstrafe von acht Jahren. Der Anklagevertreter in diesem Prozess war der Leitende Oberstaatsanwalt Achim Strahle. Nach Verbüßung seiner Strafe wurde Hafner vor vier Wochen aus der JVA Freiburg entlassen. Dass Hafner als gewaltbereit eingestuft werden muss, versteht sich wohl von selbst. Bei den meisten seiner Vergehen wurde sein zwei Jahre älterer Bruder Michael ebenfalls angeklagt."

Wegner sah von seinen Notizen auf und nickte Susanne zu. Sie tippte auf eine Taste ihres Notebooks und ein neues Bild erschien auf der Leinwand.

„Michael Hafner", fuhr Wegner fort, „ist ebenfalls mehrfach vorbestraft. Zurzeit versuchen einige Kollegen, seinen Aufenthaltsort zu ermitteln, weil man ihn unter seiner Meldeadresse nicht angetroffen hat. Da die beiden Brüder früher mehrfach gemeinsam in Erscheinung getreten sind, ist es durchaus möglich, dass sie nun wieder gemeinsame Sache machen. Das lässt sich im Augenblick jedoch weder bestätigen noch widerlegen."

Er nickte Susanne noch einmal zu und Sekunden später erschien wieder das Foto von Oliver Hafner.

„Bei seinem letzten Prozess vor acht Jahren hat Oliver Hafner eine Beteiligung an dem Raubüberfall auf den Einzelhändler geleugnet", berichtete Wegner. „Trotzdem hat ihn das Gericht aufgrund der Beweislage schuldig gesprochen. Hafner hat noch im Gerichtssaal gedroht, sich rächen zu wollen. Möglicherweise hat er diesen Vorsatz jetzt in die Tat umgesetzt. Seit seiner Haftentlassung vor vier Wochen fehlt von ihm jede Spur. Er hat weder einen Wohnsitz angemeldet noch ist er auf andere Weise in Erscheinung getreten. Zwei Kollegen haben bereits mit den Vollzugsbeamten gesprochen, die zur Zeit von Hafners Haftentlassung Dienst hatten. Laut ihrer Aussage hat Hafner die JVA zu Fuß verlassen, das heißt, dass er von niemandem abgeholt wurde. Ob er sich danach mit seinem Bruder getroffen hat, wissen wir nicht."

Wegner beendete seinen Bericht und faltete sein Notizblatt zusammen.

„Wer hat bei dem Prozess vor acht Jahren den Vorsitz geführt?", fragte Bussard.

„Das war Richter Stefan Guth", antwortete Oberstaatsanwalt Schmieder, der ebenfalls an der Besprechung der SOKO teilnahm. „Warum fragen Sie?"

„Richter Guth ist doch nicht mehr in Freiburg tätig, oder?"

„Nein, er ist mittlerweile Richter am Oberlandesgericht Zweibrücken in Rheinland-Pfalz."

„Wir sollten die dortigen Kollegen verständigen", schlug Bussard vor und erntete dafür ein allgemeines Kopfnicken seiner Kollegen. „Gab es noch weitere Prozessbeteiligte, zum Beispiel Sachverständige oder Gutachter?"

„Ich habe bei dem Prozess gegen Hafner ausgesagt", antwortete Smirna. „Ich habe nachgewiesen, dass das Blut auf dem Schlagring, den man bei Hafner sichergestellt hat, vom Opfer stammte. Neben der Aussage des Opfers war der Schlagring damals das stärkste Indiz für Hafners Schuld."

„Dann solltest du heute Abend zwei Kollegen einladen, wenn du nach Hause gehst", schlug Bussard vor, doch Smirna schüttelte den Kopf.

„Ich kann schon ganz gut selbst auf mich aufpassen. Ich brauche keinen Babysitter."

„Nein, Herr Smirna", widersprach Neudörfer, „Kollege Bussard hat völlig recht. Wir werden Sie und Ihre Familie rund um die Uhr bewachen, solange Hafner noch nicht gefasst ist."

Smirna warf Bussard einen unschlüssigen Blick zu und der Kommissar erkannte, dass diese Maßnahme dem Leiter der Kriminaltechnik nicht unrecht war. Die beiden erwachsenen Kinder Smirnas wohnten zwar nicht mehr bei den Eltern, doch es war sicherlich richtig, seine Ehefrau nicht allein und schutzlos in ihrem kleinen Häuschen zu lassen. Niemand wusste, was Hafner vorhatte und schließlich war Vorsicht noch immer die Mutter der Porzellankiste.

„Herr Wegner, Sie setzen sich mit Zweibrücken in Verbindung und informieren die dortigen Kollegen“, wies Neudörfer den Beamten an. „Herr Sandmann, Sie koordinieren die Fahndung nach Hafner. Stellen Sie drei Teams zusammen und überprüfen Sie jeden, zu dem die Hafner-Brüder früher Kontakt hatten. Drehen Sie jeden Stein um und vernehmen Sie jeden, der den Namen Hafner auch nur buchstabieren kann. Wenn Sie mehr Leute benötigen, melden Sie sich. Herr Bernauer, Sie kümmern sich um alle einschlägigen Lokale. Schicken Sie jeweils vier Kollegen in jede Kneipe, jeden Spielsalon und jedes Bordell. Hafner hat letzte Nacht viertausend Euro erbeutet. Vielleicht steht ihm nach seinem langen Gefängnisaufenthalt der Sinn nach Unterhaltung. Herr Freytag, wie sieht es im Hause Strahle aus?“

„Zwei uniformierte Kollegen sind vor Ort“, antwortete der Beamte, der im Dezernat für Organisierte Kriminalität arbeitete, „außerdem ein Techniker, der das Telefon überwacht.“

„Gut, fahren Sie hin und bleiben Sie vor Ort“, fuhr Neudörfer fort, „falls Hafner sich bei Frau Strahle meldet, will ich einen erfahrenen Beamten in der Nähe haben. Frau Bauer, Sie durchforsten das Internet. Finden Sie heraus, ob Hafner eine E-Mail-Adresse hat. Sobald Sie seine Zugangsdaten haben, will ich seine E-Mails auf meinem Schreibtisch haben.“

„Sorry, Chef, aber das wird kaum …“

„Tun Sie es einfach, Frau Bauer! Denken Sie daran, dass das Leben von Achim Strahle auf dem Spiel steht!“

„Alles klar, Chef.“

„Herr Bussard, Sie nehmen sich ein paar Leute und durchsuchen die Wohnung von Michael

Hafner. Herr Schmieder wird sich in der Zwischenzeit um den richterlichen Beschluss kümmern."

Neudörfer wartete Schmieders Zustimmung nicht ab, sondern erteilte gleich die nächste Anweisung.

„Alle anderen unterstützen die Kollegen bei der Suche nach Strahle. Gehen Sie raus und laufen Sie sich die Absätze ab! Fragen Sie jeden Passanten, der Ihnen über die Füße läuft. Wir müssen Strahle aufspüren, solange noch Hoffnung besteht, dass er am Leben ist. Finden Sie ihn!"

*

In der Bugginger Straße im Stadtteil Weingarten war das Auftauchen der beiden Polizeifahrzeuge wie immer unwillkommen, aber ebenso alltäglich wie Gewaltverbrechen oder der Handel mit Rauschgift und Diebesgut. Bussard kannte die Gegend wie seine Westentasche. Bevor er die Leitung der Ermittlungsgruppe Gewaltverbrechen übernommen hatte, hatten ihn seine Einsätze als Ermittler im Drogendezernat nahezu wöchentlich in diese und in die benachbarten Straßen geführt. Der Stadtteil mit der höchsten Bevölkerungsdichte war berüchtigt, denn die Arbeitslosenquote lag ebenso weit über dem Durchschnitt wie die Kriminalitätsrate. Oft lebten in den heruntergekommenen Wohnungen der Hochhäuser vielköpfige Familien auf engstem Raum zusammen und auf den Straßen herrschte, vor allem, wenn es dunkel wurde, das Recht des Stärkeren.

Mehr als drei Dutzend Augenpaare beobachteten lauernd die Polizeibeamten, die ihre Einsatzfahrzeuge vor einem der Hochhäuser abgestellt hatten. Während Bussard mit einigen Kollegen im dunklen Flur des Hochhauses verschwand, bewachten zwei Uniformierte ihre Fahrzeuge. Sie repräsentierten das staatliche Gewaltmonopol, trugen Schutzwesten und waren bewaffnet, doch sie spürten die Feindseligkeit, die ihnen aus den Augen der Umstehenden entgegenschlug. Alle Facetten der darwinistischen Lebensweise, alle Revierkämpfe um Häuserblocks und Straßenzüge, Drogenkunden und paarungswillige Mädchen wurden schlagartig außer Kraft gesetzt, sobald die Staatsmacht anrückte. Die untereinander stets zerstrittenen und ständig kämpfenden Individuen und Kleingruppen rotteten sich instinktiv zusammen wie ein Schwarm, der von einem äußeren Feind bedroht wurde.

Die Wohnung von Michael Hafner lag im zweiten Obergeschoss. Bussard drückte auf den Klingelknopf neben der Tür, deren zahlreiche Beschädigungen wie Narben wirkten, die von einer gewaltreichen Vergangenheit berichteten. Als er Geräusche aus der Wohnung vernahm, blickte er schnell nach rechts und links und nickte seinen Kollegen zu. Alle Beamten erwarteten konzentriert das Öffnen der Tür, während ihre Hände auf den Griffen ihrer Dienstpistolen ruhten, um im Notfall schnellstmöglich ziehen zu können.

„Was wollt ihr denn schon wieder?“, fragte die junge Frau, nachdem sie die Tür geöffnet hatte.

Ihre Kaugummi kauenden Kiefer bewegten sich rhythmisch auf und ab, während sie die Beamten argwöhnisch betrachtete. Die junge Frau war mittelgroß, schlank und hatte lange, schwarze Haare mit pinkfarbenen Strähnen, die wie Fontänen von ihrem Kopf abstanden. Ihre verwaschene, knallenge Jeans und der giftgrüne Gürtel mit der auffälligen großen Schnalle endeten weit unterhalb des mit einem Piercing geschmückten Bauchnabels und das knappe, zitronengelbe T-Shirt begann erst auf der Höhe der unteren Rippen. Ihre Finger mit den langen, in grellem Pink lackierten Nägeln schmückten zahlreiche Ringe, um den Hals trug sie eine Kette mit einem Dollarzeichen als Anhänger und an ihren Ohren baumelten zwei tennisballgroße Kreolen. Der lilafarbene Lidschatten wurde vom Schwarz des reichlich aufgetragenen Kajals unterstrichen und die Lippen leuchteten in einem intensiven Kirschrot. Bussard schätzte, dass dieses farbenfrohe Gesamtkunstwerk noch keine zwanzig Jahre alt war.

„Wir haben einen Durchsuchungsbeschluss für diese Wohnung", erklärte er und zog das Dokument aus der Innentasche seiner Lederjacke.

„Micha ist nicht da", erwiderte sie.

„Und wer bist du?", fragte er.

Bussard kannte fast jeden im Stadtteil Weingarten, in dem die Anrede „Sie" so selten war wie ein schwarzes Schaf.

„Wer will das wissen?"

„Bussard, Kripo Freiburg. Bitte geh zur Seite."

„Micha ist nicht da", sagte sie noch einmal.

„Wir durchsuchen die Wohnung auch in seiner Abwesenheit", erklärte er, trat einen Schritt nach vorn und stellte seinen Fuß gegen die Tür. „Bitte geh zur Seite und lass uns hinein."

„Und wenn nicht?"

Bussard sah der jungen Frau in die Augen, die ihn ihrerseits immer noch herausfordernd anblickte.

„Ich habe dich zweimal gebeten, uns in die Wohnung zu lassen. Falls du Widerstand leistest, werden wir dich festnehmen. Wir nehmen dich mit aufs Revier und werden dich erkennungsdienstlich behandeln: Fotos, Fingerabdrücke, Speichelprobe, Untersuchung aller Körperöffnungen, das volle Programm. Wir werden dich in einer unserer Zellen einschließen, bis die Ermittlungen abgeschlossen sind und wir werden dir Blut abnehmen, um es auf Drogen zu untersuchen. Also?"

„Blut abnehmen?", fragte sie und betrachtete den Kommissar unbehaglich.

„Sicher", bestätigte Bussard.

„Scheiße!"

Sie trat zur Seite und gab die Tür frei. Bussard hatte dick aufgetragen und er unterdrückte ein Grinsen, weil die angedrohte Blutentnahme den Ausschlag gegeben hatte. Er war sicher, dass die junge Frau weniger Angst vor einem positiven Drogentest hatte als vor der Nadel, die man zu diesem Zweck in ihre Vene stechen würde. Der Kommissar nickte seinen Kollegen zu und die Beamten betraten die Wohnung. Aus einem der Räume drang ein leises Wimmern, das sich schnell zu einem Schreien steigerte. Die junge Frau drängte an Bussard vorbei. Sie öffnete eine der Türen, die vom Flur abzweigten und hinter der sich das Kinderzimmer verbarg, ging zu einem Kinderbett und hob den weinenden Säugling heraus.

„Ihr habt ihn aufgeweckt", maulte die junge Frau.

„Und du hast mir deinen Namen noch nicht genannt", erwiderte Bussard.

„Und?"
„Wir müssen deine Personalien überprüfen."
„Warum?"
„Damit wir wissen, ob du eine Verdächtige bist."
„Hä? Wieso das denn?"
Bussard atmete tief ein und langsam wieder aus. Die junge Mutter strapazierte seine Geduld, aber er wollte auch keine Konfrontation provozieren. Wenn er ruhig und besonnen vorging, hatte er am ehesten eine Chance, sie zum Reden zu bringen.
„Ist das dein Sohn?"
„Ja."
„Wie heißt er?"
„Daniel."
„Und wie heißt du?"
Sie zögerte einen Augenblick, doch dann gab sie nach.
„Melanie", antwortete sie, während sie ihren Sohn auf dem Arm hielt und beruhigend seinen Kopf streichelte. „Melanie Göritz."
„Ist Michael Hafner Daniels Vater?"
„Hm", brummte sie zustimmend.
„Und wo ist Micha?"
„Keine Ahnung."
„Wann hat er die Wohnung verlassen?"
„Weiß nicht, letzte Woche?"
„Wann hast du zum letzten Mal mit ihm telefoniert?"
„Keine Ahnung, vorgestern?"
Sie betonte ihre Aussagen als Fragen und schenkte Bussard gerade so viel Aufmerksamkeit wie nötig. Ihre anfängliche Widerspenstigkeit hatte sich in demonstratives Desinteresse verwandelt.

„Ruf ihn an“, verlangte der Kommissar.

„Zwecklos“, erwiderte sie, „er geht nicht ran, wenn er meine Nummer sieht.“

„Nimm mein Handy“, wies Bussard sie an, zog sein Telefon aus seiner Jacke und reichte es ihr.

Melanie Göritz nahm es an sich und ging mit Daniel auf dem Arm ins Wohnzimmer, wo die Beamten mit der Durchsuchung begonnen hatten.

„Wo ist mein Handy?“, fragte sie.

„Wir haben ein Handy sichergestellt“, antwortete einer der Kollegen und sah Bussard an.

„Wo ist es?“, fragte der Kommissar.

„Hier“, erwiderte der Kollege und nahm es aus einer Kiste.

„Das ist meins!“, erklärte die junge Frau und nahm es an sich.

Sie rief das digitale Telefonbuch auf, suchte nach der Nummer von Michael Hafner und legte das Gerät auf den Tisch. Dann nahm sie Bussards Handy und gab die Nummer ein. Es dauerte einige Sekunden, bis sie zu sprechen begann.

„Die Bullen sind hier. Sie stellen die ganze Wohnung auf den Kopf … keine Ahnung, was sie von dir wollen … nein, ich weiß auch nicht, was sie suchen …“

Der Kommissar nahm ihr das Handy aus der Hand und hielt es an sein Ohr.

„Bussard, Kripo Freiburg“, meldete er sich. „Wir müssen dringend mit Ihnen sprechen, Herr Hafner. Sagen Sie mir …“

Die Leitung war tot.

„Aufgelegt“, murmelte er und steckte sein Handy wieder ein.

Er wusste, dass es keinen Zweck haben würde, einen zweiten Versuch zu starten und wandte sich wieder an die Mutter von Michael Hafners Sohn.

„Kennst du Oliver Hafner, Michas Bruder?"

„Nee, der war doch die ganze Zeit im Knast", antwortete sie.

„Und jetzt?"

„Keine Ahnung."

„Hat Micha seinen Bruder getroffen, nachdem Oliver entlassen wurde?"

„Nee, hat er nicht. Micha hat die ganze Zeit davon erzählt, dass Oliver bald rauskommt. Er wollte sogar 'ne Party für ihn machen und er wollte ihn hier wohnen lassen, aber Oliver ist nicht aufgetaucht. Er hat sich nicht gemeldet und Micha war deshalb ziemlich sauer, wo er ihn doch immer im Knast besucht hat."

„Hat Micha nach Oliver gesucht?"

„Ja, hat er, aber er hat ihn nicht gefunden. Keiner weiß, wo Oliver abgeblieben ist, aber mir ist das egal. Ich will sowieso nicht, dass er hier bei uns wohnt. Vielleicht hat er sich ja selber 'ne Wohnung gesucht."

„Ja, vielleicht", erwiderte Bussard nachdenklich.

Melanie Göritz schien die Wahrheit zu sagen. Ihre Antworten kamen ihr leicht und ohne nachzudenken über die Lippen. Oliver Hafner hatte seinen Bruder nach seiner Haftentlassung nicht aufgesucht, aber da Michael Hafner seit Tagen verschwunden war, konnte es durchaus sein, dass sich die beiden Brüder in der Zwischenzeit getroffen hatten.

„Hast du eine Ahnung, wo sich Micha derzeit aufhält?"

Die junge Frau zuckte mit den Schultern und ihr Blick verdüsterte sich.

„Keine Ahnung", erwiderte sie und der herausfordernde Gesichtsausdruck kehrte zurück. „Vielleicht steckt er bei irgendeiner Bitch. Seit Daniel auf der Welt ist ..."

Sie brach ab und beendete den Satz nicht, sondern wandte sich um und drückte ihren Sohn an sich. Bussard spürte einen leisen Anflug von Traurigkeit, denn weder die Mutter, die selbst noch ein halbes Kind war, noch ihr Sohn hatten eine reelle Chance, ihre Lebensumstände nachhaltig zu verbessern. Daniel würde keine unbeschwerte Kindheit genießen können und es gab kein junges Familienglück. In der Gegend, in der Mutter und Sohn lebten, herrschte ein äußerst raues soziales Klima und gleichzeitig gab es in dem Stadtteil so etwas wie einen unsichtbaren Klebstoff, der jeden festhielt, der dort gestrandet war.

Bussard verabschiedete sich und überließ es den Kollegen, die Wohnungsdurchsuchung zu Ende zu bringen. Erst nachdem er das Gebäude verlassen hatte, rief er seinen Kollegen von der Kriminaltechnik an, denn er wollte vermeiden, dass Melanie Göritz das Gefühl bekam, den Vater ihres gemeinsamen Kindes ans Messer geliefert zu haben.

„Bertold, ich habe die Handynummer von Michael Hafner. Wenn du es orten kannst, können sich die Kollegen gleich auf den Weg machen."

*

Die Wohnungsdurchsuchung war nicht erfolgreich verlaufen und die Beamten hatten keinen Hinweis auf den Aufenthaltsort von Michael Hafners jüngerem Bruder gefunden. Man hatte zwar einen PC sichergestellt, auf dessen Festplatte jedoch kaum etwas anderes gespeichert war als Pornos und Computerspiele. Auch die Nachrichten der anderen an der Suche beteiligten Beamten waren ernüchternd. Oliver Hafner und Achim Strahle waren wie vom Erdboden verschwunden. Einen kleinen Erfolg konnten die Beamten jedoch verbuchen. Smirna hatte das Handy von Michael Hafner geortet und man hatte den älteren Bruder vorübergehend festgenommen. Der Vorwurf der Mittäterschaft war zwar fadenscheinig, doch nach Lage der Dinge heiligte der Zweck die Mittel. Michael Hafner wurde ins Präsidium gebracht, wo er von Oberstaatsanwalt Schmieder und den Beamten der SOKO bereits erwartet wurde.

Mit verschränkten Armen stand Bussard in dem Raum, der an den Vernehmungsraum grenzte und verfolgte mit einigen Kollegen die Befragung von Michael Hafner durch die einseitig verspiegelte Scheibe. Im Vernehmungsraum saßen Kriminalhauptkommissar Sandmann und Oberstaatsanwalt Schmieder dem Verdächtigen gegenüber. Zwei uniformierte Beamte sicherten die Tür. Hafners Hände waren auf dem Rücken gefesselt. Er hatte bei seiner vorübergehenden Festnahme heftigen Widerstand geleistet und man hatte ihm die Handschellen nicht abgenommen, weil man befürchtete, dass sich Hafner zu einem unkontrollierten Gewaltausbruch hinreißen lassen könnte. Er war ebenso wie sein Bruder schon mehrfach wegen Körperverletzung vorbestraft und ein Blick in sein Gesicht genügte, um zu wissen, dass er zu der Sorte Männer gehörte, für die physische Gewalt stets das probateste Mittel zur Lösung eines Konfliktes war.

„Wo ist Ihr Bruder Oliver?", fragte Sandmann.

„Leck mich am Arsch, Bulle", antwortete Hafner

„Wo ist Oliver?"

„Keine Ahnung."

„Wir sperren dich ein und lassen dich in einem dunklen Loch verrotten, wenn du uns nicht sagst, wo dein Bruder ist."

Hafner ließ sich von der Drohung nicht einschüchtern. Er lehnte seinen massigen Körper zurück und legte den rechten Fuß auf sein linkes Knie.

„Ihr könnt mir gar nix", erklärte er und verzog seine Schlägervisage zu einem breiten Grinsen, das zwei lückenhafte und schlecht gepflegte Zahnreihen offenbarte. „Was wollt ihr überhaupt von Oliver?"

„Wir wollen wissen, wo er sich aufhält", antwortete Schmieder. „Nennen Sie uns seinen Aufenthaltsort, dann können Sie wieder gehen."

„Wer bist ´n du überhaupt? Du bist doch kein Bulle, oder?"

„Ich bin Oberstaatsanwalt Schmieder und leite die Ermittlungen in diesem Fall."

„Oh, ´n echter Oberstaatsanwalt, alle Achtung. Was is ´n das für ´n Fall?"

„Wo ist dein Bruder?", rief Sandmann.

„Ich will erst wissen, was das für ´n Fall ist."

Schmieder und Sandmann tauschten einen Blick, dann antwortete der Oberstaatsanwalt: „Ihr Bruder steht im Verdacht, einen Mann entführt und beraubt zu haben."

„Tatsächlich?“, erwiderte Hafner und sein Grinsen wich einem anerkennenden Gesichtsausdruck. „Hätt′ ich Oliver gar nicht zugetraut. Früher hätt′ er dem Typ einfach eins aufs Maul gegeben und die Kohle abgegriffen. Hat anscheinend Karriere gemacht, der Kleine.“

„Sagen Sie uns, wo er sich aufhält!“, beharrte Schmieder.

„Ich hab keine Ahnung, Staatsanwalt. Als ich Oliver das letzte Mal gesehen hab, da saß er noch im Sternbau.“

Hafner spielte auf seinen Besuch in der Justizvollzugsanstalt Freiburg an, deren Gebäude aus der Vogelperspektive einen fünfstrahligen Stern ergaben, woraus sich der Spitzname für die JVA ableitete. Bussard, der die Vernehmung durch die Scheibe aus dem Nebenraum verfolgte, schüttelte den Kopf. Michael Hafner würde keinen Hinweis auf den Aufenthaltsort seines Bruders liefern, unabhängig davon, ob er überhaupt wusste, wo dieser sich aufhielt. Blut war dicker als Wasser und die Brüder hatten schon mehr als einmal bewiesen, dass sie zusammenhielten wie Pech und Schwefel.

„Dein Bruder wurde vor vier Wochen aus der JVA entlassen“, erklärte Sandmann und unternahm einen neuen Versuch, Hafner Informationen zu entlocken. „Wo wohnt er seither?“

„Ich hab keinen Schimmer“, antwortete Hafner. „Ich hab Oliver nicht gesehen, seit er entlassen wurde. Keine Ahnung, wo der Kleine sich rumtreibt.“

„Wohin wird seine Post geschickt?“

„Was weiß denn ich? Frag die Post!“

„Wer bezahlt seine Rechnungen?“

„Welche Rechnungen?"

Sandmann erhob sich von seinem Stuhl, stützte die Hände auf den Tisch und beugte sich drohend vor.

„Jetzt hör mir mal gut zu, du kleiner Scheißkerl", knurrte er. „Du kannst mir nicht erzählen, dass Oliver sich nicht bei dir gemeldet hat. Ihr zwei wart schon immer so unzertrennlich wie Dick und Doof. Nach seiner Haftentlassung brauchte dein Bruder eine Bleibe und es ist völlig klar, dass du der Erste warst, den er danach gefragt hat. Entweder sagst du uns jetzt, wo er sich versteckt oder ich sorge dafür, dass du seine Zelle im Sternbau beziehst."

„Du kannst mir überhaupt nix, Drecksbulle", erwiderte Hafner unbeeindruckt. „Ich hab nix verbrochen und ich hab keine Ahnung, wo Oliver ist. Und wenn ich es wüsste, wärst du der Letzte, dem ich es auf die Nase binden würde."

„Nichts verbrochen?", äffte Sandmann den Befragten nach. „Glaub mir, wir finden immer etwas. Vielleicht hast du ja ein Tütchen Koks in der Tasche oder ein geklautes Handy."

Hafner sprang von seinem Stuhl auf, der krachend nach hinten gegen die Wand flog. Obwohl seine Hände auf dem Rücken gefesselt waren, wich Sandmann instinktiv zurück.

„Du verdammter Scheißbulle!", rief Hafner und wollte den Tisch umrunden, doch die beiden Beamten, die neben der Tür gestanden hatten, reagierten schnell.

Sie packten ihn und drückten seinen Oberkörper auf den Tisch, während Hafner erfolglos versuchte, Widerstand zu leisten.

„Wenn du mir etwas anhängst", keuchte er, „dann bist du tot! Verstehst du? Ich bring dich um, Drecksbulle!"

Sandmann beugte sich vor, packte Hafner an den Haaren und zog dessen Kopf zurück.

„Wir sind noch nicht miteinander fertig, du kleiner Bastard", drohte er, ließ Hafners Haare los und wandte sich an die beiden Uniformierten. „Schafft ihn mir aus den Augen, bevor ich mich vergesse!"

Während die beiden Beamten Hafner aus dem Vernehmungszimmer brachten, verließ Bussard seinen Beobachtungsposten und ging auf den Flur.

„Einen Augenblick, Kollegen", bat er und ging auf Hafner zu, dem der Zorn deutlich ins Gesicht geschrieben stand. „Hör zu, Micha, dein Bruder hat einen Mann entführt. Dafür wird er sich verantworten müssen und er kann mit drei bis fünf Jahren Knast rechnen. Wenn er ihn aber umbringt, kriegt er lebenslänglich, verstehst du? Es wäre besser für deinen Bruder, wenn wir ihn finden, bevor er einen Fehler macht. Du könntest ihm viele Jahre Knast ersparen, wenn du uns sagst, wo er ist. Denk darüber nach!"

Hafner sah Bussard an, antwortete aber nicht und der Kommissar hoffte, dass er ein Saatkorn in Hafners Hirn gepflanzt hatte, das innerhalb der nächsten Stunden aufgehen würde. Er war sicher, dass der große Bruder den kleinen beschützen wollte, aber er wollte nicht darauf wetten, dass der große Bruder den Rat eines Kriminalbeamten annehmen würde. Er nickte Hafner noch einmal zu, drehte sich um und ging zu seinem Büro zurück. Als er die Tür öffnete, stieß er fast mit Smirna zusammen.

„Zu dir wollte ich gerade“, erklärte der Kriminaltechniker. „Wir haben Hafners Handy überprüft. Alle Nummern, die er in der letzten Zeit gewählt hat, lassen sich eindeutig zuordnen. Das gilt auch für die Nummern der Anrufe, die er erhalten hat. Der Name seines Bruders Oliver taucht allerdings in keiner der beiden Listen auf. Er ist auch nicht im Telefonbuch gespeichert.“

„Danke, Bertold“, erwiderte Bussard und klopfte dem Kollegen auf die Schulter. „Wenn die Technik versagt, ist es wieder einmal Zeit für die gute, alte Polizeiarbeit.“

„Was hast du vor?“

„Ich werde mit jemandem sprechen, der einen ziemlich engen Kontakt zu Oliver Hafner hatte. Vielleicht führt ein kleiner Umweg doch noch zum Ziel.“

*

Noch immer gab es weder eine Spur vom Täter noch von dessen Opfer. Schmieders Handy wurde überwacht und man wartete darauf, dass der Entführer sich meldete. Der erste Anruf am Morgen hatte einem Prepaid-Handy zugeordnet werden können und die Beamten wussten auch, dass sich der Anrufer während des Telefonats in Freiburg aufgehalten hatte. Die Spur endete jedoch an dem Sendemast im Stadtzentrum, an dem das Gerät zuletzt eingeloggt gewesen war.

Der Großeinsatz der Freiburger Polizeibeamten blieb nicht unbemerkt. Im Laufe des frühen Nachmittags waren immer mehr Vertreter von Presse,

Funk und Fernsehen im Präsidium aufgetaucht. Sie verlangten eine Antwort auf die Frage, ob der Leitende Oberstaatsanwalt tatsächlich entführt worden sei. Um das Heft des Handelns selbst in der Hand zu behalten, berief Neudörfer eine Pressekonferenz ein, die jedoch anders verlief, als die Medienvertreter sich das vorgestellt hatten. Neudörfer verpflichtete die Presseleute zum Stillschweigen, um das Leben des Entführten und eine mögliche Befreiungsaktion nicht zu gefährden. Murrend, aber einsichtig zogen sich die Teilnehmer der Pressekonferenz wieder zurück, während Bussard zur gleichen Zeit im Besucherzimmer der Justizvollzugsanstalt auf einen alten Bekannten wartete.

„Sieh an, Kommissar Bussard“, sagte Richard Holzhauser, als ein Vollzugsbeamter den Häftling hereinführte. „Was führt dich in meine bescheidene Hütte?“

„Hallo, Richie“, antwortete der Kommissar und wies auf den Stuhl auf der anderen Seite des Tisches, „setz dich.“

Holzhauser zog sich den Stuhl zurecht, setzte sich und schlug die Beine übereinander. Er faltete die Hände im Schoß und betrachtete seinen Besucher abwartend.

„Wie geht's dir, Richie“, begann Bussard. „Wie laufen die Geschäfte?“

Ein amüsiertes Lächeln überzog Holzhausers Gesicht.

„Du bist älter geworden, Bussard“, erwiderte er. „Du solltest mal Urlaub machen, vielleicht Ferien auf dem Bauernhof mit deiner Frau und deinen Kindern.“

Bussard zögerte einen Augenblick. Holzhauser wusste nicht, dass er einen wunden Punkt des Kommissars getroffen hatte und Bussard wollte ihm diese Genugtuung nicht geben, indem er eine Schwäche offenbarte.

„Ja, vielleicht“, stimmte er zu und ließ seine Stimme unbeteiligt klingen, „aber im Augenblick habe ich dafür keine Zeit.“

„Ich dachte mir schon, dass du nicht gekommen bist, weil du jemanden zum Plaudern brauchst“, erklärte Holzhauser. „Betrachten wir den Smalltalk also als beendet. Um wen geht es?“

„Die Hafner-Brüder“, antwortete Bussard.

„Micha und Oliver?“

„Genau die.“

Holzhauser verzog angewidert das Gesicht und schüttelte den Kopf.

„Asoziales Pack!“

„Sagt ausgerechnet ein verurteilter Drogendealer.“

„Ich bitte dich, Bussard“, erwiderte Holzhauser in gespielter Entrüstung, „du kennst mich doch. Ich bin Geschäftsmann und weder meine Lieferanten noch meine Kunden hatten jemals Grund zum Klagen. Ich habe noch niemals jemanden überfallen, ich habe niemals Drogen an Kinder verkauft und ich habe auch keine Oma um ihr Erspartes betrogen. Mein einziges Vergehen war, dass meine Handelswaren in Deutschland nicht zugelassen sind. Wie kannst du mich mit Leuten wie den Hafner-Brüdern auf eine Stufe stellen?“

Bussard nickte zustimmend. Er selbst hatte Holzhauser verhaftet, nachdem sie ihn wochenlang observiert und sein Telefon abgehört hatten. Holzhauser hatte Drogen in nicht geringen Mengen verkauft, aber man hatte ihn nie in der Nähe von Spielplätzen oder Schulhöfen gesehen. Er hatte seine Geschäfte auch nicht auf der Straße oder in Diskotheken abgewickelt, sondern immer die Verschwiegenheit seiner Wohnung vorgezogen. Wie lange er vom Drogenhandel gelebt hatte, hatten sie damals nicht ermitteln können. Holzhauser war vorsichtig gewesen und hatte keinen aufwendigen Lebensstil gepflegt. Bussard vermutete, dass der Dealer die Profite aus seinen Geschäften entweder versteckt oder auf einem ausländischen Konto gebunkert hatte. Sie hatten Holzhauser bei einem Drogendeal während der Übergabe verhaftet, aber sie hatten ihm lediglich die vierzig Kilogramm Haschisch nachweisen können, die er bei dem Deal in Empfang genommen hatte. Das Gericht hatte ihn später zu einer Haftstrafe von viereinhalb Jahren verurteilt. Holzhauser war Bussards letzter großer Fang gewesen, bevor der Kommissar die Leitung der Ermittlungsgruppe Gewaltverbrechen übernommen hatte.

„Du warst der Letzte, mit dem sich Oliver Hafner eine Zelle geteilt hat, bevor er entlassen wurde", sagte Bussard. „Erzähl mir etwas über ihn."

„Muss das sein?"

„Wäre ich sonst hier?"

Holzhauser atmete tief ein und kratzte sich am Kinn.

„Wer spricht schon gern über Unappetitliches?", fragte er und verschränkte die Arme vor der Brust.

„Was willst du damit sagen?"

„Hygiene war nicht gerade eines seiner Hobbys", antwortete Holzhauser, „aber an mehr kann ich mich nicht erinnern."

„Und was würde deiner Erinnerung auf die Sprünge helfen?"

„Ich glaube, eine Zigarette wäre jetzt bestimmt sehr hilfreich."

Bussard zog ein Tabakpäckchen aus seiner Jacke und warf es auf den Tisch.

Der Vollzugsbeamte, der auf einem Stuhl neben der Tür saß, hob die Hand und streckte den Zeigefinger aus.

„Hier ist Rauchverbot", erklärte er.

„Heute nicht", widersprach Bussard.

Der Vollzugsbeamte betrachtete den Kommissar mit zusammengezogenen Augenbrauen, dann zuckte er mit den Achseln und lehnte sich wieder zurück.

„Du kannst ja ein Fenster öffnen", schlug Holzhauser lächelnd vor, doch der Vollzugsbeamte zeigte keine Reaktion.

„Warum interessierst du dich für Oliver Hafner?", fragte Holzhauser und begann, sich eine Zigarette zu drehen.

„Er steht im Verdacht, jemanden entführt zu haben", antwortete Bussard, „ich will wissen, wohin er nach seiner Entlassung wollte."

Holzhauser leckte das Blättchen an und drehte die Zigarette zu.

„Zu seinem Bruder, soviel ich weiß."

Bussard zog ein Feuerzeug aus seiner Jacke, zündete es an und steckte es wieder ein, als Holzhausers Zigarette brannte.

„Micha sagt, Oliver sei bei ihm nicht aufgetaucht", berichtete Bussard. „Wohin hätte Oliver sonst gehen können?"

„Vielleicht hat er sich erst einmal bei einer Nutte ausgetobt", mutmaßte Holzhauser. „Darauf hat er immerhin acht Jahre lang warten müssen."

„Schon möglich, aber danach? Er ist vor vier Wochen entlassen worden und anscheinend weiß niemand, wo er sich seither aufhält."

„Tut mir leid, Bussard, aber ich fürchte, dass ich dir auch nicht weiterhelfen kann."

Holzhauser zog an seiner Zigarette und blies den Rauch zur Decke. In seinem Gesicht stand kein ehrliches Bedauern, aber Bussard sah auch keine Anzeichen für eine Lüge.

„Hat Oliver von Plänen gesprochen", fragte der Kommissar, „gab es etwas, was er nach seiner Entlassung tun wollte? Hat er irgendetwas angekündigt oder zumindest angedeutet?"

Holzhauser dachte einen Augenblick nach, dann nickte er bedächtig.

„Ja", erwiderte er, „das hat er tatsächlich. Er sagte einmal, dass er noch eine alte Rechnung begleichen müsse, wenn er wieder draußen sei."

„Hat er gesagt, mit wem er abrechnen wollte?"

„Einen Namen hat er nicht genannt, aber ich schätze, dass er den Typ meinte, der gegen ihn ausgesagt hat."

„Ein Zeuge?"

„Ja, ich denke schon. Oliver hat irgendetwas von einer Jacke gefaselt. Erst meinte er, der Typ habe ihn verpfiffen und dann, dass sich Micha um alles gekümmert habe. Trotzdem sei noch eine Rechnung offen. Ich habe bei der Geschichte nicht so ganz durchgeblickt, aber es hat mich auch nicht sonderlich interessiert. Mir hat es völlig gereicht, sechs Monate lang eine Zelle mit ihm teilen zu müssen. Der Tag seiner Entlassung war zwar nicht gerade der schönste in meinem Leben, aber seither schlafe ich einfach besser."

„Wieso?"

„Oliver ist unberechenbar. Er kann von einem Augenblick zum anderen zum Berserker werden, ohne dass man vorher Anzeichen dafür sieht. Dann drischt er auf alles ein, was ihm vor die Fäuste kommt. Jemand hat ihn einmal „Olli" genannt und dafür anschließend sechs Wochen auf der Krankenstation verbracht, weil Oliver ihn grün und blau geschlagen hat. Wenn man nicht bewaffnet ist, dann ist es unklug, ihn zu reizen. Außerdem ist er ziemlich nachtragend. Das Wort ‚Entschuldigung' existiert in seinem ohnehin sehr begrenzten Wortschatz nicht."

Bussard lehnte sich zurück und verschränkte die Hände hinter dem Kopf. Nach Holzhausers Bericht hatte er eine ziemlich klare Vorstellung davon, mit wem sie es zu tun hatten. Oliver Hafner war, ebenso wie sein Bruder Micha, ein Schläger, der impulsiv handelte. Möglicherweise war Strahles Entführung nicht einmal geplant und vorbereitet worden. Es konnte durchaus sein, dass Hafner sein Opfer zufällig getroffen und wiedererkannt hatte. Anstatt sich an dem Zeugen zu rächen, hatte er die Gelegenheit genutzt und den Mann entführt, der ihn damals vor Gericht angeklagt hatte. Für Hafner musste das eine große Genugtuung sein, denn er hatte damit einen dickeren Fisch an der Angel als er erwartet hatte, aber für den Leitenden Oberstaatsanwalt bedeutete das nichts Gutes. Wenn Hafner nur halb so nachtragend war, wie Holzhauser berichtet hatte, stand Strahle Schlimmes bevor.

„Wo, glaubst du, könnte Hafner ein Entführungsopfer verstecken?“, fragte Bussard.

„Keine Ahnung“, erwiderte Holzhauser, „aber du solltest nach etwas Naheliegendem suchen. Oliver hat die Weisheit nicht gerade mit Löffeln gefressen. Addiert man seinen IQ zu dem seines Bruders, dann dürfte die Summe immer noch im zweistelligen Bereich liegen.“

„Und wo würdest du suchen?“, hakte Bussard nach.

„Ich würde überhaupt nicht nach ihm suchen“, antwortete Holzhauser, warf seine Kippe auf den Boden und trat sie aus. „Bei seiner Dämlichkeit würde ich einfach abwarten, bis er einen Fehler macht. Lange kann das nicht dauern.“

3

Die meisten der an dem Fall beteiligten Beamten hatten sich auf Neudörfers Anweisung hin im Besprechungsraum versammelt. Es war kurz nach achtzehn Uhr und der Polizeirat erwartete erste Ermittlungsergebnisse. Sandmann, der die Fahndung nach Oliver Hafner koordinierte, konnte keine Erfolge vermelden. Man hatte das soziale Umfeld Hafners unter die Lupe genommen und jeden Verwandten und Bekannten vernommen, dessen Name im Zuge der Ermittlung aufgetaucht war. Niemand schien zu wissen, wo der Gesuchte sich aufhielt und anscheinend hatte ihn auch niemand nach seiner Haftentlassung gesehen. Auch in den einschlägigen Lokalen, Spielhallen und Bordellen, die Bernauer mit seinen Kollegen durchkämmt hatte, war Hafner nicht aufgetaucht. Er hatte sich auch nicht telefonisch im Hause Strahle gemeldet, wo Freytag Position bezogen hatte. Wegner hatte sich mit Stefan Guth in Zweibrücken in Verbindung gesetzt, um den Richter zu warnen und der Jurist hatte angekündigt, vorübergehend Polizeischutz in Anspruch zu nehmen, solange Hafner noch auf freiem Fuß war. Auch Susanne Bauer hatte in der digitalen Welt des World Wide Web keine Spur von Hafner entdecken können. Bussard berichtete von seinem Gespräch mit Richie Holzhauser, das jedoch ebenfalls zu keinem konkreten Ermittlungsergebnis geführt hatte.

„Sie haben also überhaupt noch nichts erreicht“, stellte Oberstaatsanwalt Schmieder fest, „und wir haben weder eine Spur von dem Entführer noch von dem Entführten.“

„Wir haben zumindest Hafners Fingerabdruck auf dem Tastenfeld des Geldautomaten“, widersprach Smirna, doch der Oberstaatsanwalt ließ diesen Einwand nicht gelten.

„Und wohin hat Sie dieser Fingerabdruck geführt?“

Smirna antwortete nicht. Der Kriminaltechniker sicherte Spuren und wertete sie aus, doch es war nicht seine Aufgabe, selbst nach dem Täter zu fahnden.

„Das BKA hat sich gemeldet", berichtete Neudörfer, „Wiesbaden will wissen, ob wir es mit einem kriminellen oder einem terroristischen Hintergrund zu tun haben. Immerhin wurde der Leitende Oberstaatsanwalt entführt."

„Unsere einzige Spur ist derzeit, wie Bertold schon sagte, Hafners Fingerabdruck", stellte Bussard fest. „Da weder ein Bekennerschreiben noch eine Forderung des oder der Geiselnehmer aufgetaucht ist, deutet momentan nichts auf einen terroristischen Hintergrund hin."

Die meisten Kollegen nickten und murmelten zustimmend. Nach Lage der Dinge teilten die Beamten Bussards Einschätzung. Es gab keinen Hinweis auf einen terroristischen Anschlag, weder von rechts noch von links noch aus religiöser Überzeugung und solange keine Spur in diese Richtung führte, gab es auch keinen Grund, die Ermittlungen dem BKA zu überlassen.

„Wir werden ...", begann Neudörfer, doch er wurde vom Läuten eines Handys unterbrochen.

„Das ist er!", rief Mallmann.

Er setzte einen Kopfhörer auf und hob die Hand. Schmieder ging zu Mallmanns Tisch und nahm sein Handy, das mit einem Rechner verbunden war. Mallmann gab Schmieder ein Zeichen und der Oberstaatsanwalt nahm den Anruf entgegen.

„Schmieder."

„Haben Sie meine Anweisung befolgt?", fragte die elektronisch verzerrte Stimme, die aus zwei Lautsprechern drang, damit alle Beamten im Raum das Gespräch live mitverfolgen konnten.

„Welche Anweisung?", fragte Schmieder.

„Ich habe Sie aufgefordert, Ihren besten Mann aufs Spielfeld zu schicken."

„Ja, und?"

„Wer ist Ihr bester Mann?"

Schmieder sah sich fragend um. Er wusste nicht, welchen Namen er nennen sollte. Neudörfer deutete auf Bussard und der Oberstaatsanwalt nickte.

„Kriminalhauptkommissar Bussard", antwortete Schmieder.

„Bussard", wiederholte die Stimme, „ein passender Name für einen Kommissar. Ich will mit ihm sprechen."

Der Oberstaatsanwalt nahm das Handy vom Ohr und hielt es dem Kommissar entgegen. Bussard erhob sich von seinem Stuhl, ging zu Schmieder und nahm das Gerät an sich.

„Bussard."

„Herr Bussard, schön, dass wir uns kennenlernen."

„Dafür hätten sie nicht den Leitenden Oberstaatsanwalt entführen müssen", erwiderte der Kommissar. „Sie hätten mich einfach in meinem Büro aufsuchen können, wenn sie mit mir hätten sprechen wollen."

„Die Entführung war unvermeidlich."

„Warum?"

Das plötzliche Tuten in der Leitung überraschte den Kommissar. Die Verbindung war unterbrochen und Mallmann schüttelte den Kopf.

„Es war dasselbe Handy wie heute Morgen", stellte der Kriminaltechniker fest, „aber der Anruf war zu kurz, um das Gerät orten zu können."

Er hatte den Satz kaum beendet, als das Handy wieder läutete. Bussard wartete, bis Mallmann ihm das Zeichen gab und nahm den Anruf entgegen.

„Bussard."

„Sie werden verstehen, dass wir wenig Zeit zum Plaudern haben", erklärte die immer noch elektronisch verzerrte Stimme, „und ich habe kein Interesse daran, unangemeldeten Besuch von Ihren Kollegen zu erhalten."

„Wie geht es Oberstaatsanwalt Strahle?", fragte der Kommissar.

„Er schmort."

„Was soll das heißen?"

„Ich dachte, Sie seien Schmieders bester Mann."

„Und?"

„Schauen Sie in den Duden, wenn Sie nicht verstehen, was schmoren heißt."

Wieder wurde die Verbindung unterbrochen und wieder schüttelte Mallmann den Kopf. Wenige Augenblicke später läutete das Handy zum dritten Mal und das Spiel begann von vorn.

„Bussard."

„Sie fragen sich bestimmt, warum ich Strahle entführt habe."

„Und? Warum haben Sie ihn entführt?"

„Schlagen Sie im Strafgesetzbuch nach und lesen Sie den neunten und den zehnten Abschnitt."

„Warum dieser Aufwand", fragte Bussard, „warum erzählen Sie mir nicht selbst, warum Sie Strahle entführt haben?"

„Sie sind der Kommissar", antwortete die Stimme, „ermitteln Sie, Herr Bussard!"

„Was verlangen Sie?"

Zum dritten Mal brach das Gespräch abrupt ab. Niemand im Raum sprach und alle warteten gespannt auf das nächste Läuten, doch das Handy blieb stumm. Nach einer Weile legte Bussard das Gerät auf den Tisch zurück.

„Keine Chance", erklärte Mallmann, „die Gespräche waren zu kurz, um den Anrufer orten zu können. Wir können höchstens feststellen, an welchem Funkmast sein Handy eingeloggt war, um die Suche wenigstens einigermaßen eingrenzen zu können."

Bussard bezweifelte, dass diese Möglichkeit ihnen bei der Fahndung helfen würde. Hafner konnte irgendwohin gefahren sein, um zu telefonieren und um direkt danach seinen Standort wieder zu wechseln.

„Der neunte Abschnitt im Strafgesetzbuch …", begann er und der Oberstaatsanwalt führte den Satz zu Ende.

„… beschäftigt sich mit falschen uneidlichen Aussagen und Meineid. Der zehnte Abschnitt betrifft die falsche Verdächtigung."

„Hafner hat bei seinem Prozess immer behauptet, unschuldig zu sein", erklärte Neudörfer.

„Soweit mir bekannt ist, gab es an seiner Schuld keinen begründeten Zweifel", entgegnete Schmieder, „andernfalls hätte ihn das Gericht nicht schuldig gesprochen."

„Das ist nicht der springende Punkt", widersprach Bussard und schüttelte den Kopf. „Entweder glaubt Hafner tatsächlich, unschuldig zu sein oder er ist es vielleicht sogar oder er will mit seiner Aktion die Welt glauben machen, er sei unschuldig verurteilt worden."

„Aber warum?", fragte Mallmann.

„Das werden wir sicher noch erfahren", antwortete der Kommissar, „aber etwas Anderes bereitet mir weit mehr Sorgen. Hafner hat keine Forderungen gestellt. Er verlangt kein Lösegeld oder Ähnliches."

„Das stimmt so nicht", hielt Susanne entgegen und hob abwehrend die Hand, „er verlangt, dass du ermittelst."

„Sasha hat sich Hafners Akte bereits angesehen", entgegnete Bussard, „und er hat keinen Hinweis darauf gefunden, dass etwas unkorrekt gelaufen ist. Die Ermittlungen wurden sauber geführt und es gab keinen Grund, irgendetwas zu beanstanden."

„Aber vielleicht sieht Hafner einen Grund", beharrte Susanne. „Er lässt Strahle schmoren und wartet offensichtlich darauf, dass wir etwas finden, das ihn entlastet. Es schadet bestimmt nicht, wenn wir uns seine Akte noch einmal vornehmen."

Neudörfers Handy läutete und er beantwortete den Anruf. Wenige Sekunden später bedankte er sich, steckte sein Telefon wieder ein und wandte sich an die versammelten Kollegen.

„Wir haben Strahles Wagen gefunden!"

*

Leichte Rauchschwaden stiegen von der noch heißen Karosserie des ausgebrannten Mercedes auf. Als Bussard am Ort des Geschehens eintraf, packten die Einsatzkräfte der Freiburger Berufsfeuerwehr ihre Gerätschaften bereits wieder zusammen, während ein Mann mit einer Fotografenweste Aufnahmen von dem Autowrack schoss. Strahles Wagen stand auf einem Radweg am östlichen Ortsrand von Freiburg. Vom Einsatzleiter der Feuerwehr erfuhr Bussard, dass es sich ohne jeden Zweifel um Brandstiftung handelte, was auch der Augenzeuge, der den Notruf gewählt hatte, bestätigen konnte. Die beiden uniformierten Kollegen, die als Erste am Einsatzort eingetroffen waren, hatten bereits mit dem Jungen gesprochen, der im Fond eines Rettungswagens saß und von einem Sanitäter betreut wurde. Bevor Bussard mit dem Zeugen sprach, warf er einen Blick in den ausgebrannten Wagen. Auf dem Rücksitz erkannte er die zusammengekrümmte, verbrannte Leiche eines Menschen, dessen Hände auf dem Rücken gefesselt waren. Da das Fahrzeug bereits identifiziert war, rechnete Bussard nicht mehr damit, Strahle jemals lebend wiederzusehen. Er wandte sich von den rauchenden Überresten ab und ging zum Rettungswagen.

„Mein Name ist Bussard, Kripo Freiburg", stellte er sich vor. „Verrätst du mir deinen Namen?"

„Sebastian Glöckler", antwortete der Junge.

Bussard schätzte ihn auf etwa fünfzehn Jahre. Ein Sanitäter hatte eine Decke um die Schultern des Jungen gelegt, dessen sommersprossiges Gesicht ebenso blass war wie die Hände, mit denen er ein Skateboard auf seine Oberschenkel gedrückt hielt.

„Er hat einen Schock", erklärte der Sanitäter, „der Notarzt hat ihm ein Beruhigungsmittel verabreicht."

Bussard nickte und wandte sich noch einmal an den Jungen.

„Fühlst du dich in der Lage, mir zu schildern, was du gesehen hast?"

„Das war so …", begann Sebastian und suchte vergebens nach einem Wort, mit dem er das Erlebte auch nur annähernd hätte beschreiben können, „… er hat geschrien. Ich habe ihn gehört, aber ich konnte ihm nicht helfen. Das Feuer war so heiß und ich konnte ihm nicht helfen, ich konnte einfach nicht."

Seine Unterlippe begann zu zittern und die Tränen stiegen ihm in die Augen. Bussard kletterte in den Rettungswagen, setzte sich neben den Jungen und legte seinen Arm um dessen Schultern.

„Niemand hätte ihm helfen können", sagte er beruhigend, „mach dir keine Vorwürfe, Sebastian. Du hast getan, was du konntest und du hast richtig gehandelt. Du hast den Notruf gewählt. Mehr konntest du nicht tun. Kein Mensch hätte den Mann retten können."

Sebastian zog die Nase hoch und ließ den Kopf hängen. Bussard konnte sich vorstellen, wie schrecklich das Erlebnis für den Jungen gewesen sein musste, aber er musste Sebastian unbedingt einige Fragen zum Tathergang stellen.

„Du warst mit deinem Skateboard unterwegs", sagte er behutsam, „in welche Richtung bist du gefahren?"

„Richtung Freiburg", antwortete Sebastian leise.

„Brauchst du ein Taschentuch?"

Sebastian schüttelte den Kopf, zog noch einmal die Nase hoch und wischte sich die Augen mit seinen Handballen aus.

„Nein, es geht schon", erwiderte er.

„Hast du gesehen, wie der Mercedes an die Stelle fuhr, an der er angezündet wurde?"

„Nein, ich habe ihn nur dort stehen sehen."

„Und du bist darauf zugefahren?"

„Ja."

„Was ist dann passiert?"

„Ich habe einen Mann gesehen, der von dem Auto weggelaufen ist, als es anfing zu brennen."

„Wohin ist der Mann gelaufen?"

„Zu der kleinen Kapelle."

„Kannst du den Mann beschreiben?"

Sebastian zog wieder die Nase hoch und schüttelte den Kopf.

„Er war zu weit weg", antwortete er. „Ich weiß nur, dass er ganz schwarz angezogen war."

„Welche Haarfarbe hatte der Mann?"

„Keine Ahnung! Ich habe doch gesagt, dass er zu weit weg war. Außerdem habe ich nur noch auf das brennende Auto geschaut. Ich bin darauf zugefahren und dann habe ich jemanden schreien gehört. Es war der Mann im Wagen. Ich wollte ihm helfen, aber das ganze Auto hat gebrannt. Ich konnte nicht einmal die Tür öffnen. Plötzlich hat der Mann aufgehört zu schreien und ich habe die Feuerwehr gerufen."

Bussard drückte die Schulter des Jungen, dann fuhr er sanft mit seiner Hand über dessen Haare.

„Hast du den anderen Mann noch einmal gesehen?", fragte er.

Sebastian schüttelte stumm den Kopf.

„Könnte er mit einem Auto weggefahren sein?"

„Ich weiß es nicht. Ich habe nur noch das brennende Auto gesehen und die Schreie gehört."

Bussard drückte den Jungen noch einmal an sich, dann klopfte er ihm auf die Schulter.

„Okay, Sebastian, ich danke dir. Du hast getan, was du konntest und du hast uns sehr geholfen."

Er zog eine Visitenkarte aus seiner Jacke und reichte sie dem Jungen.

„Du kommst morgen früh zu mir ins Präsidium. Jemand von deinen Eltern soll dich begleiten. Wir müssen deine Aussage aufnehmen und ein Protokoll anfertigen, das du unterschreiben musst. Du kriegst auch eine Entschuldigung für deine Schule. Ist das okay?"

Sebastian nickte, drehte den Kopf und sah Bussard in die Augen.

„Werden Sie den Mann kriegen?"

„Das werden wir, Sebastian, verlass dich drauf!"

Bussard reichte dem Jungen die Hand und verabschiedete sich. Er verließ den Rettungswagen und kehrte zum Tatort zurück, wo die Kriminaltechniker mittlerweile ihre Arbeit aufgenommen hatten.

„Hey, Sie!", rief der Mann mit der Fotografenweste, der hinter dem Absperrband stand.

Er war etwa vierzig Jahre alt, mittelgroß und trug einen Vollbart. In seiner linken Hand hielt er eine Fotokamera mit einem Teleobjektiv und mit der rechten winkte er Bussard zu.

„Was ist?", fragte der Kommissar.

„Sind Sie der Einsatzleiter?"

„Warum wollen Sie das wissen?"

Der Mann hob das Absperrband hoch und ging darunter hindurch, doch Bussard trat ihm entgegen.

„Was glauben Sie wohl, warum wir diese Bänder hier angebracht haben?", fragte der Kommissar ungehalten.

„Manfred E. Preinert, *Badische Zeitung*", stellte sich der Mann vor. „In dem Mercedes ist doch jemand verbrannt, oder?"

„Im Augenblick können wir noch keine Angaben machen“, erwiderte Bussard und deutete auf das Absperrband. „Ihr Platz ist dahinter.“

„Wer ist der Tote?“, fragte Preinert, ohne Bussards Aufforderung zu beachten.

„Entweder verziehen Sie sich jetzt sofort hinter die Absperrung oder ich lasse Sie festnehmen!“

Der Journalist hob abwehrend die Hände, dann wandte er sich um und ging wieder unter dem Band durch. Er hob seine Kamera und schoss einige Fotos von Bussard.

„Jetzt kommen Sie schon“, drängte er, „sagen Sie mir wenigstens, ob das Auto Achim Strahle gehört.“

„Kein Kommentar.“

„Ich kriege es ja doch raus. Ich muss nur das Kennzeichen überprüfen.“

„Wenn wir etwas mitzuteilen haben, wird das unser Pressesprecher tun“, erklärte Bussard und ließ den Reporter stehen.

Er hatte nichts dagegen, wenn die Presse über die Polizeiarbeit berichtete. Das war schließlich deren Job, doch der Fall des entführten und vermutlich auch ermordeten Staatsanwalts war viel zu brisant, um Informationen durchsickern zu lassen. Außerdem musste die Identität der Leiche erst noch zweifelsfrei festgestellt werden, auch wenn der Kommissar davon überzeugt war, dass es sich um Strahle handelte. Bussard ging zu dem ausgebrannten Autowrack zurück, wo die Kriminaltechniker die Spuren sicherten.

„Schaut euch die Kapelle da vorn an“, wies er Smirna an und deutete auf das kleine Gebäude, das an der Landstraße stand, die zu dem Dorf Stegen führte. „Ein Augenzeuge hat den flüchtenden Täter beobachtet."

„Wie ist der Täter geflüchtet?", fragte Smirna.

„Zu Fuß bis zu der Kapelle", antwortete Bussard, „mehr hat der Zeuge leider nicht gesehen."

Smirna nickte und Bussard verzichtete darauf, die Kapelle selbst in Augenschein zu nehmen, um mögliche Spuren nicht zu vernichten. Er wies einen uniformierten Kollegen an, den Bereich rings um das kleine Gebäude weiträumig abzusperren und wandte sich dem ausgebrannten Autowrack zu.

„Kannst du schon eine erste Einschätzung abgeben?", fragte er.

„Ich vermute, dass der Täter das Fahrzeug mit Benzin übergossen und angezündet hat", antwortete der Kriminaltechniker. „Wie ein Motorbrand sieht es auf jeden Fall nicht aus. Die gesamte Karosserie muss in Flammen gestanden haben. Ich hoffe nur …"

Smirna schluckte und sah Bussard an, doch der Kommissar schüttelte den Kopf.

„Der Zeuge hat Schreie aus dem Inneren des Wagens gehört", erwiderte Bussard. „Jemand wurde hier bei lebendigem Leib verbrannt. Wir müssen zwar erst die Ergebnisse der Rechtsmedizin abwarten, aber ich befürchte, dass dieser Jemand Achim Strahle ist."

Smirna schluckte noch einmal und öffnete die hintere Wagentür.

„Der Täter hat dem Opfer nicht nur die Hände, sondern auch die Füße zusammengebunden", stellte Bussard fest. „Aber was ist das an seinem Kopf?"

„Sieht aus, als hätte ihm jemand die Augen verbunden", antwortete Smirna.

Bussard unterzog das verkohlte Innere des Wagens einem kurzen prüfenden Blick und wandte sich ab. Der ekelerregende Geruch verbrannten Fleisches war ihm in die Nase gestiegen und schlug ihm auf den Magen. Er beneidete Smirna und dessen Kollegen nicht, denn die Kriminaltechniker würden jeden einzelnen Quadratzentimeter des Wagens untersuchen müssen, in dem ein Mensch auf grausame Art und Weise sein Leben verloren hatte. Bussard erinnerte sich an die elektronisch verzerrte Stimme, die er weniger als eine Stunde zuvor gehört hatte. Er hatte gefragt, wie es Oberstaatsanwalt Strahle gehe und er hatte die Antwort ebenso falsch interpretiert wie seine Kollegen.

„Er schmort", hatte die Stimme gesagt.

*

Es war bereits dunkel, als Bussard das Anwesen erreichte, vor dem ein Einsatzfahrzeug und ein Wagen der Kriminaltechnik parkten. Das kleine, schmiedeeiserne Türchen neben dem Hoftor war verschlossen. Bussard läutete und nannte seinen Namen, nachdem sich eine Stimme aus der Gegensprechanlage gemeldet hatte. Der Türsummer ertönte und mit einem Seufzen betrat der Kommissar das Grundstück. Er musste mit Frau Strahle über den Fund des ausgebrannten Mercedes sprechen und er musste ihr eine Frage stellen, deren Antwort ihr Leben verändern würde. Als er auf die Haustür zuging, aktivierte ein Bewegungssensor die Außenbeleuchtung. Sekunden später wurde die Tür geöffnet und eine uniformierte Kollegin erwartete ihn.

„Gibt es Neuigkeiten?“, fragte sie.

„Ja“, antwortete Bussard und nickte.

„Frau Strahle ist im Wohnzimmer“, erklärte sie und ging voraus.

Bussard schloss die Haustür und folgte ihr. Als er ins Wohnzimmer kam, spürte er die angespannte Stimmung. Ein uniformierter Kollege stand am Fenster, Michael Freytag und ein Kollege von der Kriminaltechnik saßen an einem Tisch, wo sie ihre Geräte zur Telefonüberwachung aufgebaut hatten und Karin Strahle erhob sich bei seinem Eintreten von der Couch.

„Haben Sie ihn gefunden?“, fragte sie sofort.

Ihre Augen waren geweitet und Bussard sah die Angst, die ihre Stimme und ihre Hände zittern ließ. Er wusste, dass es keine Möglichkeit gab, ihr die Nachricht schonend beizubringen.

„Wir haben den Wagen Ihres Mannes gefunden“, antwortete er und ging auf sie zu.

„Und?“, fragte sie angespannt.

„Der Wagen ist ausgebrannt und im Innenraum haben wir eine Leiche entdeckt.“

„Oh, mein Gott“, stieß sie hervor und schlug die Hände vor den Mund.

Bussard zog eine Plastiktüte aus seiner Jacke. Die Ermittler mussten so schnell wie möglich Gewissheit darüber haben, ob es sich bei dem Toten um den Leitenden Oberstaatsanwalt handelte. Die letzte Sicherheit würde erst die Rechtsmedizin liefern, doch es gab Indizien, die sofort überprüft werden konnten. Smirna hatte der verkohlten Leiche einen Ehering und eine Armbanduhr abgenommen und behelfsmäßig gesäubert. Die beiden Gegenstände in der Plastiktüte zeigten zwar noch Spuren des Brandes, doch Bussard rechnete damit, dass Frau Strahle sie identifizieren würde.

„Gehören diese Sachen Ihrem Mann?", fragte er und hielt ihr die Plastiktüte entgegen.

Frau Strahle streckte die Hand aus, doch sie berührte die Tüte nicht.

„Oh, Gott", stöhnte sie und zog die Hand wieder zurück.

Bussard wartete einen Augenblick, dann stellte er die unvermeidliche Frage noch einmal.

„Es ist wichtig, dass wir Gewissheit haben", sagte er sanft, „deshalb müssen Sie uns sagen, ob diese Sachen Ihrem Mann gehören."

„Ja", antwortete sie mit tränenerstickter Stimme, „das ist seine Uhr und sein Ehering."

Bussard nickte und steckte die Tüte wieder ein.

„Er ist tot, nicht wahr?", fragte sie.

„Wir haben die Uhr und den Ring bei der verbrannten Leiche gefunden", antwortete Bussard. „Der Rechtsmediziner muss sie noch untersuchen, aber ich befürchte, dass es sich bei dem Toten um Ihren Mann handelt. Es tut mir leid."

Die uniformierte Kollegin legte ihren Arm um Frau Strahle und führte sie zur Couch. Die beiden Frauen setzten sich und Bussard nickte dem Kriminaltechniker zu, der den stummen Wink verstand. Während der Kollege damit begann, die Geräte zur Telefonüberwachung abzubauen, sah sich Bussard im Wohnzimmer um. Auf einem antiken Sekretär standen mehrere gerahmte Fotos. Einige zeigten das Ehepaar Strahle zu verschiedenen Zeiten ihrer Ehe, andere dokumentierten das Heranwachsen eines

Jungen. Ein Foto, auf dem er als junger Mann abgelichtet war, wies mit einem schwarzen, diagonalen Streifen in der oberen rechten Ecke darauf hin, dass er nicht mehr lebte. Bussard vermutete, dass es sich um den Sohn der Strahles handelte. Eine große Standuhr in der Ecke des Wohnzimmers begann zu schlagen. Es war acht Uhr am Abend und die langsam verhallenden Schläge klangen wie ein Requiem.

Zehn Minuten später fuhren Bussard und Freytag zum Präsidium zurück.

„Verdammt hart für die arme Frau", sagte Freitag düster, „erst der Sohn und jetzt der Mann."

„Der junge Mann auf dem Foto, das auf dem Sekretär steht?", fragte Bussard und Freytag nickte bestätigend.

„Ja, er hieß Jonas. Kurz vor Weihnachten starb er bei einem Verkehrsunfall. Es ist gerade einmal drei Monate her, seit die Frau ihren Sohn beerdigt hat. Jetzt muss sie auch noch ihren Mann begraben."

„Weißt du Näheres über den Unfall?"

„Nein, eigentlich nicht. Frau Strahle hat es heute Nachmittag nur kurz erwähnt. Ihr Sohn lebte in Australien. Kurz vor Weihnachten wurde er auf einer Landstraße in einen Verkehrsunfall verwickelt und starb noch an der Unfallstelle. Der Unfallverursacher ist flüchtig und konnte nicht ermittelt werden."

Er wusste, dass es keine Antwort gab, aber Bussard fragte sich dennoch, womit die Frau ein solches Schicksal verdient hatte. Manche Menschen waren arm und lebten trotzdem glücklich. Andere waren reich und mussten schwere Schläge einstecken. Karin Strahle besaß ein überaus ansehnliches Haus und vermutlich auch ein nicht unerhebliches Geldvermögen, doch sie hatte innerhalb eines Vierteljahres zwei schwere Schicksalsschläge hinnehmen müssen, auch wenn der Tod des Leitenden Oberstaatsanwalts vom Rechtsmediziner noch nicht bestätigt war. Die Identifizierung von Ehering und Armbanduhr war zwar ein Indiz, doch für die letzte Gewissheit würde Professor Münchrath im Rechtsmedizinischen Institut ebenso eine Nachtschicht einlegen müssen wie die Kriminaltechniker, die Strahles Wagen untersuchten.

*

Es war bereits einundzwanzig Uhr, als Neudörfer die letzte Besprechung der SOKO einberief. Aus der Entführung war ein Mordfall geworden und der Polizeirat setzte Kriminalhauptkommissar Bussard als leitenden Ermittler zur Aufklärung des Verbrechens ein.

„Wir haben bereits ein vorläufiges Obduktionsergebnis", berichtete Neudörfer, „Professor Münchrath hat die Leiche anhand des Zahnschemas identifiziert. Er wird zur Sicherheit zwar noch eine DNA-Analyse durchführen, doch wir können jetzt schon davon ausgehen, dass es sich bei dem Toten um Achim Strahle handelt. Bevor wir fortfahren, bitte ich Sie, sich zu erheben, um dem Toten in einer Schweigeminute zu gedenken."

Die Beamten erhoben sich von ihren Stühlen, senkten die Köpfe und warteten schweigend, bis Neudörfer wieder das Wort ergriff.

„Achim Strahle hat einen grausamen Tod erlitten. Wir wissen von einem Zeugen, dass er noch lebte, als sein Wagen in Brand gesteckt wurde. Wir wissen ebenfalls, wer für diese Tat verantwortlich ist und wir werden alles daran setzen, um Oliver Hafner schnellstmöglich zu verhaften, damit er für diesen brutalen Mord vor Gericht gestellt wird. Ich muss Sie nicht extra darauf hinweisen, dass die Aufklärung dieses Falles oberste Priorität hat. Oberstaatsanwalt Schmieder hat bereits jede erdenkliche Hilfe zugesagt. Sollten Sie also im Zuge Ihrer Ermittlungen eine Wohnungsdurchsuchung oder Ähnliches durchführen müssen, gehen Sie davon aus, dass Sie die entsprechenden richterlichen Beschlüsse postwendend bekommen werden. Notfalls machen Sie Gefahr im Verzug geltend und ich garantiere Ihnen, dass alle Maßnahmen gedeckt sein werden. Sie haben freie Hand!"

Bussard beobachtete seinen Vorgesetzten nachdenklich. Neudörfer achtete immer darauf, dass alle Ermittlungen stets im Rahmen der geltenden Gesetze durchgeführt wurden. Jetzt aber stellte er seinen Beamten einen Persilschein aus, von dem Bussard hoffte, dass er nicht zum Bumerang werden würde. Wenn die Beamten den Boden von Recht und Gesetz verließen und jene unsichtbare Grenze überschritten, die der Gesetzgeber ihnen gesteckt hatte, konnte am Ende eine Verurteilung des Täters daran scheitern. Beweise, die illegal erworben wurden, durften in einer Verhandlung ebenso wenig berücksichtigt werden wie Geständnisse, die unter Zwang abgelegt wurden. Auch wenn die Ermittlungen unter Hochdruck durchgeführt werden würden, so mussten die Ermittler dennoch mit Bedacht vorgehen. Die Beamten hatten die Aufgabe, Verbrechen aufzuklären, aber sie durften sich dabei nicht wie Racheengel aufführen.

„Kollege Bussard wird die Ermittlungen leiten", fuhr Neudörfer fort und wandte sich direkt an den Kommissar. „Stellen Sie sich Ihr Team zusammen. Fordern Sie an, wen immer Sie haben wollen. Greifen Sie auf alle Ressourcen zu, die wir zur Verfügung haben und bringen Sie uns Oliver Hafner!"

„Wir kriegen ihn", erwiderte Bussard zuversichtlich. „Es spielt keine Rolle, wo Hafner sich versteckt hat. Früher oder später werden wir ihn aufspüren."

Er erhob sich von seinem Stuhl, drehte sich um und sah seine Kollegen der Reihe nach an.

„Es war ein aufreibender Tag", erklärte er, „und für die Kollegen der Kriminaltechnik ist er noch lange nicht zu Ende. Alle anderen fahren jetzt nach Hause und schlafen sich aus. Ich will, dass alle frisch und ausgeruht sind, wenn wir uns morgen früh um sechs Uhr hier wieder treffen."

*

Als Bussard gegen zehn Uhr abends seinen Passat vor dem Eingang seines Hauses parkte, war der Möbelwagen verschwunden. Der Kommissar öffnete die Haustür, schaltete das Licht ein und stieg die Stufen zum zweiten Obergeschoss hinauf. In der Nische beim letzten Treppenabsatz stand noch immer der große, schwarze Kontrabasskoffer. Bussard warf ihm einen überraschten Blick zu, stieg die letzten Stufen hinauf und läutete bei seinem Nachbarn. In der Wohnung rührte sich nichts. Bussard läutete noch einmal, klopfte mit den Fingerknöcheln gegen die Tür und lauschte, doch offensichtlich war niemand mehr da. Der Musiker, der mit seinen Kollegen unterwegs nach Irland war, hatte den Koffer vergessen. Möglicherweise hatte sich jeder auf den anderen verlassen und am Ende hatte niemand den Kontrabass in den Möbelwagen geladen.

Bussard schloss seine Wohnungstür auf und schaltete das Licht im Flur ein, doch er trat nicht ein. Nachdenklich blieb er an der offenen Tür stehen. Im Haus gab es zwölf Mietparteien und es war ein ständiges Kommen und Gehen. Kaum jemand schloss die Haustür ab und Bussard befürchtete, dass das herrenlose Instrument nicht so lange in seiner Nische stehen bleiben würde, bis der rechtmäßige Besitzer es abholte. Kurzentschlossen stieg Bussard die Stufen hinunter, packte den Koffer und trug das Ungetüm in seine Wohnung. Wenn er am nächsten Tag bei der Hausverwaltung anrief, konnte sich sein ehemaliger Wohnungsnachbar mit ihm in Verbindung setzen, um den Kontrabass wieder in Besitz zu nehmen.

Im Wohnzimmer legte Bussard den Koffer auf den Boden, öffnete die Verschlüsse und hob den Deckel an. Mit den Fingerspitzen fuhr er über das schön gemaserte, dunkelbraune Holz des Corpus. Die ausladenden, üppigen Formen machten den Kontrabass zur Rubensdame unter den Musikinstrumenten. Vorsichtig zupfte Bussard eine der Saiten an und lauschte andächtig dem warmen, tiefen Ton. Es war ein schönes, seiner Größe wegen sogar majestätisches Instrument und von sich selbst überrascht stellte er fest, dass er es gern beherrschen würde. Musiker konnten ihren Gefühlen ohne Worte Ausdruck verleihen, vor allem, wenn es sich um Trauer oder Wehmut handelte, über die zu sprechen ziemlich schwierig war. Ein Requiem oder ein Blues drückten genau das aus, was er selbst nicht in Worte fassen konnte oder wollte. Er hatte noch nie darüber nachgedacht, doch vor dem offenen Kontrabasskoffer kniend gewann er die Erkenntnis, dass ein Musiker seine Gefühle einem Instrument anvertrauen konnte, das sie für die Zuhörer übersetzte, ganz gleich, welche Sprache im Publikum gesprochen wurde. Musik war multilingual und dennoch musste ein Musiker nicht befürchten, für das, was sein Instrument übersetzte, kritisiert oder sogar verurteilt zu werden. Es gab keine Worte, auf die man festgenagelt werden konnte und trotzdem konnte man seinen Gefühlen freien Lauf lassen. Wenn man traurig war, spielte man eine traurige Melodie, ohne dass jemand die Trauer als Schwäche auslegte. Das Spielen eines Instruments verlieh dem Musiker eine Souveränität, eine Unangreifbarkeit, die kein Redner je erreichte. Zum ersten Mal, seit er die neue Wohnung bezogen hatte, spürte Bussard, dass er sich seiner Trauer nicht hilflos ergeben musste. Ein leises, wehmütiges Lächeln stahl sich in sein Gesicht, als er andächtig den Koffer schloss und in eine freie Ecke des Wohnzimmers stellte.

Um sich eine warme Mahlzeit zu kochen, war es bereits viel zu spät. Bussard öffnete den Kühlschrank, entnahm ihm Wurst, Käse, eine Tomate und einen Tetrapack Eistee, dann ließ er die Tür wieder zufallen. Einige belegte Brote mussten als

Abendessen genügen. Zwanzig Minuten später drehte er sich eine Zigarette, öffnete einen Fensterflügel und stützte seine Unterarme auf die Fensterbank. Während er rauchte, dachte er über seinen aktuellen Fall nach, der eine unerwartete Wendung genommen hatte. Aus der Entführung war keine räuberische Erpressung geworden, wenn man von den viertausend Euro absah, die Hafner von Strahles Konto abgehoben hatte. Hafner hatte keine Forderung gestellt, für deren Erfüllung er im Gegenzug die Freilassung des Leitenden Oberstaatsanwalts angeboten hätte. Er hatte Strahle entführt und ihn knapp vierundzwanzig Stunden später bei lebendigem Leib verbrannt. Um einen Menschen auf solch grausame Art zu töten, musste man schon ein sehr starkes Motiv haben. Bussard fragte sich, was Hafner dazu getrieben hatte, Strahle so sehr zu hassen, dass Hafners Rache in einem solchen Exzess endete. Er zog an seiner Zigarette und erinnerte sich an die drei kurzen Telefonate und an die elektronisch verzerrte Stimme. *Sie sind der Kommissar. Ermitteln Sie, Herr Bussard!*, hatte Hafner verlangt. Außerdem hatte er auf den neunten und den zehnten Abschnitt des Strafgesetzbuches verwiesen, die sich mit Falschaussagen, Meineid und falschen Verdächtigungen beschäftigten.

Sasha Wegner hatte Hafners Akte durchgesehen und war auf keine Ungereimtheiten gestoßen, was aber nicht bedeutete, dass es keine Ungereimtheiten gab. Vielleicht versteckte sich zwischen den Seiten der Ermittlungsakte irgendwo etwas Unauffälliges, das nicht sofort ins Auge stach. Vielleicht hatte auch jemand nachträglich etwas manipuliert. Alle Seiten der Akte waren elektronisch gespeichert, doch das Original befand sich im Archiv und Bussard beschloss, sich dieses Original zu holen, um es selbst in Augenschein zu nehmen. Wenn es tatsächlich etwas gab, das Zweifel an Hafners Schuld rechtfertigte, würde er es finden.

4

Mallmanns Augen waren kleiner als gewöhnlich. Er hatte die Nacht durchgearbeitet und ein dunkler Schatten bedeckte Wangen und Kinn seines sonst immer glatt rasierten Gesichts. Seine Augen waren dunkel umrändert und man sah ihm jedes einzelne seiner neununddreißig Jahre an. Er lehnte sich gegen einen der Schreibtische im Besprechungsraum und in seinem Mundwinkel steckte wie so oft der Bügel seiner Brille. Es war sechs Uhr am Morgen und Mallmann hoffte, spätestens eine Stunde später in seinem Bett zu liegen. Zuvor allerdings musste er Bericht erstatten. Er nahm den Brillenbügel aus dem Mundwinkel, setzte die Sehhilfe auf und ließ seinen Blick über die so früh am Tag versammelten Kollegen schweifen.

„Wir haben im Laufe der Nacht die Tatortspuren ausgewertet und können schon erste Ergebnisse liefern“, begann er. „Anhand der Fahrgestellnummer können wir eindeutig nachweisen, dass es sich bei dem ausgebrannten Wagen um den Mercedes handelt, der auf Achim Strahle zugelassen ist. Das Fahrzeug wurde, wie wir vermutet haben, mit Benzin übergossen und angezündet. Bei der Leiche, die sich im Innenraum des Fahrzeugs befunden hat, handelt es sich um Achim Strahle, was die Rechtsmedizin anhand des Zahnschemas des Toten nachgewiesen hat. Weder auf der Außenseite des Fahrzeugs noch im Innenraum haben wir Täterspuren nachweisen können. Sollten sich Täterspuren am oder im Fahrzeug befunden haben, so wurden sie durch das Feuer zerstört. Unter dem Fahrzeug haben wir einen Klumpen geschmolzenen Kunststoffs sichergestellt. Wir gehen davon aus, dass das ursprünglich der Kanister war, der das Benzin beinhaltete, mit dem der Täter den Wagen übergossen hat. Leider konnten wir auch daran keine verwertbaren Spuren sichern."

„Das ist nicht viel", bemerkte Neudörfer.

„Stimmt", bestätigte Mallmann und nickte, „aber das ist noch nicht alles. Bei der Kapelle, zu der der Täter laut Zeugenaussage geflüchtet ist, haben wir insgesamt fünf Zigarettenkippen gefunden. Bei vier der fünf Kippen konnten wir DNA-Spuren sichern. Drei davon sind unbekannt, aber die vierte stammt eindeutig von Oliver Hafner."

„Kein Zweifel?", fragte Bussard.

„Ich sagte doch gerade, dass sie *eindeutig* von Oliver Hafner stammt", erwiderte Mallmann unwirsch.

Er war seit vierundzwanzig Stunden auf den Beinen und die anstrengende, arbeitsintensive Nacht hatte ihn dünnhäutig werden lassen. Mallmann wusste, dass die Kollegen bei diesem besonderen Fall hieb- und stichfeste Ergebnisse von ihm erwarteten, auf die sie ihre Ermittlungsarbeit aufbauen konnten, doch ein ausgebrannter Wagen war nahezu klinisch rein. Kein organisches Material überstand ein solches Feuer unbeschadet und aus kriminaltechnischer Sicht hatte der Löschschaum der Feuerwehr dem Fahrzeug den Rest gegeben. Trotzdem hatte er etwas Verwertbares gefunden, denn die Zigarettenkippe mit den DNA-Spuren von Oliver Hafner, die Smirna in der Nähe der Kapelle unweit des ausgebrannten Mercedes sichergestellt hatte, lieferte zumindest einen Beweis für den Aufenthalt des Täters am Tatort.

„Schon gut, Klaus", sagte Bussard beschwichtigend und klopfte dem Kriminaltechniker auf die Schulter, „ich weiß, dass du eine lange Nacht hinter dir hast, aber bei diesem Fall müssen wir jeden Fakt doppelt und dreifach überprüfen. Hast du sonst noch etwas für uns?"

„Der Täter hat Strahle die Augen mit einer Krawatte verbunden", antwortete Mallmann. „Da das Opfer einen Anzug, aber keine Krawatte trug, gehen wir davon aus, dass es sich um Strahles eigene Krawatte handelt. Außerdem haben wir bei der Kapelle sowohl Fuß- als auch Reifenspuren sichergestellt. Wir haben Fotos aufgenommen und Gipsabdrücke angefertigt, doch die Spuren sind zu diffus, um sie bestimmten Schuhen oder Reifen eindeutig zuordnen zu können."

„Okay, danke. Du kannst jetzt Feierabend machen und nach Hause gehen. Bertold übernimmt die Tagschicht. Melde dich gegen achtzehn Uhr. Vielleicht brauchen wir dich heute Abend noch."

„Noch eine Nachtschicht?"

„Wir müssen sehen, wie der Tag läuft."

Mallmann nickte, hob grüßend die Hand und verabschiedete sich. Mit schweren Schritten schlurfte er zur Tür und verließ den Besprechungsraum.

„Also, Leute", rief Bussard und klatschte einmal in die Hände, „für uns fängt der Tag erst an. Wir suchen Oliver Hafner und wir machen dort weiter, wo wir gestern aufgehört haben. Paul, du leitest weiterhin die Fahndung. Jeder verfügbare Beamte soll mit einem Foto auf die Straße gehen und Hafners Bild herumzeigen, in jedem Supermarkt, in jeder Bäckerei und meinetwegen auch bei jedem Friseur. Ich will, dass sein Gesicht an jedem schwarzen Brett in der Stadt hängt und an jedem Schaufenster klebt."

Sandmann nickte und Bussard wandte sich an den Kollegen Freytag.

„Michael, falls du in deiner eigenen Abteilung gebraucht wirst, stelle ich dich von diesem Fall frei. Es genügt, wenn Paul uns unterstützt."

Bussard wartete Freytags Einverständnis nicht ab, sondern deutete mit dem Finger auf Bernauer.

„Thomas, du nimmst dir die Lokale noch einmal vor, Spielhallen, Bordelle und so weiter, nach dem gleichen Muster. Tapeziert die Stadt mit Hafners Visage! Noch Fragen?"

Die Angesprochenen schüttelten die Köpfe.

„Okay, dann los", sagte Bussard und klatschte noch einmal in die Hände, „an die Arbeit! Bertold, du rufst mich sofort an, sobald ihr in der Kriminaltechnik neue Ergebnisse habt. Sasha und Susanne, wir treffen uns in zwei Minuten in meinem Büro. Abmarsch!"

Die Beamten verließen nacheinander den Besprechungsraum. Nur Bussard und Neudörfer blieben zurück.

„Gibt es noch etwas?", fragte der Polizeirat.

„Ja", erwiderte Bussard, „Sie haben mir die Leitung der Ermittlungen übertragen, also sage ich den Leuten, was sie zu tun haben."

„Natürlich, und?"

„Ich entscheide auch darüber, wie sie es tun. Ich habe Verständnis für Ihre Motivationsrede von gestern Abend, aber wir dürfen den Bogen nicht überspannen, um die Ermittlungen und eine mögliche Verurteilung des Täters nicht zu gefährden."

„Wieso gefährden?"

Bussard setzte sich auf die Kante eines Schreibtischs und legte die Handflächen gegeneinander. Er wirkte völlig entspannt, doch sein Blick war konzentriert und der Polizeirat spürte die Anspannung des Kommissars.

„Unser Opfer ist nicht irgendwer", erklärte Bussard, „und bei diesem Fall werden uns viele Leute auf die Finger sehen. Ich will nicht, dass uns irgendein Rambo die Tour vermasselt, weil er glaubt, Hafner im Alleingang verhaften oder schlimmstenfalls sogar erschießen zu müssen. Früher oder später werden wir Hafner finden. Wir müssen ihn nicht mit Samthandschuhen anfassen, aber wir müssen sicherstellen, dass seine Verhaftung korrekt abläuft. Ich will diesen Fall wasserdicht abschließen und ich möchte nicht, dass er mir hinterher um die Ohren fliegt."

„Ich denke, darum müssen Sie sich keine Sorgen machen", entgegnete Neudörfer. „Die Kollegen wissen, was zu tun ist und ich sagte ja schon gestern Abend, dass Sie volle Rückendeckung bei den Ermittlungen haben."

Bussard nickte stumm. Er hatte gesagt, was er zu sagen hatte und hoffte, dass Neudörfer auch dann zu seinem Wort stehen würde, wenn die Ermittlungen in eine Richtung liefen, die niemand vorhergesehen hatte. Seit dem Abend zuvor ließen ihm Hafners Worte keine Ruhe mehr.

Ermitteln Sie!

*

Als Bussard sein Büro betrat, wurde er bereits von Sasha und Susanne erwartet. Er schloss die Tür, ging zur Kaffeemaschine, füllte seine Tasse und süßte das starke, schwarze Gebräu mit Zucker.

„Wenn ihr Kaffee wollt, bedient euch", sagte er und ging zu seinem Schreibtisch.

Wegner hob abwehrend die Hand, doch Susanne nahm die Einladung gern an.

„Ich möchte, dass ihr beiden das Pferd von hinten aufzäumt", erklärte Bussard, während er langsam seinen Kaffee umrührte.

„Was meinst du damit?", fragte Susanne, die sich ebenfalls einen Kaffee eingegossen und mit Zucker gesüßt hatte.

Bussard trank schlürfend einen Schluck von seinem heißen Muntermacher und stellte die Tasse auf den Schreibtisch.

„Die ganze Mannschaft sucht nach Oliver Hafner", antwortete er und stützte seine Ellenbogen auf die Tischplatte, „wir kümmern uns um das Motiv."

„Hafner hat sich an Strahle gerächt, weil Strahle ihn damals ins Gefängnis gebracht hat", erwiderte Wegner, „das ist sein Motiv."

„Mag sein", stimmte Bussard zu, „aber das genügt mir noch nicht."

„Worauf willst du hinaus?", fragte Susanne.

Bussard atmete tief ein und langsam wieder aus.

„Der Mord an Strahle wurde äußerst brutal ausgeführt", erklärte er und sah seine beiden Kollegen abwechselnd an. „Strahle wurde bei lebendigem Leib und bei vollem Bewusstsein verbrannt. Der Junge, der die Feuerwehr gerufen hat, hat ihn schreien gehört. Das war mehr als eine Hinrichtung. Hafner hat sich nicht damit begnügt, Strahle einfach nur zu ermorden. Er hätte ihn erschießen können oder meinetwegen auch erwürgen. Stattdessen hat er ihn gefesselt, ihm die Augen verbunden und ihn in den Mercedes gesetzt, den er mit Benzin übergossen und angezündet hat. Das war keine Vergeltung, sondern Rache, die einem unbändigen, abgrundtiefen Hass entsprungen sein muss. Ich frage mich, was diesen Hass ausgelöst hat."

„Hafner hat bei seiner Vernehmung damals und bei dem Prozess immer beteuert, unschuldig zu sein", erwiderte Wegner, „vielleicht war er ja wirklich unschuldig."

„Du hast dir doch die Ermittlungsakte angesehen. Glaubst du, dass er unschuldig war?"

Wegner dachte einen Augenblick nach, dann schüttelte er langsam den Kopf.

„Nein, eigentlich nicht. Der Zeuge, der den Täter beschrieben hat, hat seine Aussage später zwar widerrufen, aber das stärkste Indiz war der Schlagring, den man bei Hafner gefunden hat. Smirna hat sowohl Hafners DNA als auch das Blut des Opfers daran nachgewiesen. Die Jacke mit dem auffälligen Aufdruck, die der Zeuge ursprünglich beschrieben hatte, hat man ebenfalls bei Hafner gefunden. Er hat damals selbst bestätigt, dass es seine Jacke sei. Außerdem hatte er für die Tatzeit kein Alibi."

Bussard nahm seine Kaffeetasse in beide Hände, trank einen Schluck und drehte die Tasse gedankenverloren hin und her.

„Ich habe mit Richie Holzhauser gesprochen", berichtete er, „er war Hafners letzter Zellengenosse in der JVA. Richie erwähnte ein Gespräch mit Hafner, wonach dessen Bruder sich um den Zeugen gekümmert habe."

„Michael Hafner hat den Zeugen unter Druck gesetzt", folgerte Wegner.

„Ja", stimmte Susanne zu und nickte, „und das ist für mich ein weiteres Indiz, dass Oliver Hafner damals der Täter war. Warum sonst hätte sein Bruder den Zeugen unter Druck setzen sollen?"

Bussard trank einen weiteren Schluck Kaffee und stellte die Tasse wieder auf den Schreibtisch. Er stand auf, ging zum Fenster, verschränkte die Arme vor der Brust und sah hinaus. Wenn Oliver Hafner den Überfall auf den Einzelhändler vor acht Jahren nicht begangen hatte und tatsächlich unschuldig war, mussten die Ermittlungen im großen Stil manipuliert worden sein. Wenn er aber doch schuldig war, musste sein Hass auf Strahle einen anderen Ursprung haben.

„Was ist eigentlich mit dem Zeugen von damals?", fragte Bussard und drehte sich wieder um.

„Der ist kurz vor dem Prozess weggezogen", antwortete Wegner, „und lebt seither in Norddeutschland."

„Hat er im Prozess ausgesagt?"

„Ja, aber anscheinend konnte er sich an nichts erinnern. Er behauptete, sich geirrt zu haben und hat erklärt, zur Tatzeit betrunken gewesen zu sein."

„Wie hat der Richter darauf reagiert?"

„Keine Ahnung, das steht nicht in der Akte."

„Und das Opfer?"

„Der Einzelhändler? Das war ein gewisser Frederic Vermeulen, ein Belgier, der in Freiburg Schokolade und Pralinen verkauft hat. Nach dem Überfall lag er eine Weile im Krankenhaus und konnte aufgrund seiner Verletzungen sein Geschäft nicht führen. Vermutlich war er nicht versichert, denn er hat seinen Laden kurze Zeit später dichtgemacht und ist nach Belgien zurückgekehrt. Das Gericht hat ihm zwar Schadenersatz und Schmerzensgeld zugesprochen, aber da Hafner im Vollzug war, hat Vermeulen wahrscheinlich nie einen Euro gesehen."

„Hat das Opfer den Täter beim Prozess identifiziert?"

„Nein. Vermeulen wurde von einem maskierten Täter überfallen, aber er hat ebenso wie der Zeuge die Jacke beschreiben können."

Bussard stopfte die Hände in die Hosentaschen und lehnte sich gegen das Fenster. Auf den ersten Blick schien der Fall wasserdicht zu sein, doch der Schein konnte trügen. Es war möglich, dass jemand die Ermittlungen manipuliert hatte, aber es war ebenso gut möglich, dass ein anderer Hafner die Tat in die Schuhe geschoben hatte. Der Täter war maskiert gewesen.

Bussard verharrte einen Augenblick reglos, dann nahm er die Hände aus den Hosentaschen, ging zu seinem Schreibtischstuhl und nahm seine Lederjacke von der Lehne.

„Eine Jacke ist eine Jacke", sagte er und hielt sie hoch, „und das hier ist meine Jacke. Wer mich kennt, der weiß, dass sie mir gehört und wenn Bertold sie in die Finger kriegt, kann er darauf DNA-Spuren nachweisen, die eindeutig von mir stammen."

„Ja, und?", fragte Wegner.

„Ich bin nicht der Einzige, der diese Jacke tragen kann", antwortete Bussard, „dir würde sie genauso passen. Wenn du dann noch maskiert wärst, könnte man dich für mich halten."

„Aber wer hätte Hafner einen Raubüberfall in die Schuhe schieben sollen?", fragte Susanne. „Der Täter hätte Zugriff auf die Jacke und den Schlagring haben müssen."

„Ganz genau", erwiderte Bussard und nickte, „und wir haben einen Mann in Gewahrsam, den wir danach fragen werden."

*

Bussard schaltete die Videokamera ein und setzte sich an den Tisch. Eine Weile betrachtete er Michael Hafner schweigend, der ihm gegenübersaß und ihn seinerseits lauernd beobachtete. Hafner trug keine Handschellen, doch ein uniformierter Beamter stand hinter ihm, um notfalls eingreifen zu können, falls Hafner gewalttätig werden würde. Seine tätowierten

Unterarme lagen auf der Tischkante und er hatte die Hände zu Fäusten geballt. Obwohl er lässig auf dem Stuhl saß, verrieten Mimik und Körpersprache, dass er sich jederzeit auf einen Kampf einlassen würde, wenn sich eine Gelegenheit bot. Bussard wusste, dass Hafner gefährlich war, dennoch hatte er entschieden, auf die Handschellen zu verzichten. Hafner sollte das Gefühl haben, frei und ungezwungen reden zu können.

„Wenn wir hier fertig sind und nichts anderes gegen dich vorliegt, kannst du nach Hause gehen“, erklärte der Kommissar.

„Wieso nichts anderes?“, fragte Hafner argwöhnisch.

„Keine Ahnung“, erwiderte Bussard, „aber es könnte doch sein, dass du eine Straftat gestehst. Selbst bei einem freiwilligen Geständnis müssten wir dich dann in U-Haft nehmen.“

„Hä? Was ´n für ´n Geständnis?“

„Woher soll ich das wissen? Ich habe keine Ahnung, was du in der letzten Zeit getrieben hast. Vielleicht hast du dir ja wirklich nichts zuschulden kommen lassen und bist ein braver, anständiger Bürger geworden. Du hast eine Frau und einen Sohn. Das kann einen Mann verändern.“

„Die Schlampe ist nicht meine Frau.“

„Aber sie ist die Mutter deines Sohnes.“

Hafners Blick war noch immer lauernd, doch er hatte sich eindeutig verändert. Seine Gesichtszüge waren nicht mehr ganz so hart wie noch wenige Augenblicke zuvor. Bussard hatte Hafners Aufmerksamkeit auf dessen Sohn gelenkt. Der Kommissar wusste zwar nicht, wie Hafner zu seinem Sohn stand oder was er für ihn empfand, aber er las in dessen Augen, dass sich sein Gegenüber auf unsicherem Terrain befand.

„Wer hat eigentlich den Namen ausgesucht?“, fragte Bussard.

„Welchen Namen?“

„Daniel, der Name deines Sohnes.“

„Das war Melanie, warum?“

„Wirst du sie heiraten?“

„Heiraten? Wieso?“

„Sie ist die Mutter deines Sohnes. Ihr könntet heiraten und eine Familie gründen. Das gäbe ihr und Daniel Sicherheit und du müsstest keine Alimente zahlen.“

Das Lauernde in Hafners Blick war völlig verschwunden. Seine Hände waren nicht mehr zu Fäusten geballt, sondern lagen jetzt mit den Handflächen nach unten auf der Tischplatte. Die Überraschung über den Verlauf des Gesprächs stand ihm deutlich ins Gesicht geschrieben, doch sein Argwohn meldete sich zurück und er zog die Augenbrauen zusammen.

„Was soll das eigentlich?“, fragte er.

Bussard schlug die Beine übereinander und verschränkte die Hände im Schoß.

„Ich habe mich gefragt, ob du ein Familienmensch bist“, antwortete er und wiegte den Kopf hin und her.

„Warum? Was geht dich das an?“

Bussard behielt seine entspannte Haltung und den leichten Plauderton bei. Er reizte Hafner nicht, sondern führte ihn ganz sanft in die kritische Zone.

„Du weißt, dass wir nach deinem Bruder suchen“, erklärte er und nickte Hafner aufmunternd zu, „und wir müssen ihn finden, bevor Oliver einen schwerwiegenden Fehler macht. Ich kenne deinen Bruder nicht und weiß nicht, was er vorhat oder wie er reagiert, aber du scheinst doch ganz in Ordnung zu sein."

Er legte eine kurze Pause ein, um den letzten Satz nachwirken zu lassen und fuhr entspannt fort, während er Hafner scheinbar teilnahmslos, aber dennoch äußerst aufmerksam beobachtete.

„Machst du dir Sorgen um deinen Bruder?"

Hafner zuckte mit den Schultern.

„Warum?", fragte er. „Oliver ist selber groß. Er kann schon auf sich aufpassen."

„Aber du hast auf ihn aufgepasst, als ihr noch Kinder wart", spekulierte Bussard. „Du bist zwei Jahre älter als Oliver."

„Klar, so was macht man als großer Bruder", antwortete Hafner und drückte seine Brust ein klein wenig nach vorn.

Bussard hatte die unscheinbare Bewegung bemerkt. Michael Hafner war stolz darauf, der größere Bruder zu sein. Er hatte sich um Oliver gekümmert und ihn garantiert verteidigt, wenn der Jüngere in Schwierigkeiten gewesen war. Im Gegenzug hatte Oliver seinen großen Bruder sicherlich bewundert.

„Ihr habt euch wahrscheinlich gut verstanden", fuhr Bussard nickend fort, „immerhin habt ihr beide später einiges zusammen ausgefressen."

„Ja, wir haben schon ein paar Dinger gedreht, ich und Oliver."

Bussard wusste, dass er Hafner am Haken hatte. Der Kommissar hatte genau den richtigen Schlüssel gefunden, denn das Verhältnis zu seinem jüngeren Bruder war Michael Hafner sehr wichtig. Er war stolz darauf, Oliver zu einem gewissen Teil miterzogen zu haben, weil die älteren Geschwister den jüngeren immer als Vorbilder dienten und wie die meisten Menschen sprach auch er gern darüber, worauf er stolz war.

„Aber den Raubüberfall auf den Schokoladenhändler hat Oliver allein gedreht“, stellte Bussard fest.

Hafner legte den Kopf zur Seite, antwortete aber nicht.

„Er hätte den Mann nicht so zurichten sollen“, fuhr Bussard fort, „dann wäre er auch nicht so lange eingefahren.“

„Er hätte diese Scheißjacke nicht anziehen sollen“, erwiderte Hafner, „dann hättet ihr ihn nie gekriegt, aber er musste ja unbedingt mit diesem Scheißding herumlaufen.“

Na also, dachte Bussard. Er hatte den richtigen Ton angeschlagen und nun machte Hafner die Musik dazu. Hafner würde singen, auch wenn er das selbst noch nicht wusste.

„Warum hast du ihm nicht gesagt, dass diese Jacke zu auffällig war?“, fragte Bussard.

„Weil ich von der Nummer überhaupt nichts gewusst hab“, stöhnte Hafner und hob in einer flehenden Geste die Hände. „Ich hätt´ ihm gleich sagen können, dass das eine Scheißidee war. Er hat mich vom Krankenhaus abgeholt und mit der Kohle herumgewedelt, aber er hat erst später erzählt, woher er die Kohle hatte.“

„Wieso warst du im Krankenhaus?“

„Ich bin doch an dem Tag mit dem Motorrad auf die Fresse geflogen. Mein Bein hatte es erwischt, aber Gott sei Dank war nix gebrochen. Es war nur ´ne Platzwunde am Knie, die sie genäht haben und irgendwas mit ´nem Schleimbeutel. Sie haben mich auch gleich wieder entlassen, aber eine Woche lang musste ich mit Krücken rumlaufen."

„Und was habt ihr mit der Kohle gemacht?", hakte Bussard nach.

„Wir sind ins Puff gefahren und haben sie auf den Kopf gehauen", antwortete Hafner grinsend. „Ich konnte ja nicht so richtig wegen meinem Knie, aber die beiden Fotzen haben mir dermaßen einen geblasen. Das war das letzte Mal, wo ich und Oliver zusammen gefeiert haben."

Bussard nickte verständnisvoll. Nach dem ersten Streich musste nun sogleich der zweite folgen und der Kommissar setzte den Treffer punktgenau.

„Und später hast du den Zeugen überredet, seine Aussage zu widerrufen."

Hafner hob abwehrend die Hände und schüttelte den Kopf.

„Ich konnte Oliver doch nicht hängen lassen."

„Blut ist dicker als Wasser", stellte Bussard fest und nickte abermals. „Auf einen Bruder kann man sich eben doch eher verlassen als auf jeden Freund."

„Stimmt, genau meine Rede."

Der Kommissar erhob sich, ging zur Videokamera und schaltete sie aus. Es war eine genau kalkulierte Geste, die signalisierte, dass die Vernehmung beendet war.

„Kann ich jetzt gehen?", fragte Hafner.

„Ja", antwortete Bussard und ging zur Tür.

Hafner wuchtete seinen massigen Körper vom Stuhl hoch. Er warf dem uniformierten Beamten einen Blick zu und ging ebenfalls zur Tür.

„Kümmere dich um Melanie und Daniel", sagte Bussard und reichte Hafner die Hand, „Freunde kommen und gehen, aber die Familie bleibt."

Hafner brummte, ließ aber nicht erkennen, ob es sich um Zustimmung oder Ablehnung handelte.

„Oliver sitzt wirklich in der Scheiße", fuhr Bussard fort, ohne Hafners Hand loszulassen. „Gib mir wenigstens einen Tipp, wo wir nach ihm suchen können, bevor die ganze Sache aus dem Ruder läuft und wir nichts mehr für ihn tun können."

„Wenn ich wüsste, wo er ist, hätte ich ihn schon längst besucht", antwortete Hafner, „aber der Kleine scheint irgendwie sein eigenes Ding durchzuziehen. Hoffentlich hat er nicht wieder so eine Scheißidee."

„Alles klar, Micha", erwiderte Bussard, ließ Hafners Hand los und öffnete die Tür.

Während Hafner den Vernehmungsraum verließ, ging Bussard zur Videokamera zurück, entnahm die Kassette und steckte sie in seine Hosentasche. Ohne es selbst zu bemerken, hatte Hafner ein Geständnis abgelegt. Er hatte bestätigt, dass sein Bruder Oliver den belgischen Händler überfallen hatte und er hatte zugegeben, dass er selbst den Zeugen unter Druck gesetzt und zum Widerruf seiner Aussage gezwungen hatte. Für den Raubüberfall war Oliver verurteilt worden und hatte seine Strafe abgesessen. Dass Michael den Zeugen unter Druck gesetzt hatte, spielte keine Rolle mehr und war vermutlich längst verjährt. Bussard war davon überzeugt, dass Michael die Wahrheit gesagt hatte. Die Geschichte mit dem Motorradunfall und dem ambulanten Aufenthalt im Krankenhaus hatte er sich sicher nicht aus den Fingern gesogen. Die Angaben ließen sich leicht überprüfen und wenn sie sich als wahr erwiesen, war die These widerlegt, wonach Michael mit Olivers Jacke den Überfall verübt hatte, um dem Bruder die Tat in die Schuhe zu schieben. Oliver Hafners Beteuerungen, unschuldig zu sein, waren demnach nichts anderes gewesen als Schutzbehauptungen. Wenn er aber doch nicht unschuldig verurteilt worden war, musste sein Hass auf Strahle eine andere Ursache haben.

Bussard trug Wegner auf, Michael Hafners Alibi für die Zeit des Überfalls auf den belgischen Schokoladenhändler zu überprüfen und er wies Susanne an, sich mit Achim Strahle zu beschäftigen.

„Geh von Oliver Hafners Verurteilung aus und finde heraus, in welchen Fällen Strahle in den beiden Jahren zuvor die Anklage vertreten hat. Schau dir die Akten an und nimm dir auch die Presseberichte vor."

„Okay, aber wozu?", fragte sie.

„Wir wissen immer noch nicht, warum Oliver Hafner einen solchen Hass auf Strahle hatte", antwortete Bussard. „Vielleicht geht es gar nicht um Hafner selbst, sondern um jemanden, der ihm nahe steht oder stand. Schau dir auch die Lebensläufe der damals Verurteilten an. Möglicherweise hat jemand im Gefängnis Selbstmord begangen oder ist während der Haftstrafe gestorben."

„Wozu der ganze Aufwand?", fragte Susanne. „Über kurz oder lang werden wir Hafner verhaften, dann wird er uns selbst sagen, was sein Motiv war."

Bussard war nicht davon überzeugt, dass der Fall so einfach lag, wie Susanne vermutete. Oliver Hafner hatte sich von Anfang an zu erkennen gegeben. Selbst der dämlichste Straftäter wusste, was ein Fingerabdruck war. Vielleicht hatte Hafner die Zigarettenkippe bei der Kapelle nur achtlos weggeworfen, vielleicht hatte er sie aber auch ganz bewusst dort platziert, um seine Visitenkarte zu hinterlassen. Er hatte den Leitenden Oberstaatsanwalt entführt und er hatte sich mit seinen Anrufen bei Schmieder selbst gemeldet. Mit seinen Aktionen, die mit dem brutalen Mord an Strahle ein grausames Ende gefunden hatten, hatte er sich die ungeteilte Aufmerksamkeit der Ermittlungsbehörden gesichert. Bussard ging davon aus, dass es Hafners Absicht gewesen war, neben seiner Rache „Schmieders besten Mann" zu veranlassen, in einem Fall zu ermitteln, der in der Vergangenheit lag. Strahle war tot. Er hatte für was auch immer mit seinem Leben bezahlt, doch mit der Ermordung von Freiburgs oberstem Ankläger hatte Hafner sich selbst seines Druckmittels beraubt. Wenn er sein Ziel erreichen und eine Ermittlung in Gang bringen wollte, musste er mindestens ein weiteres Ass im Ärmel haben.

„Bist du sicher, dass Hafner sich nicht ein neues Opfer sucht?", fragte der Kommissar.

„Wieso?", erwiderte Susanne und sah ihn mit großen Augen an.

„Weil es vielleicht noch andere gibt", antwortete Bussard, „an denen er sich rächen will."

*

Frau Glöckler und ihr Sohn Sebastian trafen kurz nach acht Uhr im Präsidium ein. Bussard bat einen Kollegen, die Aussage des Jungen zu Protokoll zu nehmen, während er selbst ins Archiv ging, um sich das Original der Ermittlungsakte im Fall des beraubten Schokoladenhändlers zu holen.

„Bussard", rief Gaby Tröger überrascht, als der Kommissar in ihrem Reich auftauchte, „dich habe ich ja schon eine Ewigkeit nicht mehr gesehen."

Die kleine, rundliche Frau Mitte fünfzig war seit mehr als dreißig Jahren die Herrin über das Freiburger Polizeiarchiv. Zu Beginn ihrer Karriere hatte sie als Kriminalbeamtin selbst ermittelt, doch sie hatte sich als nicht teamfähig erwiesen. Gaby Tröger war eine Ordnungsfanatikerin, die andere mit ihrem Spleen an den Rand des Wahnsinns getrieben hatte. Sobald sie in eine neue Abteilung versetzt worden war, hatte sie sich sofort über die Schreibtische ihrer Kollegen hergemacht, um Akten und Stifte, Locher und Lineale aufzuräumen. Sie richtete die Henkel der Tassen im Schrank aus, ordnete Kleidungsstücke an der Garderobe der Größe nach und verließ einen Raum nicht eher, bis alle Stühle den exakt gleichen Abstand zu den Schreibtischen aufwiesen. Immer wieder hatten sich Kollegen darüber beschwert, dass ein effizientes Arbeiten mit ihr nicht möglich sei, denn ihre Manie beanspruchte einen guten Teil ihrer Zeit und stand ihr selbst bei den Ermittlungen im Weg. Neudörfer hatte damals vorgeschlagen, die vakant gewordene Stelle als Leiterin des Archivs mit ihr zu besetzen. Für Gaby war der Posten, der für alle anderen einer Versetzung in ein Straflager gleichkam, wie die Heimkehr ins gelobte Land. Ihr mehr als ausgeprägter Ordnungssinn hatte ein Betätigungsfeld gefunden, wo er sich nicht nur ungehemmt austoben konnte, sondern sogar einen echten Gewinn für die Behörde darstellte. Seit dreißig Jahren konnten sich die Beamten darauf verlassen, dass es keine Akte gab, die im Archiv verschollen war. Gaby wusste stets, wo welcher Fall abgelegt war und konnte jede Akte mit geschlossenen Augen aus dem entsprechenden Regal ziehen.

„Hallo, Gaby“, erwiderte Bussard und nickte ihr lächelnd zu, „ich brauche eine Akte zu einem alten Fall.“

„Natürlich brauchst du die“, erwiderte sie und nickte dem Kommissar ebenfalls lächelnd zu, „sonst wärst du ja nicht hier. Wonach suchst du?“

„Oliver Hafner, schwerer Raub, zweitausendfünf.“

„Oliver Hafner“, wiederholte Gaby murmelnd, „Überfall auf einen Einzelhändler, ein Belgier, wenn ich mich nicht irre.“

„Wie könntest du dich jemals irren?“

„Das Opfer war Inhaber eines Fachgeschäfts für Schokolade und Pralinen“, erklärte sie und zwinkerte ihm zu. „So etwas vergisst eine Frau auf keinen Fall.“

Bussard nickte amüsiert, denn Gabys Figur ließ darauf schließen, dass die Leiterin des Archivs Süßigkeiten nicht gern aus dem Weg ging.

„Einen Moment“, sagte sie, wandte sich um und verschwand zwischen den Regalen.

Wenige Augenblicke später kehrte sie mit einer Akte in der Hand zurück.

„Liest du noch immer die Akten, bevor du sie einsortierst?“, fragte der Kommissar und nahm die Mappe an sich.

„Selbstverständlich“, erwiderte sie, „was willst du wissen?“

„Dieser Fall liegt acht Jahre zurück.“

„Und?“

„Ist dir damals etwas aufgefallen, irgendwelche Ungereimtheiten?“

Gaby dachte einen Augenblick nach, dann schüttelte sie den Kopf.

„Nein“, antwortete sie, „nicht, dass ich wüsste. Hängt der Fall mit der Ermordung des Staatsanwalts zusammen?“

„Genau das will ich herausfinden.“

Bussard verabschiedete sich von seiner Kollegin und kehrte mit der Akte unter dem Arm in sein Büro zurück. Als er wieder an seinem Schreibtisch saß, rief er zuerst die Hausverwaltung an und informierte sie darüber, dass sein ehemaliger Wohnungsnachbar beim Auszug einen Kontrabass vergessen hatte, den der Kommissar bis auf Weiteres in seiner Wohnung verwahrte. Sollte sich der rechtmäßige Eigentümer melden, so könne er das Instrument abholen. Bussard beendete das Gespräch, legte den Hörer auf und goss sich einen Kaffee ein. Mit der Tasse in der Hand kehrte er an seinen Schreibtisch zurück und schlug die Akte auf. Konzentriert las er die Vernehmungsprotokolle, die Berichte der KTU, den Bericht des Arztes, der das Opfer im Krankenhaus behandelt hatte und den Abschlussbericht des Beamten, der die Ermittlung geleitet hatte, doch er fand nichts, was ihm irgendwie spanisch vorgekommen wäre. Alle an dem Fall Beteiligten schienen sauber und korrekt gearbeitet zu haben. Nach der Vernehmung von Michael Hafner hatte Bussard auch nichts anderes erwartet. Oliver Hafner hatte den Überfall auf den belgischen Schokoladenhändler begangen und Polizei und Staatsanwaltschaft hatten ihm diese Tat zweifelsfrei nachgewiesen, wofür er später vom Gericht zu acht Jahren Freiheitsentzug verurteilt worden war. Bussard schlug die Akte zu und schüttelte den Kopf. Was immer er zu finden gehofft hatte, verbarg sich nicht zwischen den beiden Deckeln des Schnellhefters. Das Einzige, was er entdeckt hatte, war ein Name. Er gab ihn in die Suchmaske ein und fand eine aktuelle Adresse.

Nach einem kurzen Klopfen wurde die Tür geöffnet und Wegner kam in Bussards Büro.

„Ich habe beim Krankenhaus nachgefragt", berichtete er. „Michael Hafner ist damals tatsächlich während der Tatzeit ärztlich behandelt worden. Nach eigenen Angaben war er mit seinem Motorrad gestürzt, aber es gibt keinen Bericht der Verkehrspolizei. Der Unfall, wenn es einer war, ist damals nicht aufgenommen worden. Die Verletzungen hätten also auch von irgendeinem anderen Ereignis stammen können."

„Was aber nichts daran ändert, dass er für die Tatzeit ein Alibi hat", erwiderte Bussard und reichte Wegner die Akte. „Schau dir den Fall noch einmal an. Vielleicht findest du etwas, was ich nicht gesehen habe."

Wegner zuckte mit den Schultern und nahm die Akte entgegen. Er wollte das Büro bereits verlassen, doch Bussard hielt ihn mit einer Frage zurück.

„Sag mal, Sasha, kennst du Karsten Perch persönlich?“

„Karsten? Ja, er war dein Vorgänger. Warum fragst du?“

„Perch hat die Ermittlungen im Hafner-Fall geleitet“, antwortete Bussard nachdenklich. „Was ist eigentlich aus ihm geworden?“

„Er hat im Lotto gewonnen“, berichtete Wegner, „und er hat den Jackpot abgeräumt. Ich glaube, es waren so um die viereinhalb Millionen Euro, die er abgesahnt hat. Er hat sich ein Häuschen gekauft und seinen Dienst quittiert. Deshalb ist damals die Stelle frei geworden, die du dann gekriegt hast.“

„Schön für ihn“, erwiderte Bussard und wechselte das Thema. „Hat Susanne schon etwas herausgefunden?“

„Noch nichts Wichtiges, soviel ich weiß. Sie sucht im Internet nach Zeitungsberichten, die sich auf Fälle aus den Jahren 2003 bis 2005 beziehen.“

„Okay, danke, Sasha“, sagte Bussard, stand auf und nahm seine Jacke von der Lehne seines Stuhls. „Ich bin jetzt eine Weile außer Haus. Ruf mich an, falls ihr auf etwas Interessantes stoßt.“

Bussard nahm seine Jacke von der Lehne seines Stuhls und wollte das Büro zusammen mit Wegner verlassen, doch in diesem Augenblick läutete sein Telefon. Er kehrte zu seinem Schreibtisch zurück und nahm den Hörer ab. Der Anrufer war Neudörfer, der den Kommissar dringend in seinem Büro zu sprechen wünschte.

„Jemand hat Einzelheiten ausgeplaudert“, erklärte der Polizeirat, als Bussard das Büro seines Chefs betrat.

Neudörfer warf eine Zeitung auf den Schreibtisch und deutete auf das Foto auf der ersten Seite, das einen brennenden Wagen zeigte.

„Woher weiß die *Badische Zeitung*, dass es sich bei dem Toten um Achim Strahle handelt?", fragte er ungehalten.

„Professor Münchrath hat dessen Identität doch bestätigt", antwortete Bussard.

„Richtig, aber erst gestern Abend! Wieso kann die Zeitung heute Morgen schon vom Mord am Leitenden Oberstaatsanwalt berichten?"

Bussard erinnerte sich an den Pressefotografen, der Bilder des ausgebrannten Mercedes geschossen hatte.

„Einer von der Zeitung war am Tatort", berichtete er. „Er hat das Kennzeichen von Strahles Wagen gesehen. Danach brauchte er nur noch eins und eins zusammenzuzählen."

„Und Sie haben ihn Strahles Leiche fotografieren lassen?"

„Nein, wieso sollte ich?"

Neudörfer deutete auf den Artikel unter dem Foto.

„Hier steht, dass der Mörder Strahle die Augen verbunden hatte!"

„Dieser Fotograf hatte ein Teleobjektiv", erklärte Bussard. „Er hat wahrscheinlich einen Blick auf die Leiche erhascht. Vielleicht hat er sie gesehen, als man sie aus dem Wagen zog."

Bussard runzelte die Stirn und neigte den Kopf zur Seite. Er wusste nicht, warum sein Chef so ungehalten war.

„Was spielt das für eine Rolle?", fragte er.

„Mein Telefon steht nicht mehr still", antwortete Neudörfer. „Alle fünf Minuten ruft irgendein Medienvertreter an und fragt nach Ermittlungsergebnissen. Breisgau TV will eine Reportage über unsere KTU drehen. Wissen Sie, was die verlangt haben?"

Bussard wusste es nicht, doch er reagierte nicht auf die rhetorische Frage.

„Wir sollen Strahles Leiche noch einmal in seinen ausgebrannten Mercedes legen", rief Neudörfer aufgebracht und tippte sich mit dem Finger an die Schläfe. „Sind die denn alle übergeschnappt? Das hier ist doch kein Kindergeburtstag!"

*

Das schmucke, kleine Anwesen schmiegte sich mit der Nordseite an einen der baumbestandenen Hänge, die sich vom Dreisamtal aus bis in Höhen von weit über tausend Metern über dem Meer erhoben. Bussard gefiel das Schwarzwaldhaus mit den kleinen Fenstern und dem typischen, weit nach unten gezogenen Dach. Es wirkte freundlich und gemütlich und auf der grob gezimmerten Bank, die neben der Haustür stand, konnte man an einem schönen Tag von morgens bis abends in der Sonne sitzen. Der Kommissar hatte seinen VW Passat an der Straße stehen lassen und war die letzten Meter bis zum Anwesen zu Fuß gegangen. Vor der geschlossenen Garage stand ein Mercedes mit einem Stuttgarter Kennzeichen und an der Bank neben der Haustür lehnte ein Mountainbike. Bussard durchschritt das kleine, einladend offene Gartentor, ging auf die Haustür zu und drückte auf den Klingelknopf neben dem Namen „Perch". Er wartete einige Augenblicke, doch im Haus rührte sich nichts. Auch nach dem zweiten Läuten wurde die Tür nicht geöffnet. Bussard wandte sich von der Haustür ab und ging an dem Gebäude entlang. Er spähte durch die Fenster im Erdgeschoss, hinter denen die Küche lag, bog um die Ecke und entdeckte sofort eine zerbrochene Scheibe auf der Ostseite des Hauses. Vorsichtig näherte er sich dem Fenster, vor dem keine Glasscherben lagen. Die Scheibe musste von außen nach innen zerbrochen worden sein und der schmale Spalt verriet, dass das Fenster geöffnet und nicht wieder geschlossen worden war. Ganz langsam näherte sich Bussard der zerbrochenen Scheibe und sah hindurch. Der Raum dahinter war offensichtlich das Wohnzimmer. Eine Schrankwand nahm eine Seite des Raumes ein und vor der zweiten stand eine Sitzgruppe mit einer Couch, zwei Sesseln und einem niedrigen Tisch. Neben einem der beiden Sessel entdeckte Bussard zwei menschliche Unterschenkel, die nahezu senkrecht nach oben ragten. Die Füße steckten in dunkelblauen Segeltuchschuhen und bewegten sich nicht. Den Rest des Körpers konnte Bussard von seinem Blickwinkel aus nicht sehen. Einen Augenblick dachte der Kommissar daran zu rufen, doch sein Instinkt sagte ihm, dass es besser war, möglichst lautlos durch das Fenster zu klettern. Er drückte den zerbrochenen Fensterflügel vorsichtig auf und schwang sich auf den Sims. Ohne ein Geräusch zu verursachen ließ er sich auf der anderen Seite des Fensters langsam auf den Boden nieder, wobei er darauf achtete, nicht auf die Glasscherben zu treten. Mit angehaltenem Atem lauschte Bussard, doch er hörte lediglich das Summen einiger Fliegen. Er zog seine Waffe aus dem Holster, entsicherte sie und schlich leise auf die beiden Unterschenkel zu. Die Beine steckten in Jeans und eines der Knie war dunkel verfärbt. Es schien, als sei der Stoff blutig. Als Bussard den Sessel langsam umrundete, entdeckte er, dass die Fußknöchel mit einer blauen Wäscheleine zusammengebunden waren und einen Schritt später sah er den gesamten Körper des Mannes, der bäuchlings auf dem Fußboden lag. Die Hände waren auf dem Rücken gefesselt und das Ende der straff gespannten Wäscheleine, mit der man ihm die Füße zusammengebunden hatte, war um den Hals des Opfers geschlungen, wo es sich in das Fleisch gegraben hatte. Durch die Spannung des Seils wurde der ganze Körper nach hinten überstreckt und die aufgequollenen Augen des Mannes blickten leblos zur Decke. Das Gesicht war vom aufgestauten Blut dunkelrot verfärbt und der Mund war weit geöffnet, als würde er noch immer einen stummen Todesschrei ausstoßen. Aus dem Rücken des Mannes aber ragte neben der Wirbelsäule ein Schwert.

Bussard verharrte für einen Moment, denn der Anblick hatte ihn überrascht. Das Schwert zeigte mit dem Griff senkrecht zur Decke und die Szene vermittelte den Eindruck, als habe man das Opfer gefesselt, stranguliert und mit der archaischen Waffe am Boden festgenagelt. Das Schwert hatte vermutlich das Herz durchstoßen, doch der Mann konnte zuvor schon durch die Wäscheleine erdrosselt worden sein. Auf den ersten Blick wirkte die Waffe antik, doch es schien eher eine Nachbildung zu sein. Rings um die Einstichstelle hatte ein fußballgroßer Blutfleck den Stoff des Hemdes durchtränkt. Bussard wusste nicht, ob der Mann erdrosselt oder durch das Schwert getötet worden war. Er bückte sich und befühlte die Haut am Hals des Toten, wo die Wäscheleine sich in das Fleisch eingegraben hatte. Der Körper war noch relativ warm und der Kommissar schätzte, dass Perch am frühen Morgen gestorben sein musste. Eine der zahlreichen Fliegen, die den Leichnam umschwirrten, landete auf der Unterlippe des Toten und kletterte über die dunkel verfärbte Zunge in den Rachenraum, während eine zweite über den aufgequollenen Augapfel lief.

Außer dem Summen der Fliegen war noch immer kein Geräusch zu hören, doch der Kommissar wurde das vage Gefühl nicht los, als sei er mit dem Toten und den Fliegen nicht allein im Haus. Er löste sich von dem grausigen Anblick, stand auf und drehte sich langsam um. Mit zur Decke gerichteter Waffe schlich er lautlos zur halb geöffneten Wohnzimmertür. Wieder lauschte er, doch kein verräterischer Laut drang an sein Ohr. Ohne die Tür zu berühren trat er leise in den Flur. Die Küchentür zu seiner Linken war geöffnet und auf den ersten Blick schien sich niemand in dem Raum zu befinden. Bussard wandte sich nach rechts, schlich langsam den Flur entlang und blieb vor der nächsten Tür stehen, die nur angelehnt war. Durch den Spalt sah er einen kleinen Ausschnitt weißer Fliesen. Langsam und behutsam drückte er mit den Fingerspitzen seiner linken Hand die Badezimmertür auf, während er mit seiner rechten seine Waffe in den Raum richtete. Als die Tür zu zwei Dritteln geöffnet war, stieß sie unvermittelt gegen ein Hindernis. Bussard verharrte einen Moment reglos, dann setzte er lautlos einen Fuß in das Zimmer, verlagerte sein Gewicht und zog den zweiten Fuß nach. Als er einen sicheren Stand hatte, griff er mit der linken Hand nach der Klinke und zog ruckartig daran. Eine Sekunde später starrte er in die Mündung einer Pistole, die genau zwischen seine Augen zielte.

5

Oberstaatsanwalt Schmieder war froh, wieder hinter seinem Schreibtisch zu sitzen. Den Tag zuvor hatte er im Polizeipräsidium verbracht, wo er zusammen mit den Beamten der SOKO stundenlang auf den Anruf des Entführers gewartet hatte. Die Ungewissheit über das Schicksal seines Vorgesetzten und die endlos lange Zeit, in der er zur Untätigkeit verdammt gewesen war, hatten an seinen Nerven gezerrt. Als der Entführer sich am frühen Abend endlich gemeldet hatte, war ein Funken Hoffnung aufgekeimt, der jedoch sofort wieder erloschen war, weil der Mann keine Forderungen gestellt hatte. Strahle war eines grausamen Todes gestorben. Es war die Aufgabe von Kommissar Bussard, den Mordfall aufzuklären und er, Schmieder, leitete das Verfahren. Der Oberstaatsanwalt zweifelte nicht daran, dass Oliver Hafner innerhalb der folgenden achtundvierzig Stunden verhaftet werden würde. Jeder verfügbare Beamte durchkämmte mit einem Foto in der Hand die Stadt. Der ehemalige Strafgefangene war nicht unsichtbar, also musste es Leute geben, die ihn nach seiner Haftentlassung gesehen hatten. Hafner hatte sich in der Öffentlichkeit bewegt. Er war bei Strahles Haus gewesen und bei einem Geldautomaten im Ortsteil Ebnet. Östlich von Ebnet, kurz hinter der Stadtgrenze, hatte er Strahles Wagen abgestellt und angezündet. Ein Zeuge hatte ihn dabei beobachtet, wie er vom Tatort geflüchtet war. Hafner war kein Phantom, also würden die Beamten seine Spur finden, die sie letztlich zu seinem Versteck führen würde. Es war nur eine Frage der Zeit und sobald die Handschellen klickten, würde der Oberstaatsanwalt Anklage erheben. Die Grausamkeit, mit der die Tat begangen worden war, wog besonders schwer und deshalb würde Schmieder nicht nur eine lebenslängliche Freiheitsstrafe fordern, sondern darüber hinaus eine Sicherungsverwahrung. Die relative Freiheit, die Hafner im Augenblick noch genoss, würde am Tag seiner Verhaftung für immer enden.

Schmieder drückte auf den Knopf der Gegensprechanlage und bestellte eine Tasse Kaffee. Er wusste, dass das Koffein seiner Gesundheit nicht zuträglich war, weil es ebenso wie sein Übergewicht und sein Alkoholkonsum das Herz angriff, doch wenn er schon auf die Erfolgsmeldung von Bussard und dessen Kollegen warten musste, dann war ihm Kaffee lieber als Tee. Ohne besondere Motivation griff er nach der obersten Akte des Stapels, der auf seinem Schreibtisch lag. Der Fall, bei dem ein Bauarbeiter unter ungeklärten Umständen von einem Gerüst gestürzt und im Krankenhaus an seinen Verletzungen gestorben war, interessierte Schmieder ebenso wenig wie die anderen Fälle, solange Hafner noch auf freiem Fuß war. Bei Polizei und Staatsanwaltschaft hatte die Todesfallermittlungssache Achim Strahle oberste Priorität. Alles andere konnte warten. Schmieder legte die Akte auf den Stapel zurück und griff nach der *Badischen Zeitung*. Der grausame Mord an Strahle nahm fast die gesamte Titelseite ein, in deren Zentrum ein Foto den brennenden Mercedes zeigte. Auch die dritte Seite der Zeitung widmete sich diesem Thema. In einem Bericht wurden Fragen über die Hintergründe der Tat aufgeworfen. Ein Nachruf unter einem Porträtfoto von Strahle würdigte die Leistungen des Juristen, der viele Jahre lang an der Spitze der Freiburger Staatsanwaltschaft gestanden hatte und in einem Kommentar ließ sich ein Journalist darüber aus, wie gefährlich der Beruf eines Anklägers war. Während Schmieder die Zeitungsartikel überflog, öffnete Sandra Keller die Tür zu seinem Büro. Die langbeinige und überaus gutaussehende Sekretärin des Oberstaatsanwalts brachte ihrem Chef den verlangten Kaffee.

„Ich kann es immer noch nicht glauben", erklärte sie und stellte das kleine Tablett mit einer Tasse, einem Kaffeelöffel, Milch und Zucker auf Schmieders Schreibtisch. „Nur noch ein paar Monate, dann wäre Herr Strahle in den Ruhestand gegangen. Was geht nur in einem Menschen vor, der zu so etwas fähig ist?"

„Das ist nicht wichtig", erwiderte Schmieder barsch, „damit sollen sich die Psychologen beschäftigen. Die Frage ist, wie wir uns vor solchen Individuen schützen."

Er faltete die Zeitung zusammen und legte sie zur Seite. Die emotionale Seite einer Straftat interessierte ihn nur, wenn es um Rache oder Eifersucht ging, die zu Totschlag oder Mord geführt hatten. Wer aus niederen Motiven Leib und Leben eines anderen Menschen gefährdete, der musste sich dafür vor Gericht zur Verantwortung ziehen lassen. Ob die Ursachen für diese Emotionen in einer unglücklichen Jugend oder einem nicht bewältigten Konflikt lagen, spielte bei der Höhe der Strafe, die der Staatsanwalt für die Straftat beantragte, keine Rolle.

„Frau Strahle kann einem wirklich leidtun", sagte die Sekretärin mitfühlend. „Hoffentlich hat sie jemanden, der sich um sie kümmert."

Schmieder griff nach dem Kaffeelöffel und in diesem Augenblick läutete sein Handy. Er legte den Löffel zurück, nahm sein Mobiltelefon und meldete sich.

„Schmieder."

„Guten Morgen, Herr Oberstaatsanwalt."

Die elektronisch verzerrte Stimme ließ Schmieders Herz für einen Schlag aussetzen. Reglos und mit offenem Mund wartete er, was der Anrufer zu sagen hatte.

„Wie kommt Ihr bester Mann mit seinen Ermittlungen voran?"

Schmieder wollte antworten, doch er musste sich zuerst räuspern, bevor er sprechen konnte.

„Wir kriegen Sie! Jeder verfügbare Beamte fahndet nach Ihnen. Es spielt keine Rolle, wo sie sich versteckt haben, denn es ist nur eine Frage der Zeit, bis wir Sie haben, Hafner!"

Schmieder sah nicht, dass seine Sekretärin ihn mit großen Augen anstarrte. Er hielt sein Handy ans Ohr und lauschte, doch es dauerte einige Augenblicke, bis die Stimme weitersprach und der Oberstaatsanwalt ahnte, dass er mit der Nennung des Namens Hafner verunsichert hatte.

„Das beantwortet nicht meine Frage. Wie kommt Ihr bester Mann mit seinen Ermittlungen voran?"

„Was wollen Sie?", fragte Schmieder, legte sich ein Blatt Papier zurecht und griff nach einem Kugelschreiber.

„Ich verstehe, dass es Sie interessiert, was ich will und ich garantiere Ihnen, dass Sie es erfahren werden. Jetzt sollten Sie Ihr Augenmerk aber auf jemand anderen richten."

„Auf wen?", fragte der Oberstaatsanwalt, während er versuchte, das Gespräch möglichst wortgetreu mitzuschreiben.

„Wer zum Schwert greift, wird durch das Schwert sterben."

„Was wollen Sie damit sagen?"

„Jede Glückssträhne geht eines Tages zu Ende."

In hektischer Eile kritzelte Schmieder die Worte auf das Papier. Er wusste nicht, was die Sätze zu bedeuten hatten, doch darüber konnte er später nachdenken. Für den Augenblick musste er lediglich versuchen, Hafner in ein möglichst langes Gespräch zu verwickeln. Je mehr Hafner preisgab, desto hilfreicher war das für die Fahndung.

„Welche Glückssträhne meinen Sie?", fragte der Oberstaatsanwalt.

„Erzählen Sie Kommissar Bussard von meinem Anruf und grüßen Sie ihn von mir. Wenn er wirklich gut ist, wird er wissen, wo er suchen muss."

„Ich verstehe nicht", erwiderte Schmieder, doch die Verbindung war bereits unterbrochen.

*

„Scheiße, Bussard“, rief die Frau, „ich hätte dich fast erschossen!“

Sie ließ ihre Waffe sinken und sicherte sie.

„Danke, gleichfalls“, erwiderte der Kommissar, senkte seine Waffe ebenfalls, sicherte sie und steckte sie in sein Holster. „Was zur Hölle machst du hier?“

„Das Gleiche könnte ich dich fragen.“

Bussard erinnerte sich an den Mercedes mit dem Stuttgarter Kennzeichen, den er in der Einfahrt vor der Garage gesehen hatte, aber er hatte nicht im Traum damit gerechnet, die ehemalige Freiburger Kripobeamtin in Perchs Haus zu treffen. Knapp sechzehn Monate zuvor war Sylvia Harter zum Landeskriminalamt nach Stuttgart gewechselt, nachdem sie drei Jahre lang mit Bussard zusammengearbeitet hatte. Er hatte damals das Ende ihrer Partnerschaft sehr bedauert. Ihren Vorschlag, ebenfalls zum LKA zu wechseln, hatte er jedoch nicht in Betracht gezogen, denn er hatte seine Familie nicht aus ihrem gewohnten Umfeld reißen wollen. Ohne seine Familie aber war ein Umzug nach Stuttgart für ihn nicht denkbar gewesen.

„Ich wollte mit Karsten Perch sprechen“, antwortete Bussard, während die LKA-Beamtin ihre Waffe ebenfalls in ihr Holster steckte, „aber ich bin offensichtlich zu spät gekommen.“

„Ich auch“, erwiderte Sylvia. „Was wolltest du von Karsten?“

„Ich ermittele im Fall Achim Strahle und du?“

„Ich wollte mit ihm über einen alten Fall sprechen.“

„Den Hafner-Fall?“, fragte Bussard und zog überrascht die Augenbrauen nach oben.

„Hafner?“

„Oliver Hafner, 2005, schwerer Raub.“

„Nein“, antwortete sie und schüttelte den Kopf, „ich kann dir zwar nicht sagen, woran ich gerade arbeite, aber ein Oliver Hafner hat nichts damit zu tun.“

Bussard gefiel die Antwort nicht.

„Warum kannst du mir das nicht sagen?“, fragte er.

„Du kennst doch die Spielregeln“, antwortete sie ausweichend.

Der Kommissar betrachtete seine ehemalige Kollegin und stellte fest, dass sie immer noch so gut aussah wie an ihrem letzten gemeinsamen Arbeitstag. Während ihrer dreijährigen Partnerschaft hatten sie sich immer gut verstanden und sich mit ihren unterschiedlichen Arbeitsweisen nahezu perfekt ergänzt. Als Sylvia sich damals von Bussard verabschiedet hatte, war er überrascht gewesen, dass sie ihn ihren besten Freund genannt hatte. Sie hatten einander nicht nur beruflich, sondern auch privat vertraut, obwohl sie selten über Angelegenheiten gesprochen hatten, die nicht in unmittelbarem Zusammenhang mit ihrer Ermittlungsarbeit gestanden hatten.

„Was hat Karsten mit dem Fall Achim Strahle zu tun?“, fragte sie, doch Bussard war ebenso wenig bereit, über seinen aktuellen Fall zu sprechen.

„Du kennst doch die Spielregeln“, erwiderte er. „Aber wenn du willst, können wir uns den Tatort zusammen ansehen.“

„Okay“, stimmte sie zu und die beiden Beamten verließen das Badezimmer.

Sie kehrten zum Wohnzimmer zurück und betrachteten die Leiche des Mannes, der vor seinem Tod gefoltert worden war.

„Du hast früher mit ihm zusammengearbeitet?“, fragte Bussard und Sylvia nickte.

„Er war mein Partner“, berichtete sie. „Eines Tages hat er im Lotto gewonnen und daraufhin den Dienst quittiert. Du warst sein Nachfolger. Kanntest du ihn?“

„Nein, wir hatten beruflich nie miteinander zu tun. Ich denke, dass wir uns vielleicht bei irgendeinem offiziellen Anlass mal über die Füße gelaufen sind, aber ich kann mich nicht daran erinnern, dass wir jemals ein Wort miteinander gewechselt hätten. Vielleicht sind wir uns sogar nie begegnet. Ich kann mich jedenfalls nicht an sein Gesicht erinnern.“

„Er sieht schrecklich aus“, stellte sie fest. „Der Täter muss ihn ziemlich gequält haben.“

„Und am Ende hat ihm der Täter ein Schwert in den Rücken gestoßen“, ergänzte Bussard. „Was hältst du davon?“

Sylvia blieb neben der Leiche stehen, aber sie bückte sich nicht, um den Leichnam einer genaueren Betrachtung zu unterziehen.

„Karsten wurde zuerst gefoltert und dann hingerichtet“, fasste sie zusammen, „und die Tatwaffe ist ziemlich ungewöhnlich. Der Täter wird einen bestimmten Grund gehabt haben, warum er ausgerechnet ein mittelalterliches Schwert benutzt hat.“

„Es könnte Perch gehört haben“, vermutete Bussard. „Ich denke allerdings, dass es sich bei dem

Schwert nicht um eine antike Waffe, sondern um eine Replik handelt. Bertold wird das sicher herausfinden."

„Ich glaube nicht, dass das Karstens Schwert war", widersprach sie und deutete mit einer ausladenden Geste auf die Einrichtung des Wohnzimmers. „Schau dich um. Hier gibt es keine anderen antiken Waffen, keine Lanzen, Schilde, Rüstungen oder etwas in der Art. Karsten war kein Fan von Ritterspielen, zumindest soweit ich weiß."

Bussard sah sich um und stimmte Sylvia zu. Die traditionelle, gutbürgerliche Einrichtung passte in das Schwarzwaldhaus und die Dekoration bestand aus Zinnkrügen, einem alten Dreschflegel und heimatlichen Landschaftsbildern. Eine Aufhängung an der Wand oder ein Gestell auf dem Regal, wo das Schwert hätte aufbewahrt werden können, gab es nicht. Falls die Mordwaffe nicht aus einem anderen Raum stammte, dann hatte der Täter sie mitgebracht, um Perch damit zu ermorden.

„Was ist mit seinem Knie?", fragte Sylvia und wies auf die blutige Stelle der Jeans.

Bussard zog ein Paar Latexhandschuhe aus seiner Jacke und streifte sie über. Er bückte sich und hob den Oberschenkel des Toten ein wenig an.

„In der Hose ist ein Loch", berichtete er. „Es sieht so aus, als hätte ihm der Täter ins Knie geschossen."

Sylvia besah sich den Teppichboden im Wohnzimmer, der rings um die Leiche von Perchs Blut durchtränkt war. Eine Spur kleinerer, verwischter Blutflecke führte von der Leiche bis zur Wohnzimmertür und Sylvia folgte ihr in den Flur.

„Bussard!", rief sie einen Augenblick später.

Der Kommissar erhob sich und ging ebenfalls in den Hausflur. Sylvia stand bei der Haustür und deutete auf den Fußboden.

„Hier sind Blutspritzer", erklärte sie. „Ich vermute, dass der Täter an der Tür geklingelt hat. Karsten hat die Tür geöffnet und der Täter hat ihm ins Knie geschossen."

„Danach ist Perch entweder ins Wohnzimmer gekrochen oder der Täter hat ihn ins Wohnzimmer geschleift", folgerte Bussard, dachte einen Augenblick nach und deutete schließlich mit dem Finger auf Sylvia. „Du hast das Fenster eingeschlagen."

„Ja", bestätigte sie, „ich habe geläutet, aber Karsten hat nicht geöffnet. Daraufhin habe ich durch die Fenster gesehen und schließlich seine Beine entdeckt. Ich habe die Scheibe eingeschlagen und bin ins Wohnzimmer geklettert. Zwei, drei Minuten später hat es an der Tür geläutet. Ich habe mich im Bad versteckt, damit man mich durch das Fenster nicht sehen konnte."

„Warst du mit Perch verabredet?"

„Nein, ich bin einfach auf gut Glück hierhergefahren, um mit ihm über einen alten Fall zu sprechen. Ich wollte nicht, dass er sich … vorbereitet."

Bussard war das kurze Zögern nicht entgangen. Sylvia hatte Perch befragen wollen und ihren Besuch nicht angekündigt. Demnach unterstellte sie, dass er ihr eine Geschichte aufgetischt hätte, die er sich ausgedacht hatte, um ihr die Wahrheit vorzuenthalten.

„Hat dein Fall etwas mit Achim Strahle zu tun?", fragte Bussard.

„Du weißt doch, dass ich dir nichts darüber sagen darf", antwortete sie wiederum ausweichend.

Bussard warf ihr einen zweifelnden Blick zu. Die Umstände ihres Wiedersehens waren zumindest ungewöhnlich. Er hatte Perch befragen wollen, doch stattdessen sah er sich seiner ehemaligen Kollegin gegenüber, die jedoch keine Antworten liefern wollte.

„Hältst du es für einen Zufall, dass wir beide gleichzeitig im Haus von Perch auftauchen, um seine Leiche zu finden?"

Bevor Sylvia antwortete, läutete Bussards Handy. Er zog das Gerät aus seiner Tasche und sah, dass der Anruf von Oberstaatsanwalt Schmieder kam.

„Bussard", meldete er sich.

„Herr Bussard, Oliver Hafner hat mich soeben angerufen", antwortete Schmieder.

„Hafner?", fragte der Kommissar verblüfft. „Was wollte er?"

„Er hat sich ziemlich sybillinisch ausgedrückt", fuhr der Oberstaatsanwalt fort, „aber ich befürchte, dass wir mit einem weiteren Opfer rechnen müssen. Zuerst bemühte er ein Bibelzitat: Wer zum Schwert greift, wird durch das Schwert sterben. Danach erklärte er, dass jede Glückssträhne eines Tages enden werde. Außerdem wollte er wissen, wie Sie mit Ihren Ermittlungen vorankommen. Ich kann mir keinen Reim darauf machen, aber ich nehme an, dass Hafner einen weiteren Mord begehen will."

„Zu spät", antwortete Bussard. „Hafner hat sein nächstes Opfer bereits getötet."

„Woher wollen Sie das wissen?"

„Weil ich gerade die Leiche gefunden habe. Das Opfer ist Karsten Perch, der ehemalige Kripobeamte. Perch wurde in seinem eigenen Haus getötet. In seinem Rücken steckt ein Schwert."

Es dauerte einen Augenblick, bis Schmieder sich von seiner Überraschung erholt hatte, dann fragte er nach der Adresse. Nachdem Bussard sie ihm genannt hatte, wies der Oberstaatsanwalt den Kommissar an zu warten und erklärte, binnen zwanzig Minuten am Tatort zu sein. Bussard sollte zwischenzeitlich die Kollegen der KTU informieren.

„Du weißt bereits, wer der Täter ist?", fragte Sylvia verblüfft.

„Ja", antwortete Bussard, „Perchs Mörder hat soeben bei Schmieder angerufen. Er sagte: ‚Wer zum Schwert greift, wird durch das Schwert sterben.'"

„Und dieser Hafner hat auch Achim Strahle getötet?"

„Ja, und es sieht so aus, als würde sich Hafner auf einem Rachefeldzug befinden."

Die LKA-Beamtin runzelte die Stirn. Bussard sah, dass sie intensiv über etwas nachdachte und einen Augenblick lang bedauerte er, ihre Gedanken nicht lesen zu können.

„Und Schmieder leitet das Verfahren?", fragte sie.

„Klar, wer sonst?"

„Du musst deine Kollegen verständigen", erklärte Sylvia, „und für mich wird es Zeit zu verschwinden."

Bussard sah seine ehemalige Kollegin mit großen Augen an.

„Du kannst nicht verschwinden", widersprach er, „du bist eine Zeugin und du warst die Erste am Tatort."

„Tut mir leid, Bussard", erklärte sie und schüttelte den Kopf, „aber ich kann auf keinen Fall bleiben. Mein Auftrag ist streng vertraulich und ziemlich …

delikat. Deshalb darf mein Name in deinem Ermittlungsbericht unter keinen Umständen auftauchen, verstehst du?"

„Nein, verstehe ich nicht, solange du mir nicht sagst, in welche Richtung deine Ermittlungen gehen."

Sylvia sah Bussard mit ihren schönen blauen Augen an und in ihrem Gesicht stand ehrliches Bedauern.

„Bitte, um unserer alten Freundschaft willen, Bussard. Ich darf weder mit dir noch mit sonst jemandem darüber sprechen. Mein Auftrag kommt von oben, von ganz weit oben, und ich versichere dir, dass er nichts mit diesem Oliver Hafner zu tun hat. Ehrenwort!"

Bussard atmete tief ein, hielt die Luft einen Augenblick lang an und atmete langsam wieder aus. Er wusste, dass es sinnlos war, weiterzubohren. Sylvia würde ihm nicht verraten, woran sie arbeitete.

„Ich werde es dir nicht vergessen, wenn du mich aus der Sache heraushältst", fügte sie an.

„In Ordnung", stimmte er zu, nachdem er eine Entscheidung getroffen hatte, „vielleicht werde ich dich zu gegebener Zeit daran erinnern."

„Danke, Bussard", erwiderte sie und strahlte ihn an.

Sie beugte sich vor und drückte ihm einen Kuss auf die Wange.

„Oh, Mist", stieß sie plötzlich hervor und schüttelte den Kopf, „gib mir dein Taschentuch."

„Wozu?"

„Damit du niemandem erklären musst, von wem diese Lippenstiftspuren stammen."

*

Der Mercedes setzte rückwärts aus der Einfahrt, bog in die Kreisstraße ein und fuhr Richtung Freiburg davon. Als er außer Sichtweite war, rief Bussard seine Kollegen im Präsidium an, um sie über den Mord an Karsten Perch zu unterrichten. Nach dem Telefonat öffnete er die Haustür und stellte einen von Perchs Schuhen an den Türrahmen, damit die Tür nicht zufallen konnte. Er verließ das Haus und zog die Latexhandschuhe aus, während er zur Straße ging. Im Bewusstsein einen Fehler zu machen, der ihn unter Umständen teuer zu stehen kommen konnte, stieg der Kommissar in seinen Passat und fuhr den Wagen in die Einfahrt, dann stieg er wieder aus und begutachtete die Reifenspuren. Die Abdrücke, die der Mercedes hinterlassen hatte, waren nicht mehr zu erkennen. Bussard kehrte zum Haus zurück, setzte sich auf die Bank neben dem Eingang, zog sein Tabakpäckchen aus seiner Jacke und drehte sich eine Zigarette. Während er rauchte, ließ er seinen Blick über das malerische Dreisamtal schweifen. Perchs Haus stand im Ortsteil Attental, der zu der Gemeinde Stegen gehörte. Bis zur Freiburger Stadtgrenze und dem Ort, an dem Hafner Strahles Wagen angezündet hatte, waren es keine drei Kilometer und nicht einmal einen weiteren Kilometer weiter stadteinwärts stand der Geldautomat, an dem Hafner viertausend Euro von Strahles Konto abgehoben hatte. Nachdenklich betrachtete Bussard das Mountainbike, das neben ihm an der Bank lehnte. Er nahm an, dass es Perch gehört hatte, denn an der Garderobe hatte der Kommissar ein Paar Radlerschuhe gesehen. Mit einem Fahrrad waren alle drei Tatorte innerhalb weniger Minuten zu erreichen, doch Bussard wusste noch nicht, was er daraus schließen sollte. Für die Annahme, dass sich Hafner innerhalb eines Radius´ von drei, vier Kilometern aufhielt, gab es jedoch keine weiteren Indizien. Es konnte sich um einen schlichten Zufall handeln, aber es war auch möglich, dass Hafner den Ort für die Ermordung des Leitenden Oberstaatsanwalts deshalb ausgesucht hatte, weil sich der Tatort in der Nähe von Perchs Haus befand. Hafner hatte Perch nicht nur gefesselt, um sein Opfer bewegungsunfähig zu machen. Die straff gespannte Wäscheleine, die um die Fußknöchel und den Hals geschlungen war, hatte Perch Qualen verursacht, die umso stärker geworden waren, je länger sie angedauert hatten. Die Leine hatte sich während der Tortur in die Haut eingegraben. Auch das rot angelaufene Gesicht, die dunkel verfärbte Zunge und die aufgequollenen Augäpfel wiesen darauf hin, dass sich das Martyrium des ehemaligen Kripobeamten über eine geraume Zeit hingezogen haben musste. Hafner hatte Perch nicht einfach liquidiert. Er hatte sich Zeit gelassen, um sein Opfer zu foltern und ihm einen grausamen Tod zu bereiten. Ob er am Ende Perch mit dem Schwert ermordet hatte oder ob er sein Opfer langsam ersticken ließ, um danach erst die altertümliche Waffe in den Leichnam zu stoßen, würde Professor Münchrath im Rechtsmedizinischen Institut bei der Obduktion der Leiche herausfinden. Die eigentliche Todesursache spielte allerdings keine allzu große Rolle. Perchs Sterben hatte sich über mehrere Stunden hingezogen und war nicht weniger qualvoll gewesen als Strahles Feuertod.

Bussard drückte seine Zigarettenkippe aus und steckte sie ein, damit sie nicht von den Kollegen der KTU eingesammelt werden würde. Er lehnte sich zurück und verschränkte die Arme hinter dem Kopf, während die warme Märzsonne sein Gesicht beschien. Perch hatte sich ein hübsches Anwesen ausgesucht. Es lag abseits an einer kleinen Kreisstraße, auf der nahezu kein Verkehr herrschte und der nächste Nachbar wohnte rund einen halben Kilometer entfernt auf einem Bauernhof. Einige Buchfinken und Hausrotschwänzchen, die wenige Tage zuvor aus ihren Winterquartieren im Süden zurückgekehrt waren, zwitscherten in den Zweigen der Büsche und Bäume. In dieser friedvollen Atmosphäre war es kaum vorstellbar, was sich im Laufe der Nacht im Haus ereignet hatte. Gegen achtzehn Uhr hatte Hafner Strahles Wagen angezündet und war von einem Zeugen beobachtet worden, als er zu der kleinen Kapelle an der Landstraße gelaufen war. Mit einem Fahrzeug hatte er von dort aus Perchs Haus innerhalb weniger Minuten erreichen können. Selbst zu Fuß hätte Hafner nicht länger als eine halbe Stunde benötigt. Die Tatortspuren legten den Schluss nahe, dass Perch die Tür selbst geöffnet hatte und dabei von Hafner durch einen Schuss ins Knie niedergestreckt worden war. Perch hätte seine Haustür wohl nicht so einfach geöffnet, wenn es um Mitternacht oder kurz vor Tagesanbruch geläutet hätte, doch zwischen achtzehn und neunzehn Uhr war es noch hell gewesen. Vermutlich hatte er deshalb arglos die Tür geöffnet und war von seinem Mörder überrascht worden. Hafner wusste, dass überall nach ihm gefahndet wurde und so hatte er den Zeitraum, in dem er sich in der Öffentlichkeit hatte bewegen müssen, so klein wie möglich gehalten. Die Ermordung Strahles und der Überfall auf Perch folgten einem perfekten Timing und Bussard erkannte, dass er den zweifachen Mörder unterschätzt hatte. Hafner verfügte zwar nur über eine sehr begrenzte Geisteskraft, doch er war schlau genug, um sich der Fahndung wirkungsvoll zu entziehen. Während die Kriminaltechniker die Spuren an dem ausgebrannten Mercedes gesichert hatten, hatte er fast in Sichtweite des Tatorts seinen nächsten Mord vorbereitet.

Vielleicht hat Hafner aber auch einfach nur Glück gehabt, dachte Bussard, und jede Glückssträhne fand irgendwann ihr Ende. Er stutzte einen Augenblick, denn diesen Satz hatte er erst wenige Minuten zuvor gehört. Schmieder hatte berichtet, dass Hafner beim Telefonat mit dem Oberstaatsanwalt vom Ende einer Glückssträhne gesprochen hatte. Außerdem hatte er die Bibel zitiert, wonach derjenige, der zum Schwert griff, auch durch das Schwert sterben würde. Bussard setzte sich abrupt auf und streckte seinen Rücken durch. Ein auf den ersten Blick absurder Gedanke war ihm plötzlich in den Sinn gekommen und er fragte sich, ob er mit seinen Ermittlungen vielleicht völlig auf dem Holzweg war. Er hatte sich die Ermittlungsakte von Hafners Raubüberfall auf den belgischen Schokoladenhändler vorgenommen und ebenso wie Wegner nicht den leisesten Hinweis darauf gefunden, dass Hafner unschuldig verurteilt worden war. Michael Hafner hatte bei seiner Vernehmung am frühen Morgen sogar zugegeben, dass sein Bruder den Überfall acht

Jahre zuvor tatsächlich verübt hatte. Oliver Hafner hatte demnach überhaupt keinen Grund, sich für erlittenes Unrecht zu rächen, zumindest, was seine eigene Person traf. Es war zwar möglich, dass er für jemand anderen blutige Vergeltung übte, doch wenn er den Oberstaatsanwalt anrief, um den Mord an Perch mit einem Bibelzitat zu begründen, bekam der Fall damit eine religiöse Komponente. Hafner hatte außerdem Strahle den Feuertod sterben lassen, wodurch nach katholischer Ansicht die Seele gereinigt wurde.

Verflucht, dachte Bussard und schlug sich mit der Hand auf den Oberschenkel. Möglicherweise war Hafner überhaupt nicht auf einem persönlichen Rachefeldzug, sondern agierte als religiöser Eiferer, der sich vielleicht selbst in seinem Wahn für einen Erzengel hielt, um mit Feuer und Schwert die Seelen von Sündern dem Paradies oder der Hölle zu übereignen. Dem Kommissar nahm es fast die Luft bei der Monstrosität dieses Gedankens und er hörte kaum das markante Heulen eines Martinshorns, das sich schnell näherte.

Dem Einsatzfahrzeug, das wenige Augenblicke danach vor dem Anwesen von Perch parkte, folgten die Wagen der Kriminaltechniker und des Rechtsmediziners. Bussard begrüßte die Kollegen und berichtete von dem Leichenfund. Er wies mit der Hand auf die offene Tür, betrat das Haus jedoch nicht, um den Kollegen nicht unnötig im Weg zu stehen. Er hatte den Tatort schon unter die Lupe genommen und mehr gesehen als ihm lieb gewesen war.

Den Fahrzeugen am Straßenrand schloss sich zwei Minuten später ein VW Golf der Baureihe zwei an, der schon bessere Zeiten gesehen hatte. Der Mann, der dem Golf entstieg, hatte einen Vollbart und trug eine Fotografenweste. In seiner Hand hielt er eine Fotokamera mit einem Teleobjektiv. Bussard, der auf das Eintreffen der Kollegen gewartet hatte, erkannte den Reporter wieder, der schon am ersten Tatort Fotos von dem ausgebrannten Mercedes geschossen hatte. Der Journalist hatte sich als Manfred E. Preinert vorgestellt und arbeitete für die *Badische Zeitung*.

„Es gibt schon wieder einen Mord“, stellte Preinert fest. „Haben wir es hier mit einem Serienkiller zu tun?“

„Woher wissen Sie von dem Mord?“, fragte Bussard und fixierte den Reporter mit seinem Blick.

„Sie haben Ihre Quellen und ich habe meine“, antwortete Preinert. „Das Haus gehört Karsten Perch. Ist er Hafners zweites Opfer?“

„Wie kommen Sie auf Hafner?“

Der Reporter grinste er verschwörerisch.

„Sie können sich doch denken, dass ich meine Informanten nicht verrate, Herr …?“

Bussard antwortete nicht, aber er wollte wissen, woher der Reporter den Namen Hafner kannte.

„… aber in diesem Fall kann ich wohl eine Ausnahme machen“, fuhr Preinert fort. „Ihre Kollegen sind in der ganzen Stadt unterwegs, zeigen ein Foto herum und fragen nach Oliver Hafner. Er hat doch auch Oberstaatsanwalt Strahle ermordet, oder?“

Bussard wollte diese Information nicht bestätigen, weil er ahnte, was die Presse daraus machen würde.

„Ich kann Ihnen im Augenblick …“, begann er, doch Preinert unterbrach ihn.

„Ist Hafner ein Serienkiller?"

Bussard antwortete nicht.

„Wird es noch weitere Opfer geben?"

Der Kommissar atmete tief ein und setzte zu einer Erwiderung an, doch dann zuckte er nur stumm mit den Achseln.

„Sie können also eine Gefährdung der Öffentlichkeit nicht ausschließen?", folgerte der Reporter.

„Das ist Unsinn", widersprach Bussard. „Es besteht keinerlei Gefahr für die Öffentlichkeit."

„Woher wollen Sie das wissen?"

Bussard schüttelte den Kopf und sparte sich auch diesmal eine Erwiderung. Der Reporter ging ihm auf die Nerven und der Kommissar hatte Besseres zu tun, als sich von der Presse interviewen zu lassen.

„Sehen Sie zu, dass Sie Land gewinnen", erklärte er unwirsch, „und behindern Sie uns nicht bei unserer Arbeit."

„Die Öffentlichkeit hat ein Recht auf Information", beharrte Preinert. „Wenn es einen Serienkiller in Freiburg gibt, muss die Öffentlichkeit darüber Bescheid wissen."

„Es gibt keinen Serienkiller in Freiburg."

„Woher wollen Sie das wissen? Das ist der zweite Mord innerhalb von zwei Tagen. Wen wird Hafner als Nächstes töten?"

„Woher soll ich das wissen?", antwortete Bussard ärgerlich und erkannte im nächsten Augenblick, welchen Fehler er gerade begangen hatte.

Der Reporter nickte wissend. Bussard hatte mit seiner Frage eine indirekte Bestätigung für die Theorie des Serienkillers abgegeben. Eine bessere

Schlagzeile konnte sich die *Badische Zeitung* kaum wünschen.

*

Es war fast Mittag, als sich die Beamten auf Neudörfers Anweisung hin im Besprechungsraum versammelten. Der Mord an Karsten Perch, den fast alle Anwesenden persönlich gekannt hatten, traf die Ermittler wie Thors Hammer. Obwohl die meisten schon eine Menge Dienstjahre auf dem Buckel hatten, ging ihnen Smirnas Schilderung der Leiche an die Nieren. Die Tatortfotos, die der Kriminaltechniker an eine Stellwand heftete, schlugen einigen Kollegen auf den Magen und das Entsetzen über die Grausamkeit der Tat war im Besprechungsraum fast mit Händen greifbar. Selbst Neudörfer war so schockiert, dass er nicht einmal auf den Gedanken kam, um eine Schweigeminute für den ehemaligen Kollegen zu bitten. Smirna berichtete von der ersten Auswertung der Tatortspuren und erklärte, dass das Fenster im Erdgeschoss nicht vom Täter, sondern von Bussard eingeschlagen worden war, nachdem der Kommissar die gefesselten Beine des Getöteten im Wohnzimmer entdeckt hatte. Niemand hatte Grund, diese Version in Zweifel zu ziehen und der Punkt fand während der Besprechung keine weitere Beachtung. Das allgemeine Interesse galt dem Schwert, das in Perchs Rücken gesteckt hatte. Smirna hatte bereits festgestellt, dass es sich nicht um eine antike Waffe, sondern um eine scharf geschliffene Nachbildung handelte. Eine genauere Untersuchung wollte er vornehmen, sobald die Besprechung beendet war. Er schilderte den mutmaßlichen Tathergang, während Susanne bereits damit begann, im Internet zu recherchieren und Fotos zu vergleichen.

„Ich glaube, ich habe da etwas gefunden“, erklärte sie, nachdem der Kriminaltechniker seinen Bericht beendet hatte.

Sie drehte ihr Notebook um und präsentierte ein Foto, auf dem ein Schwert zu sehen war.

„Das Schwert sieht der Mordwaffe ziemlich ähnlich“, stellte sie fest.

Smirna besah sich das Foto auf dem Notebook genauer und nickte.

„Ja, das scheint genau das Schwert zu sein, beziehungsweise ein Exemplar aus der gleichen Serie.“

„Bleiben Sie dran, Frau Bauer“, wies Neudörfer die EDV-Spezialistin an. „Finden Sie alles über das Schwert heraus.“

Der Polizeirat wandte sich an Sandmann und nickte dem Kollegen ungeduldig zu.

„Was macht die Fahndung?“

„Noch keine Ergebnisse“, antwortete Sandmann und schüttelte langsam den Kopf, „aber wir drehen jeden Stein in der Stadt um. Früher oder später werden wir Hafner finden.“

„Später ist keine Option“, warf Bussard ein.

„Wir tun, was wir können“, verteidigte sich Sandmann, „aber wir können nicht hexen.“

„Hexen“, wiederholte Bussard und kratzte sich nachdenklich am Kopf, „das ist ein gutes Stichwort.“

„Was meinen Sie damit?“, fragte Neudörfer.

„Im Mittelalter wurden Hexen hingerichtet, weil man ihnen unterstellte, mit dem Teufel im Bunde zu sein“, erklärte der Kommissar.

„Was hat das mit unseren beiden Fällen zu tun?"

„Strahle starb durch Feuer, Perch durch das Schwert. Wenn mich nicht alles täuscht, sind Feuer und Schwert die Insignien eines Erzengels. Hafners Motiv für die beiden Morde muss nicht zwangsläufig mit seiner kriminellen Vergangenheit zu tun haben. Er könnte auch aus religiösen Wahnvorstellungen heraus handeln."

„Und warum sucht er sich dann ausgerechnet einen Staatsanwalt und einen ehemaligen Kollegen aus?", fragte Neudörfer.

„Das ist mir auch nicht klar", gab Bussard zu und sprach einen Gedanken aus, der ihm kurz zuvor in den Sinn gekommen war. „Aber vielleicht spielt *ehemalig* dabei eine Rolle. Perch hat nach seinem Lottogewinn den Dienst quittiert und war nicht mehr als Polizeibeamter aktiv. Strahle hat in seiner Eigenschaft als Leitender Oberstaatsanwalt keine Fälle mehr verhandelt. Im Juli wäre er in den Ruhestand gegangen. Er war also fast ein Ehemaliger."

„Und wohin führt uns diese Überlegung?"

Bussard hob abwehrend die Hände und schüttelte den Kopf.

„Ich habe nicht die leiseste Ahnung."

„Das ist doch Kaffeesatzleserei", rief Sandmann. „Unserer Fahndung nach Hafner hilft das auch nicht weiter."

„Wer weiß", erwiderte Bussard und wiegte nachdenklich den Kopf, „vielleicht bedeuten Feuer und Schwert überhaupt nichts, aber ich werde das Gefühl nicht los, dass es sich hier nicht nur um den Rachefeldzug eines verurteilten Straftäters handelt. Hafner verbrennt Strahle bei lebendigem Leib. Der

Mercedes ist quasi der Scheiterhaufen. Nach dem Mord flüchtet Hafner zuerst zu einer Kapelle, einem Ort der Andacht und des Gebets. Wir wissen nicht, was er dort getan hat, aber nach dem zweiten Mord ruft er Schmieder an und begründet seine Tat mit einem Bibelspruch."

„Und wenn das nur eine falsche Fährte ist?", meldete sich Wegner zu Wort. „Vielleicht hat er sich das alles ganz genau ausgedacht und einen raffinierten Plan entwickelt, um uns in die Irre zu führen."

„Dazu ist Hafner nicht fähig", widersprach Bussard und schüttelte den Kopf. „Wir wissen, dass er nicht gerade der Hellste ist. Erst denken, dann handeln ist nicht seine starke Seite. Einen solchen Plan als Ablenkungsmanöver zu entwickeln, übersteigt seine geistigen Fähigkeiten. Außerdem passt das nicht zu seiner Absicht, uns von Anfang an wissen zu lassen, dass er der Täter ist. Er hinterlässt einen Fingerabdruck und DNA-Material, ruft Schmieder mehrmals an und gesteht quasi die Morde. Warum sollte er dann versuchen, sein Motiv zu verschleiern, indem er uns auf eine falsche Fährte führt? Ich habe selbst mit ihm gesprochen und er sagte: ‚*Ermitteln Sie*!' Hafner will, dass wir etwas herausfinden. Warum sollte er uns dann dabei behindern, wenn er doch will, dass wir erfolgreich sind?"

„Warum stellt er sich nicht und sagt uns einfach, was Sache ist", rief Sandmann. „Warum zieht er diese ganze Show ab?"

„Er will Aufmerksamkeit", antwortete Bussard. „Er will die ganz große Show, damit jeder davon erfährt. Die Medien stürzen sich auf die Geschichte wie ein Hund auf einen Knochen. Hafner hat zwei grausame Morde verübt und damit hat er sich die größtmögliche Aufmerksamkeit gesichert. Es würde mich nicht wundern, wenn er noch ein furioses Finale in petto hätte."

„Was für ein Finale?", fragte Neudörfer.

„Keine Ahnung", gestand Bussard, „aber irgendetwas wird noch passieren. Todsicher!"

6

Bei Angelos waren zur Mittagszeit alle Tische besetzt. Mehr als die Hälfte der Gäste waren Polizeibeamte, von deren Dienststelle in der Heinrich-von-Stephan-Straße man nur zehn Minuten zu Fuß benötigte, um das Restaurant des Griechen in der Lorettostraße zu erreichen. Bussard fand einen freien Platz am Tisch der Kollegen von der Ermittlungsgruppe Zweiraddiebstähle, die in Freiburg mehr Fälle aufzuklären hatten als in jeder anderen Stadt in Baden-Württemberg. In der von einem grünen Oberbürgermeister regierten Studentenstadt galt das Fahrrad als bevorzugtes Fortbewegungsmittel und die zahlreichen Radwege waren im Lauf der letzten Jahre immer weiter ausgebaut worden. Das hohe Aufkommen an Zweirädern führte allerdings auch zu einer hohen Quote an Diebstählen und bescherte Freiburg damit den ungeliebten Spitzenplatz in der Kriminalstatistik des Bundeslandes. Die Aufklärungsquote der Zweiraddiebstähle dümpelte jedoch bei einem Wert von unter zehn Prozent vor sich hin. Zusammen mit den Kollegen der Verkehrspolizei führten die Ermittler in periodischen Abständen Verkehrskontrollen durch und stellten dabei fast immer gestohlene Zweiräder sicher, doch die drei Männer der Ermittlungsgruppe waren mit der Menge der Fälle hoffnungslos überfordert. Am Tisch der Kollegen, die Bussard schon seit Jahren kannte, war der Mord an Karsten Perch das einzige Gesprächsthema. Auch wenn der ehemalige Polizist dem Verein nicht mehr angehörte, so war Perch trotzdem immer noch einer von ihnen und die Beamten am Tisch nahmen seinen Tod ebenso persönlich wie alle anderen Kollegen der Freiburger Dienststellen. Für jeden Polizisten in der ganzen Stadt hatte die Suche nach Oliver Hafner oberste Priorität und nicht immer war die Verhaftung des mutmaßlichen Mörders das erklärte Ziel. Bussard hatte Verständnis für die aufgebrachten Kollegen, doch die Gesprächsfetzen, die von den anderen Tischen an sein Ohr schwappten, hinterließen bei dem Kommissar ein ungutes Gefühl. *Eine Kugel in den Kopf und dann ist der Käse gegessen*, ließ sich natürlich leicht sagen und nicht jeder, der diese Meinung vertrat, würde im Ernstfall auch tatsächlich schießen, doch gänzlich ausschließen konnte man diese Vorgehensweise nicht, falls Hafner dem falschen Kollegen zur falschen Zeit vor die Waffe lief. Auch Polizisten waren nur Menschen, die ebenso wie alle anderen Trauer und Wut empfanden. Selbst jahrelanges, intensives Training immunisierte sie nicht gegen emotionale Reaktionen und eine Entscheidung, die vielleicht in einer einzigen Sekunde getroffen werden musste, konnte für Hafner im schlimmsten Fall tödliche Konsequenzen haben. Er hatte einen Staatsanwalt und einen ehemaligen Kripobeamten auf grausame Art und Weise getötet und deshalb hing sein eigenes Leben jetzt an einem seidenen Faden. Bussard befürchtete, dass Hafner eine Verhaftung nicht überleben würde, wenn er versuchte, sich dieser Verhaftung mit der Waffe in der Hand zu entziehen. Es war durchaus denkbar, dass Hafner einen Selbstmord durch eine Polizeikugel als finale furioso geplant hatte.

Nach dem Essen kehrte Bussard ins Präsidium zurück. Sein erster Weg führte ihn ins Labor der Kriminaltechniker, wo Smirna die Tatwaffe untersuchte.

„Und“, fragte Bussard, „kannst du schon etwas sagen?“

„Ja“, antwortete Smirna und deutete auf die Waffe, die auf einem Labortisch lag, „es handelt sich eindeutig nicht um ein antikes Stück. Das Schwert wurde aus Federstahl hergestellt und der Griff besteht aus einem lederumwickelten Hartholzkern. Es ist nicht älter als ein paar Jahre.“

„Fingerabdrücke?“

„Leider nein. Die Waffe wurde vermutlich vor der Tat sorgfältig gereinigt und wahrscheinlich hat der Täter Handschuhe getragen. Das Blut an der Klinge stammt ausnahmslos von Karsten.“

Bussard betrachtete das Schwert, das etwas mehr als einen Meter lang war. Das vordere Drittel der Klinge war von Perchs Blut rotbraun verfärbt, doch der Rest der Waffe glänzte, als sei sie soeben frisch poliert worden. Eine Deckenlampe spiegelte sich in der Klinge, die keinerlei Kratzer oder Scharten aufwies.

„Das Schwert sieht neu aus“, stellte Bussard fest und Smirna nickte.

„Die Waffe weist keinerlei Gebrauchsspuren auf", bestätigte er. „Susanne hat im Internet recherchiert und etwas über die Herkunft herausgefunden. Das Schwert wurde von Michael Tinker Pearce entworfen, einem Amerikaner, der in Seattle lebt. Es läuft unter der Bezeichnung Bastard-Schwert. Von der Waffe gibt es zwei verschiedene Ausführungen: eine stumpfe mit gerundeter Spitze für Schaukämpfe und eine scharf geschliffene."

„Schaukämpfe", wiederholte Bussard nachdenklich.

Er wusste, dass es Leute gab, die eine Vorliebe für das Mittelalter hatten. Sie veranstalteten Märkte, kleideten sich nach der damaligen Mode und organisierten Ritterspiele, bei denen sie entweder reitend mit Lanzen aufeinander einstachen oder sich Schwertkämpfe lieferten. Im Grunde waren die Leute harmlos. Sie gingen ihrem Hobby nach wie die Mitglieder der Faschingszünfte. Offensichtlich verkleideten sie sich gern und träumten wohl von König Artus und den Rittern der Tafelrunde. Sie tranken aus Hörnern, benutzten selbstgeschnitzte Essbestecke und stellten ihre Kostüme meist auch selbst her. Die Highlights bei ihren Treffen waren ihre Ritterspiele, bei denen sie allerdings nur stumpfe Waffen verwendeten. Scharf geschliffene Waffen durften ausschließlich als Dekoration verwendet und nicht offen getragen oder mitgeführt werden.

„Weißt du schon, wann und wo das Schwert gekauft wurde?"

„Nein", antwortete Smirna, „solche Waffen werden oft über das Internet verkauft. Susanne ist schon dran, aber das dürfte schwierig werden. Das

Schwert hat keine Seriennummer oder andere eindeutige Identifikationsmerkmale. Ohne Fingerabdrücke oder DNA-Material werden wir Hafner das Schwert nicht zweifelsfrei zuordnen können."

Bussard wusste nicht, was er davon halten sollte. Beim Geldautomaten und bei der Kapelle nach dem Mord an Strahle hatte Hafner eindeutige Spuren hinterlassen, doch bei der Ermordung von Karsten Perch war er überaus sorgfältig vorgegangen. Weder am Tatort noch an der Tatwaffe fanden sich Spuren, die ihn als Täter überführten. Auf der anderen Seite jedoch hatte er Schmieder angerufen, um auf die Tat hinzuweisen. Das Bibelzitat mit dem Schwert war kein Zufall gewesen, sondern deutete auf Täterwissen hin. Da das Telefonat aber nicht aufgezeichnet worden war, hatte dieses Indiz im Zweifelsfall vor Gericht keinen Bestand.

„Was ist eigentlich mit der Wäscheleine, mit der Perch gefesselt wurde?", fragte der Kommissar.

„Massenware aus dem Baumarkt", antwortete Smirna und zuckte mit den Schultern. „Es ist gut möglich, dass Hafner die Wäscheleine mitgebracht hat. Sie ist neu, das heißt ungebraucht, und ich konnte lediglich Blut- und DNA-Spuren von Karsten nachweisen."

Der Kriminaltechniker schüttelte resigniert den Kopf und steckte die Hände in die Hosentaschen. Bussard ahnte, wie schwierig die Arbeit für den Kollegen war, der früher mit dem Ermordeten zusammengearbeitet hatte.

„Feuer und Schwert", murmelte Bussard.

„Du glaubst, dass Hafner ein religiöser Fanatiker ist", erwiderte Smirna zweifelnd.

„Ich weiß es nicht", gab der Kommissar zu, „aber es fällt mir schwer, eine andere Bewertung der Indizien zu finden. Beide Taten wurden nicht im Affekt begangen. Hafner hat Strahle entführt, dessen Wagen mit Benzin übergossen und angezündet. Das war genau geplant und das Schwert hat er auch nicht heute Morgen zufällig auf einem Flohmarkt gefunden. Dem Mord an Perch ging ebenfalls eine Planung voraus und ich frage mich, warum Hafner ausgerechnet diese Waffe ausgewählt hat. Ich bin sicher, dass er sie nur gekauft hat, um Perch damit zu töten. Er hätte sein Opfer auch erschlagen oder erschießen können, aber er hat sich stattdessen für diese ungewöhnliche Waffe entschieden. Das Schwert muss eine Bedeutung für Hafner haben. Zusammen mit dem Feuer, in dem Strahle starb und dem Bibelspruch, mit dem Hafner den Mord an Perch bei Schmieder bestätigt hat, fällt mir dazu nur ein Erzengel ein. Ich bin allerdings nicht katholisch und deshalb kein Experte."

„Ich bin katholisch", erklärte Smirna, „aber etwas anderes fällt mir dazu auch nicht ein. Mir ist es allerdings auch scheißegal, ob Hafner sich für einen Erzengel oder sonst etwas hält. Ich hoffe nur, dass die Kollegen ihn so schnell wie möglich verhaften und ich will, dass dieses Stück Scheiße im Knast verrottet!"

Bussard registrierte, dass Smirna nicht so besonnen reagierte, wie es der Kommissar von dem Kriminaltechniker gewohnt war. Alle Kollegen waren angespannt, ganz gleich, ob sie im Außendienst arbeiteten, im Labor oder im Büro. Jeder wollte Hafner zu fassen kriegen, aber niemand wusste, wo man nach ihm suchen sollte. Die Beamten hatten noch immer keine heiße Spur. In einer Stadt mit über zweihunderttausend Einwohnern gab es unzählige Möglichkeiten, sich zu verstecken. Hafner konnte eine Wohnung unter falschem Namen angemietet haben oder bei jemandem untergekommen sein, den die Ermittler nicht auf dem Radar hatten. Auch Bussard wollte dem zweifachen Mörder auf die Spur kommen und er war davon überzeugt, dass ihm dies gelang, sobald er mehr über Hafners Beweggründe in Erfahrung gebracht haben würde. Der Schlüssel lag in Hafners Vergangenheit und der Kommissar wollte sie so lange zerpflücken, bis er ihn gefunden hatte.

„Die Frage ist nicht, ob wir Hafner kriegen", erklärte Bussard und klopfte Smirna auf die Schulter, „sondern nur wann."

Der Kriminaltechniker nickte düster und der Kommissar verabschiedete sich. Bevor Bussard in sein Büro zurückkehrte, suchte er Gaby Tröger im Archiv auf. Er ließ sich alle Ermittlungsakten der Fälle aushändigen, in denen Hafner beschuldigt worden war, eine Straftat begangen zu haben. Zwei Stunden lang las er aufmerksam Seite um Seite, doch in den Vernehmungsprotokollen und Zeugenaussagen fand er lediglich Hinweise darauf, dass Hafner aus niederen Motiven handelte. Seinen Straftaten lagen fast ausnahmslos Habgier oder Neid zugrunde. Darüber hinaus war der Überfall auf den belgischen Schokoladenhändler der einzige Fall, den Strahle selbst vor Gericht verhandelt hatte. Es gab weder eine gemeinsame Vorgeschichte zwischen Hafner und Strahle noch eine zwischen Hafner und Perch.

Hafners kriminelle Karriere zeigte den typischen Verlauf eines Mannes, der als Jugendlicher zum ersten Mal mit dem Gesetz in Konflikt geraten war und dessen diverse Bestrafungen nicht zu einer Änderung seines Lebenswandels geführt hatten. Seine polizeiliche Vita hatte mit einem Verstoß gegen das Betäubungsmittelgesetz begonnen, der mit Sozialstunden geahndet worden war. Nach weiteren Verurteilungen wegen Drogenbesitz und Diebstahl folgten Strafverfahren wegen Sachbeschädigung, Nötigung und Körperverletzung, später gefährliche Körperverletzung und schließlich ein Raubüberfall in Tateinheit mit gefährlicher Körperverletzung. Hafner hatte mehr als ein Drittel seines Lebens in der Justizvollzugsanstalt verbracht. Aus dem anfänglichen Kleinkriminellen war ein Schwerverbrecher geworden, der mit der Ermordung zweier Menschen den vorläufigen Gipfel seiner kriminellen Karriere erreicht hatte. Bussard erkannte die unbarmherzige Logik im Ablauf der Geschehnisse, doch er fand keinen Ansatzpunkt. Er war zwar davon überzeugt, dass Strahle und Perch keine zufälligen Opfer gewesen waren, doch in den Akten entdeckte er keinen Hinweis auf ein schlüssiges Motiv.

Bussard drehte sich eine Zigarette, öffnete einen Fensterflügel seines Büros, lehnte sich hinaus und zündete die Selbstgedrehte an. Hafner wollte der Welt etwas mitteilen und sobald man ihn verhaftet hatte, würde die Welt erfahren, was seine Beweggründe gewesen waren. Der Kommissar hätte einfach abwarten können, doch damit hätte er gegen seine Natur handeln müssen. Mit seinem *Ermitteln*

Sie! hatte Hafner ihn geködert. Bussard war sich dessen durchaus bewusst, aber er war auch davon überzeugt, dass es etwas zu finden gab. Feuer und Schwert waren zwei Hinweise, von denen er noch nicht wusste, wohin sie führen würden. Vielleicht war Hafner während seiner langjährigen Haftstrafen zum religiösen Eiferer geworden, der sich seine grausamen Morde von einem Außenstehenden rechtfertigen lassen wollte. In jedem Leben gab es eine dunkle Seite und wenn Bussard lange genug danach suchte, würde er diese dunklen Seiten auch in den Lebensläufen von Strahle und Perch finden. Während er rauchte, gelangte der Kommissar zu der Überzeugung, dass Hafner genau dies von ihm erwartete. Er sollte herausfinden, warum Hafner Strahle und Perch als Opfer ausgewählt hatte. Eine Antwort auf diese Frage würde er aber nicht in den Akten finden, die sich auf seinem Schreibtisch stapelten. Bussard zog an seiner Zigarette, blies den Rauch in die Luft hinaus und schüttelte den Kopf. Er wollte ermitteln, aber er wollte Hafner keinen Gefallen tun und er wollte sich erst recht nicht als Erfüllungsgehilfe für irgendeine abstruse Rechtfertigung missbrauchen lassen. Hafner zog eine große Show ab, doch wie bei jeder Aufführung gab es Masken, Theaterdonner und Schminke. Es war Zeit herauszufinden, wie viel Substanz sich darunter verbarg. Bussard schnippte die Kippe davon und schloss das Fenster. Falls Hafner tatsächlich einem religiösen Wahn verfallen war, dann war dies sicherlich nicht innerhalb einer Woche geschehen und der Kommissar wusste, wo er nach entsprechenden Hinweisen suchen musste.

*

„Hafner scheint euch ja mächtig auf Trab zu halten", stellte Holzhauser fest. „Zwei Besuche in zwei Tagen sind kein gutes Zeichen."

Er zog sich einen Stuhl zurecht, drehte ihn um und setzte sich rittlings darauf, dann verschränkte er die Arme und stützte sie auf die Lehne.

„Es gibt noch etwas, das ich wissen will", erwiderte Bussard, der dem Gefangenen im Besucherzimmer der JVA gegenübersaß.

„Sind dir die Gesprächspartner ausgegangen?"

„Hafner hat nicht viele Freunde."

„Und warum kommst du dann zu mir, Bussard? Ich habe dir doch gestern schon gesagt, dass ich mit diesem Typen nichts am Hut habe. Von mir aus kann er verrecken, wo der Pfeffer wächst."

Bussard nickte, beugte sich vor und stützte die Unterarme auf den Tisch.

„Aber du hast deine Zelle in den letzten Monaten mit ihm geteilt, Richie", erklärte er. „Wenn man auf so engem Raum zusammenlebt, kriegt man einiges mit."

Holzhauser schüttelte den Kopf und antwortete mit einer wegwerfenden Handbewegung.

„Nichts von dem, was ich mitgekriegt habe, war es wert, dass es im Gedächtnis haften bleibt. Solange Oliver im Bau war, hat er zumindest niemanden gegrillt."

Seit Strahles Tod waren nicht einmal vierundzwanzig Stunden vergangen, doch die Insassen der JVA hatten die Neuigkeit schon aus der Zeitung erfahren. Der Kommissar konnte sich leicht vorstellen, wie die Gefangenen die Nachricht aufgenommen hatten. Auf der Beliebtheitsskala rangierten Staatsanwälte noch unterhalb von Polizisten und Richtern und ein ermordeter Staatsanwalt war für die meisten Straftäter ein willkommener Anlass für eine spontane Feier. Auch wenn Mörder bei den Mitgefangenen ebenfalls nicht beliebt waren, so war Hafner durch seine Tat in der Achtung der Kriminellen gestiegen. Für einige von ihnen war er vermutlich sogar zum Helden geworden.

„Gibt es jemanden, für den sich Hafner ins Zeug gelegt hat?“, fragte Bussard.

„Ich kann mich nicht erinnern“, antwortete Holzhauser mit einem schiefen Grinsen.

Bussard verstand den Wink, zog sein Tabakpäckchen aus der Jacke und warf es vor Holzhauser auf den Tisch.

„Ja, einen gibt es, der Hafner ganz besonders am Herzen lag“, erklärte Holzhauser und drehte sich eine Zigarette.

„Und wer war das?“

„Weißt du das nicht, Bussard?“

„Ich bin nicht zum Spielen hergekommen, Richie“, knurrte der Kommissar und griff nach seinem Tabakpäckchen, doch Holzhauser reagierte schnell und erwischte das Päckchen vor dem Kommissar.

„Der Einzige, der Hafner wirklich am Herzen liegt, ist sein Bruder Micha“, erklärte Holzhauser und steckte das Päckchen ein. „Alle anderen sind ihm scheißegal. Er macht nicht einmal einen Finger krumm, wenn jemand am Verrecken ist.“

„Aber er wird doch auch hier drin Freunde gehabt haben.“

„Hafner?", fragte Holzhauser und spie den Namen förmlich aus. „Hafner hat keine Freunde. Er will keine und mit diesem Arschloch will auch niemand befreundet sein."

Bussard gab Holzhauser Feuer, dann lehnte er sich zurück und verschränkte die Hände im Schoß.

„Hat Hafner nie erwähnt, dass es draußen jemanden gibt, einen Freund oder eine Freundin?"

„Hörst du denn nicht zu, Bussard? Hafner hat keine Freunde, weder drinnen noch draußen."

Nach Holzhausers Beschreibung war Hafner ein Einzelgänger, dessen einziger sozialer Kontakt sein Bruder Michael war. Michael Hafner wurde observiert und falls die Brüder sich treffen würden, konnte Oliver verhaftet werden. Den eigentlichen Grund, warum Bussard den Strafgefangenen in der JVA noch einmal besuchte, hatte der Kommissar allerdings noch nicht angesprochen.

„Hat Hafner eine Bibel besessen?", fragte Bussard.

„Eine Bibel?", wiederholte Holzhauser und sah den Kommissar ungläubig an.

„Ja, dieses Buch mit Geschichten über Moses, Jesus und so weiter."

„Wie kommst du darauf?"

„Mich interessiert, ob Hafner ein religiöser Mensch ist", erklärte Bussard.

Holzhauser lachte kurz auf und schüttelte den Kopf.

„Hafner? Religiös?"

Er hielt kurz inne, dachte einen Augenblick nach und nickte schließlich.

„Selig sind die geistig Armen", fuhr er fort, „und von dieser geistigen Armut besitzt Hafner eine ganze Menge. Ich habe zwar niemals mit ihm darüber gesprochen, aber ich schätze, dass er weder an Gott noch an den Teufel glaubt. Es würde mich sehr wundern, wenn es in seinem kleinen Universum Platz für Spiritualität gäbe."

„Er hat also nie gebetet oder Bibelverse zitiert?", hakte Bussard nach.

Wieder sah Holzhauser den Kommissar ungläubig an und schüttelte erneut den Kopf.

„Was soll der Quatsch, Bussard?", fragte er. „Hafner ist dumm wie Brot. Er glaubt nur an das, was er fressen, saufen oder ficken kann. Alles andere geht ihm am Arsch vorbei."

*

Das Rechtsmedizinische Institut der Freiburger Albert-Ludwigs-Universität lag nur einen Steinwurf weit von der Justizvollzugsanstalt entfernt. Fünf Minuten nach seinem Gespräch mit Holzhauser stand Bussard im Obduktionssaal von Professor Münchrath. Aus einem Ghettoblaster, der auf einem der Arbeitstische stand, klang Musik von Gary Moore, dessen flüssiges Gitarrenspiel leider für immer verstummt war. Münchrath hatte früher stets klassische Musik gehört, doch der Rechtsmediziner fand, dass sich der Blues als Hintergrundmusik besser eignete als ein Menuett oder gar eine Symphonie. Man müsse nicht so konzentriert zuhören, hatte er einmal erklärt, sondern könne ganz beschwingt seiner Arbeit nachgehen. Bussard hatte sich nicht vorstellen können, dass Münchrath ganz beschwingt eine Schädeldecke mit einer Handkreissäge entfernen oder die vergammelte Leber aus einer halbverwesten Leiche entnehmen konnte.

„Karsten Perch war ein ehemaliger Kollege von Ihnen", bemerkte der Rechtsmediziner mit dem grauen Lockenschopf und deutete auf den Leichnam, dessen Brust- und Bauchhöhle er geöffnet und dessen Organe er entnommen hatte.

„Ja", antwortete Bussard und betrachtete kritisch den ausgeweideten Körper, „allerdings haben wir uns nicht persönlich gekannt. Perch war mein Vorgänger bei der Ermittlungsgruppe Gewaltverbrechen."

„Er starb einen schnellen Tod", erwiderte Münchrath. „Der Mörder hat ihm das Schwert in den Rücken gestoßen und dabei das Herz durchbohrt. Davor jedoch wurde er über mehrere Stunden gefoltert. Das Seil um seinen Hals, das mit seinen Füßen verbunden war und deshalb unter Spannung stand, hat zu einer Atemreduktion geführt. Er bekam gerade so viel Luft, dass er überleben konnte, doch er muss die ganze Zeit über das Gefühl gehabt haben zu ersticken.

„Wie lange wurde er gefoltert?"

„Das lässt sich nicht genau sagen. Vielleicht hat ihm der Täter zwischendurch Pausen gegönnt, um die Tortur hinauszuzögern. Sicher ist, dass die gesamte Prozedur zwischen acht und zwölf Stunden gedauert haben muss. Das zeigen die Verletzungen, die das Seil verursacht hat, wenn wir davon ausgehen, dass seine Hände und Füße die ganze Zeit über gefesselt gewesen waren. Bei der ersten Autopsie am Tatort gegen zehn Uhr habe ich eine Körperkerntemperatur von dreiunddreißig Grad gemessen.

Unter Berücksichtigung der Umgebungstemperatur kann ich deshalb den Todeszeitpunkt auf sechs Uhr am Morgen festlegen."

Bussard betrachtete das Gesicht des Toten, das nun nicht mehr rot angelaufen war. Der Kommissar wusste nicht, ob es einen medizinischen Grund gab oder ob Münchrath Mund und Augen der Leiche aus pietätischen Gründen geschlossen hatte, doch er war froh, dass er weder die aufgequollenen Augäpfel noch die dicke, dunkel verfärbte Zunge sehen musste.

„Die Verletzung am Knie wurde durch eine Kugel verursacht", fuhr der Rechtsmediziner fort und deutete auf die offene Wunde am linken Bein der Leiche. „Der Wundkanal verläuft in einem Winkel von etwa fünfundvierzig Grad. Das Projektil hat die Kniescheibe durchschlagen und den Wadenbeinkopf zersplittert, bevor es am hinteren Unterschenkel knapp unterhalb der Kniekehle wieder ausgetreten ist. Dem Durchmesser des Wundkanals nach zu urteilen vermute ich, dass es sich um ein Projektil des Kalibers 9 mm handelt. Alles deutet darauf hin, dass der Täter aus einer Entfernung von weniger als einem Meter auf Perchs Knie geschossen hat."

„Er hat ihn an der Tür überrascht und ihm ins Knie geschossen, um ihn kampfunfähig zu machen", erklärte Bussard, zögerte einen Augenblick und sah Münchrath fragend an. „Das Projektil ist an der Wade wieder ausgetreten, sagten Sie."

„Ja."

„Dann haben Sie es also nicht sichergestellt?"

„Nein, es hat wie gesagt das Knie durchdrungen und ist aus dem Körper wieder ausgetreten."

Bussard kratzte sich nachdenklich am Kopf. Am Tatort war kein Projektil sichergestellt worden, also musste es Hafner mitgenommen haben. Er hatte tatsächlich nicht eine einzige Spur hinterlassen, die ihn zweifelsfrei mit dem Mord in Verbindung brachte, obwohl er sich stundenlang im Haus aufgehalten hatte, um Perch zu foltern. Die Kriminaltechniker hatten kein Haar, keinen Fingerabdruck und keinen Fussel eines Kleidungsstücks gefunden. Hafner war offensichtlich sehr sorgfältig vorgegangen. Die Blutspritzer, die sich auf seinen Schuhen und auf seiner Kleidung befinden mussten, konnten erst dann ausgewertet werden, wenn man sie gefunden hatte.

„Ich werde die Kollegen der KTU noch einmal zum Tatort schicken", kündigte Bussard an, obwohl er nicht damit rechnete, dass sie das vermisste Projektil finden würden.

Münchrath wandte sich um, ging zu einem der Kühlfächer, öffnete die Tür und zog die Schublade heraus. Unter dem grünen Tuch zeichnete sich der Körper eines Menschen ab, der mit angewinkelten Beinen und nach hinten gestreckten Armen auf der Seite lag. Bussard ahnte, dass es sich um den verbrannten Leichnam des getöteten Staatsanwaltes handelte.

„Ich weiß, dass Sie davon ausgehen, dass Strahle und Perch von demselben Täter getötet wurden, deshalb habe ich mir diese Leiche noch einmal genau angesehen", erklärte Münchrath, schlug das Tuch zurück und winkte den Kommissar zu sich heran. „Kommen Sie näher, er wird Sie schon nicht beißen."

Die scherzhafte Bemerkung ließ Bussard unwillkürlich auf das leuchtend weiße Gebiss der Leiche starren. Der Körper war verschmort, aber nicht vollständig verbrannt und die Hitze hatte die Körperflüssigkeiten teilweise verdampfen lassen. Das Fett war geschmolzen und die Muskeln hatten sich zusammengezogen. Durch die kaum noch vorhandenen Lippen lag das Gebiss nun offen und hob sich ebenso grotesk wie kontrastreich von der fast schwarzen Haut des Gesichts ab.

„Achim Strahle starb nicht so schnell wie Karsten Perch", erklärte Münchrath. „Er war definitiv noch am Leben, als sein Wagen in Brand gesteckt wurde."

„Ich weiß", erwiderte Bussard, „ein Zeuge hat ihn schreien gehört, konnte ihm aber nicht mehr helfen."

Münchrath, der im Rücken der Leiche stand, packte das Handgelenk des rechten, nach hinten gebogenen Arms und hob es an.

„Da Perch gefoltert wurde, habe ich nach entsprechenden Spuren bei Strahle gesucht", erklärte er. „Auf den ersten Blick waren keine äußerlichen Verletzungen erkennbar, doch auf den zweiten Blick sieht die Sache ganz anders aus. Kommen Sie näher. Sie müssen schon ganz genau hinsehen, wenn Sie es erkennen wollen."

Er bog die zusammengekrümmten Finger auf und deutete auf die Nägel.

„Wäre die Leiche nicht verbrannt, dann hätte ich es sofort gesehen. Unter jedem Fingernagel findet sich eine Verletzung des Nagelbettes, die etwa einen Zentimeter tief reicht. Die Verletzungen wurden

Strahle alle mit demselben oder mehreren identischen Stichwerkzeugen zugefügt."

Bussard betrachtete die Fingerkuppen des Toten und konnte unter jedem Nagel eine kleine Einstichstelle sehen.

„Was bedeutet das?"

„Die Wundkanäle verlaufen alle in der gleichen Richtung, gerade von vorn nach hinten", berichtete der Rechtsmediziner, „und sie haben alle einen Durchmesser von etwa zwei Millimetern. Das Werkzeug ist vermutlich aus Metall und weist eine etwa fünf Millimeter lange Spitze auf."

„Was könnte die Verletzungen verursacht haben?"

„Mein erster Gedanke war eine Ahle, wie man sie zur Bearbeitung von Holz oder Leder verwendet. Es könnte aber auch ein Metalldorn, die Spitze eines Wurfpfeils oder etwas Ähnliches gewesen sein."

Bussard ahnte schon, was Münchrath ihm als Nächstes erklären würde und ihm graute bei der Vorstellung, was Strahle vor seinem Tod erlitten haben musste.

„Der Bereich unter den Fingernägeln ist normalerweise durch die Nägel vor Berührungen geschützt und deshalb äußerst schmerzempfindlich", fuhr der Rechtsmediziner fort. „Der Täter hat Strahle den Metalldorn in das Fleisch unter jedem Fingernagel gesteckt und seinem Opfer damit höllische Schmerzen verursacht. Diese Art Folter wirkt sich in keiner Weise auf die Vitalfunktionen aus und bringt das Leben des Opfers nicht in Gefahr, aber Strahle muss unter der Tortur schier wahnsinnig geworden sein. Vielleicht ist der Täter in Anführungszeichen nur ein Sadist, aber falls er seinem Opfer diese Qualen zugefügt hat, um an Informationen zu gelangen, dann können Sie sicher sein, dass Strahle alles gesagt hat, was der Täter von ihm wissen wollte."

*

Im Präsidium herrschte eine angespannte Atmosphäre. Noch immer gab es weder einen Hinweis auf Hafners Aufenthaltsort noch eine heiße Spur. Die Medien liefen Sturm und setzten Neudörfer unter Druck, doch auch das Landes- und das Bundeskriminalamt wollten permanent über die Ermittlungen in den beiden Mordfällen informiert werden. Der Polizeirat beteuerte immer wieder, dass die Taten kriminell und nicht terroristisch motiviert seien und er hatte alle Hände voll damit zu tun, sich die ungeliebten Kollegen aus Stuttgart und Wiesbaden vom Hals zu halten. Als Bussard das Büro seines Chefs betrat, knallte Neudörfer gerade den Hörer auf die Gabel.

„Was denken die eigentlich, was wir hier machen?", fauchte er. „Die Idioten glauben wohl, sie hätten die Weisheit mit Löffeln gefressen, aber wir brauchen kein Kindermädchen, das uns bei der Arbeit beaufsichtigt!"

Bussard brauchte nicht nachzufragen, von wem Neudörfer gerade gesprochen hatte. Zwei Jahre zuvor hatte sich das BKA in die Ermittlungen eingemischt, als bei einem Überfall auf einen Freiburger Juwelier eine Frau getötet worden war. Bussard hatte damals die Ermittlungen geleitet, bis die Kollegen aus Wiesbaden den Fall an sich gerissen hatten. Der Kommissar hatte den Raubmord später ohne oder sogar trotz der Hilfe der beiden BKA-Leute gelöst und die Beamten aus Wiesbaden hatten sich durch ihren arroganten Auftritt keine Freunde in Freiburg gemacht.

„Ich komme gerade von Münchrath", berichtete er, nahm sich einen Stuhl und setzte sich Neudörfer gegenüber. „Er hat herausgefunden, dass Strahle ebenfalls gefoltert wurde."

„Strahle wurde gefoltert?", fragte Neudörfer, in dessen Stimme sein Ärger immer noch mitschwang.

„Ja, und auf ziemlich üble Art. Hafner hat Strahle Metalldornen unter die Fingernägel gesteckt. Der Staatsanwalt muss Höllenqualen gelitten haben."

Neudörfer schluckte, dann schüttelte er den Kopf und schlug mit der flachen Hand knallend auf den Tisch.

„Dieses perverse Schwein! Wir müssen das Loch finden, in dem er sich verkrochen hat!"

„Wir müssen zuerst herausfinden, wo wir nach ihm suchen müssen", erklärte Bussard. „Solange er seine Nase nicht auf der Straße zeigt, wird er uns auch nicht zufällig über die Füße laufen."

„Wir drehen bereits jeden Stein in der Stadt um, Bussard. Was sollen wir Ihrer Meinung nach sonst noch tun?"

„Wir sollten versuchen, ihn zu verstehen."

„Wie bitte?", fragte Neudörfer fassungslos.

Bussard beugte sich vor, stützte die Ellenbogen auf die Knie und legte die Handflächen gegeneinander.

„Hafner hat Strahle und Perch gefoltert, bevor er sie ermordet hat", fasste er zusammen. „Soweit ich sehe, gibt es dafür zwei plausible Erklärungen. Entweder wollte er sich rächen und seine Opfer möglichst grausam bestrafen oder er hat die beiden gefoltert, um an Informationen zu kommen."

„Welche Informationen?", fragte Neudörfer, doch Bussard antwortete nicht direkt.

„Ich habe mir die Akten aller Fälle angesehen, in denen Hafner beschuldigt wurde, eine Straftat begangen zu haben", berichtete er. „Ich habe jedoch kein schlüssiges Motiv gefunden. In allen Fällen wurde sauber ermittelt und es gab keine Zweifel, dass Hafner die jeweilige Straftat begangen hatte. Bei seiner letzten Verurteilung hat er zwar die ganze Zeit beteuert, unschuldig zu sein, doch sein Bruder Michael hat zugegeben, dass Oliver Hafner den belgischen Schokoladenhändler überfallen hat. Das Motiv Rache für erlittenes Unrecht scheidet damit aus."

Er lehnte sich zurück und legte den rechten Fuß auf das linke Knie.

„Es könnte sich um eine Generalabrechnung handeln", fuhr er fort. „Hafner besitzt kein Unrechtsbewusstsein und sieht sich als Opfer der Strafverfolgungsbehörden, an denen er sich nun rächt, weil er mehr als zehn Jahre im Gefängnis saß. In diesem Fall müssen wir mit weiteren Opfern rechnen."

„Malen Sie den Teufel nicht an die Wand, Bussard", erwiderte Neudörfer und hob abwehrend beide Hände, doch der Kommissar schüttelte den Kopf.

„Es ist nur eine Hypothese und sie erklärt lediglich die Auswahl der Opfer", erwiderte er, „doch dafür kann es auch andere Gründe geben. Die beiden Mordwaffen, Feuer und Schwert, und der Bibelvers, den Hafner Schmieder gegenüber zitiert hat, deuten an, dass die Morde religiös motiviert sind. Die Folterungen würden auch in dieses Bild passen. Ich dachte zuerst, dass er sich für einen Erzengel oder etwas Ähnliches hält, doch jetzt sieht es eher so aus, als würde er sich wie ein Großinquisitor aufführen. Während der Inquisition wurden Menschen gefoltert und anschließend hingerichtet. Dieses Prozedere trifft für beide Mordfälle zu und lässt ein religiöses Motiv wahrscheinlicher erscheinen als eine Generalabrechnung."

„Hilft uns das, ihn zu finden?"

Bussard wiegte langsam den Kopf hin und her.

„Wenn wir sowieso jeden Stein in der Stadt umdrehen, können wir auch religiöse Orte unter die Lupe nehmen: Kirchen, Kapellen, Klöster und so weiter", antwortete er. „Ich bin mir allerdings nicht sicher, ob wir damit auf der richtigen Spur sind. Richie Holzhauser, Hafners letzter Zellengenosse in der JVA, sagte, dass Hafner mit Religion nichts am Hut hatte. Hafner hat in seiner Zelle weder gebetet noch besaß er eine Bibel."

„Ist das ein Beweis?"

„Nein, aber ein Indiz."

Neudörfer stand hinter seinem Schreibtisch auf, verschränkte die Arme vor der Brust und begann, in seinem Büro auf und ab zu gehen. Die Anspannung stand ihm ins Gesicht geschrieben und er atmete hörbar ein und aus.

„Was wollen Sie mir eigentlich sagen, Bussard?", schnaubte er plötzlich und blieb abrupt stehen. „Erst erklären Sie, Hafner sei auf einem Rachefeldzug, dann wieder nicht. Dann behaupten Sie, Hafner würde sich für einen Erzengel oder einen Inquisitor halten und danach erzählen Sie mir, er sei kein religiöser Mensch. Haben Sie auch etwas Konstruktives zu den Ermittlungen beizutragen?"

„Ich ...", begann Bussard, doch er sprach nicht weiter.

Neudörfer hatte recht. Auf der Suche nach Hafners Motiv fischte der Kommissar im Trüben. Er wollte verstehen, warum Hafner zuerst Strahle und dann Perch gefoltert und anschließend getötet hatte und warum er den einen verbrannt und den anderen mit einem Schwert erstochen hatte, um damit herauszufinden, was Hafner als Nächstes tun würde. Das Bild jedoch, das Bussard aus den Indizien zusammensetzte, blieb vage und unscharf und es gelang ihm nicht, Hafner einzuschätzen. Er hatte mit Holzhauser gesprochen und er hatte sich die Ermittlungsakten von Hafners Straftaten angesehen. Die Auswahl der Opfer, ein Staatsanwalt kurz vor dem Ruhestand und ein ehemaliger Kripobeamter, passten in dieses Bild. Auch die Brutalität, mit der die Taten ausgeführt worden waren, entsprach Hafners Charakter. Er war schlampig genug, um Spuren zu hinterlassen, die ihn als Täter überführten und er war überheblich genug, um Staatsanwalt Schmieder anzurufen. Der Bibelvers und die inquisitorisch anmutende Vorgehensweise jedoch passten nicht in das Profil eines Straftäters, der über einen sehr begrenzten IQ verfügte und der eher instinktiv als überlegt handelte. Auf der anderen Seite konnte Hafner allerdings auch einem Wahn verfallen sein, der ihn auf eine Weise agieren ließ, die man von einem tumben Schläger nicht erwartet hätte. Außerdem war Hafner wegen

Drogenbesitzes vorbestraft und unter dem Einfluss von halluzinogenen Substanzen …

Bussards Gedanke wurde jäh unterbrochen, als die Tür geöffnet wurde.

„Ein Zeuge hat Hafner gesehen!", rief Wegner. „Das MEK ist bereits unterwegs!"

*

Als Bussard sein Büro aufsuchen wollte, begegnete ihm Susanne auf dem Flur.

„Zu dir wollte ich gerade", sagte sie lächelnd.

„Na, dann komm rein", forderte Bussard sie auf, ohne ihr Lächeln zu erwidern.

Er öffnete die Tür, ließ seiner Kollegin den Vortritt und folgte ihr in sein Büro.

„Was gibt's?", fragte er, während er seine Jacke auszog und über die Lehne seines Stuhls hängte.

„Eigentlich nichts", antwortete sie.

„Bist du gekommen, um mir nichts zu sagen?"

Susanne setzte sich auf die Kante von Bussards Schreibtisch.

„Warum bist du so grantig?", fragte sie und betrachtete ihn nachdenklich.

„Wieso grantig?"

„Wann hast du das letzte Mal gelächelt?"

„Ich bin Polizist", antwortete er unwirsch und setzte sich hinter seinen Schreibtisch, „und kein Fotomodell für eine Zahnpastawerbung."

Susanne registrierte seinen rüden Ton, aber sie ließ sich davon nicht beeindrucken.

„Etwas bedrückt dich", stellte sie fest und sah ihm in die Augen, „und das schon eine ganze Weile.

Ich sehe doch, dass dir etwas auf dem Herzen liegt. Willst du nicht darüber sprechen?"

„Nein", erwiderte er knapp.

„Warum nicht?"

Bussard antwortete nicht. Natürlich lag Susanne mit ihrer Vermutung richtig, doch sein Problem war seine Privatsache und hatte nichts mit seiner Arbeit zu tun.

„Ein Zeuge hat Hafner gesehen", erklärte er und wechselte abrupt das Thema. „Das MEK ist unterwegs. Wenn wir Glück haben, können wir Hafner schon in einer Stunde vernehmen."

„Du musst mit jemandem darüber sprechen", beharrte sie. „Es ist nicht gut, wenn du deine Sorgen in dich hineinfrisst."

„Was weißt du von meinen Sorgen?"

„Ich habe Helen getroffen."

Bussard verharrte einen Augenblick reglos. Er sah Susanne mit großen Augen an, dann schüttelte er schließlich den Kopf.

„Sie hat mir erzählt, dass ihr euch getrennt habt", fuhr sie fort, „und das tut mir ehrlich leid. Ich weiß, wie sehr du an ihr und den Kindern hängst."

„Ich hänge nicht mehr an ihr", widersprach er.

Susanne nickte, doch sie wusste, dass Bussard nicht die Wahrheit sagte. Der Schmerz über die Trennung von seiner Familie stand ihm deutlich ins Gesicht geschrieben, auch wenn er sich bemühte, ihn zu verbergen.

„Manchmal tut es gut, sich den ganzen Frust von der Seele zu reden", erklärte sie. „Das befreit. Denk darüber nach, Bussard. Wenn du willst, können wir uns heute Abend bei Angelos auf ein Bier treffen. Ich kann gut zuhören und du weißt …"

„Ja, ich weiß“, unterbrach er sie und hob abwehrend die Hand. „Danke für dein Angebot, Susanne, aber im Augenblick steht mir nicht der Sinn danach, mit jemandem über Helen zu sprechen.“

„Und über dich?“

„Auch nicht.“

„Okay, sag mir Bescheid, falls du es dir anders überlegst oder sprich mit Johannes.“

Bussard atmete ein und setzte zu einer Erwiderung an, doch dann atmete er wortlos wieder aus. Susannes Angebot war aufrichtig und er wusste, dass er davon nicht genervt sein sollte. Eigentlich war es schön zu wissen, dass sich seine Kollegin Sorgen um ihn machte. Sie hatte gespürt, in welcher Stimmung er sich befand und es wäre in der Tat nicht schlecht gewesen, mit ihr über seine Wut und seine Trauer zu sprechen. Er verstand sich gut mit ihr und schätzte sie schon lange, doch die Wunde, die seine Trennung von Helen geschlagen hatte, schmerzte noch zu sehr, um sie bei einem Gespräch wieder aufzureißen. Dass er deswegen aber Johannes Perlemann, den Polizeipsychologen, aufsuchen sollte, kam für Bussard überhaupt nicht infrage.

„Was ist eigentlich das Nichts, über das du mit mir sprechen wolltest?“, fragte er und beendete das unangenehme Thema.

„Nichts bedeutet, dass ich nichts gefunden habe“, antwortete Susanne. „Es ist ein großes Nichts, ein verdammtes überhaupt gar Nichts.“

„Was meinst du damit?“

„Ich habe das Internet durchforstet, aber ich habe nicht die leiseste Spur von Hafner gefunden. Es gibt zwar eine ganze Reihe Oliver Hafners im deutschsprachigen Raum, aber keiner von ihnen ist unser Mann. Er taucht in keinem sozialen Netzwerk auf und ich habe auch kein einziges Foto von ihm entdeckt."

„Das überrascht mich nicht", erwiderte Bussard. „Hafner hat schon als Jugendlicher eine Haftstrafe verbüßt und den größten Teil seines Erwachsenenlebens in der JVA verbracht. Dort gibt es andere soziale Netzwerke, für die man keinen Computer braucht, doch soweit ich weiß, ist er wohl nie Mitglied irgendeiner Gruppierung gewesen. Ein Mithäftling bezeichnete ihn als Einzelgänger, mit dem niemand befreundet sein wollte. Außerdem wird das nicht mehr wichtig sein, wenn die Kollegen vom Einsatzkommando ihn verhaftet haben."

Bussards Telefon läutete. Er nahm den Hörer ab und meldete sich, dann hörte er eine Weile zu und beendete das Gespräch mit einem „okay, danke".

„Falscher Alarm", erklärte er. „Der Zeuge hat jemanden gesehen, der Hafner ziemlich ähnlich sieht, aber es war definitiv nicht unser Mann."

7

Das Telefon zeigte keinen entgangenen Anruf an, also hatte den ganzen Tag über auch niemand versucht, Bussard auf seinem Privatanschluss zu erreichen. Er hatte vage mit einem Anruf der Hausverwaltung gerechnet, doch ganz offensichtlich war dieser Anruf nicht erfolgt. Der große schwarze Koffer samt Kontrabass stand noch immer in der Ecke und wartete darauf, dass sein Besitzer sich melden würde. Bussard schaltete die Stereoanlage ein, wählte eine CD von Jeff Healey, einem blinden Blues-Gitarristen, aus und ließ sie laufen, dann öffnete er einen Fensterflügel und setzte sich auf die Fensterbank. Er drehte sich eine Zigarette, lehnte seinen Rücken gegen den Fensterrahmen und zündete sie an. Die Sonne war bereits untergegangen und die Nacht brach schnell herein. Bussard dachte an seine Töchter Miriam und Tabea, die jetzt dreizehn und elf Jahre alt waren. Er hätte sie gern zu Bett gebracht und sich noch ein wenig mit ihnen unterhalten, doch diesen Part übernahm jetzt ein anderer, sofern es dieser andere überhaupt tat. Helen hatte sich dafür entschieden, ihre Zukunft mit einem anderen Mann zu verbringen, einem, der mehr Zeit für die Familie und einen weniger gefährlichen Job hatte. Bussard hatte geahnt, dass es jemanden in ihrem Leben geben musste, doch er hatte nicht damit gerechnet, dass aus der Affäre sein Nachfolger hervorgehen würde. Helen hatte ihren Entschluss gefasst und Bussard vor vollendete Tatsachen gestellt. Das Ende ihrer Ehe hatte lediglich fünf Minuten gedauert, kurz und schmerzhaft, und seine Welt war auf einen Schlag in Scherben gegangen. Er hätte seine zukünftige Exfrau gern aus dem Haus gejagt, doch er hatte gewusst, dass er nicht im Stande war, sich als alleinerziehender Vater adäquat um seine beiden Töchter zu kümmern. Seine oft unregelmäßigen Arbeitszeiten hätten einem geregelten häuslichen Tagesablauf im Weg gestanden und er hatte auch eingesehen, dass die pubertierenden Mädchen ihre Mutter auf eine Weise benötigten, die er als Mann nicht erfüllen konnte. Schweren Herzens hatte er deshalb den Entschluss gefasst, sich eine eigene Wohnung zu suchen. Er war wütend auf Helen, weil er sich vorkam wie ein Möbelstück, das man ausgetauscht hatte, aber er war auch froh, dass sie zumindest einen noch einigermaßen vernünftigen Umgang miteinander pflegten. Helen wusste, wie sehr Bussard an seinen Töchtern hing und wie sehr die Mädchen ihren Vater liebten. Deshalb war sie sofort damit einverstanden gewesen, dass Bussard seine Töchter so oft sehen konnte wie er wollte, auch wenn er dieses Recht weniger oft in Anspruch nahm als ihm lieb war. Er vermisste Miriam und Tabea jeden Abend, wenn er nach Hause kam und deshalb hasste er diese neue Wohnung, in der er nicht leben wollte. Die Trennung hat eine tiefe, schmerzhafte Wunde in seine Seele geschlagen und er wollte nicht unnötig darin bohren, indem er mit Susanne oder sonst jemandem darüber sprach. Bussard wollte nicht nur nicht darüber sprechen, er wollte nicht einmal darüber nachdenken. Seufzend schüttelte er den Kopf und verscheuchte die trüben, dunklen Gedanken. Er wusste, dass sie in seinen Träumen wiederkehren würden, doch solange er wach war, gab es genügend andere Dinge, mit denen er sich beschäftigen konnte.

Der Kommissar genoss das herbe Aroma seiner Selbstgedrehten und ließ die vergangenen Stunden Revue passieren. Es war ein langer Tag gewesen, der schon mit einer ersten Besprechung um sechs Uhr am Morgen begonnen hatte. Drei Stunden später hatte er mit Karsten Perch sprechen wollen und stattdessen die Leiche des früheren Kripobeamten in dessen Haus entdeckt. Dass er dabei auf seine ehemalige Partnerin Sylvia Harter gestoßen war, konnte er noch immer kaum glauben und er fragte sich, warum dieses zufällige Zusammentreffen ausgerechnet am Tatort eines Mordes stattgefunden hatte. In seinem zwanzigjährigen Berufsleben hatte er gelernt, dass es zwar Zufälle gab, diese aber sehr rar gesät waren. Bussard legte den Kopf zurück und betrachtete den dunkler werdenden Abendhimmel, der sich allmählich mit Wolken bedeckte. Vielleicht würde es am nächsten Tag regnen, vielleicht würden sie Oliver Hafner am nächsten Tag verhaften oder vielleicht würden sie auf eine weitere misshandelte Leiche stoßen.

„Was wolltest du von Karsten Perch?", murmelte er nachdenklich.

Er zog an seiner Zigarette und blies den Rauch in den Abendhimmel. Sylvia hatte erklärt, dass ihre Ermittlungen als LKA-Beamtin nichts mit Hafner zu tun hatten, aber sie hatte die Katze auch nicht aus dem Sack gelassen. Natürlich kannte er die Spielregeln und wusste, dass sie mit ihm vermutlich nicht über ihren Fall sprechen durfte. Trotzdem hatte ihn ihre Weigerung verletzt. Sie waren Partner gewesen und hatten einander bedingungslos vertraut. Sylvia hatte sogar erklärt, dass sie ihn als ihren besten Freund betrachtet hatte, auf den sie sich immer hätte verlassen können, wenn es notwendig gewesen war. Eine Notwendigkeit war jedoch nie eingetreten und deshalb hatte ihn ihre Erklärung bei ihrem Abschied auch ziemlich überrascht. Nach ihrem Wechsel zum LKA war sie nach Stuttgart gezogen und in den ersten Wochen hatten sie hin und wieder miteinander telefoniert, doch irgendwann war der

Kontakt eingeschlafen und er hatte bis zu ihrem Zusammentreffen am Morgen nichts mehr von ihr gehört. Er vertraute ihr noch immer. Daran hatte sich nichts geändert und deshalb hatte er auch ihrem Wunsch entsprochen, ihre Anwesenheit am Tatort bei den Kollegen unerwähnt zu lassen. Er hatte sogar die Reifenspuren ihres Fahrzeugs in Perchs Einfahrt beseitigt. Bussard bedauerte nicht, ihr diesen Freundschaftsdienst erwiesen zu haben, aber es wäre hilfreich gewesen, wenn sie ihm den Grund ihres Besuchs bei Perch genannt hätte. Der ehemalige Kripobeamte war nach seinem Lottogewinn fünf Jahre zuvor aus dem Dienst ausgeschieden und es war ziemlich seltsam, dass Sylvia ihn ausgerechnet an seinem Todestag hatte besuchen wollen.

„Was wolltest du von ihm wissen?", murmelte Bussard noch einmal.

Vielleicht hatte Münchrath recht mit seiner Annahme, dass Strahle und Perch gefoltert worden waren, damit sie Informationen preisgaben. Bussard konnte sich jedoch nicht vorstellen, wofür sich der kürzlich entlassene Strafgefangene so brennend interessiert haben sollte. Der Jurist, der kurz vor seiner Pensionierung gestanden hatte und der ehemalige Kripobeamte waren von Berufs wegen Geheimnisträger gewesen, doch welches ihrer Geheimnisse war für Hafner so interessant, dass er sie deswegen gefoltert und ermordet hatte? Bussard blies einen Rauchring, der in der lauen Abendluft schnell verwehte. Er ließ seiner Fantasie freien Lauf und spielte in Gedanken verschiedene Szenarien durch. Vielleicht hatte Hafner während seiner Haft von einem Mitgefangenen etwas erfahren, das

Strahle und Perch betraf. Vielleicht hatten die beiden einen Teil der Beute aus einem Diebstahl oder Überfall unterschlagen und Hafner wollte sich diesen Teil nun selbst unter den Nagel reißen. Vielleicht spielte auch eine Frau eine Rolle. Viele Verbrechen wurden aus Liebe oder Hass begangen und die grausame Brutalität der beiden Morde ließ darauf schließen, dass der Täter unter großer emotionaler Anspannung gestanden hatte. Bussard schnippte seine Zigarette in den kleinen Garten hinter dem Mietshaus und schüttelte den Kopf. Seine Gedankenspiele und das Stochern im Nebel führten zu nichts. Trotzdem blieb er auf der Fensterbank sitzen, um sich noch einmal die bekannten Fakten zu vergegenwärtigen. Es gab eindeutige Gemeinsamkeiten zwischen beiden Taten, aber es gab auch einen eklatanten Unterschied. Im Gegensatz zum ersten Tatort hatten die Kollegen der Kriminaltechnik am zweiten nicht eine einzige Spur gefunden, die auf den Täter hindeutete und Bussard fragte sich, warum Hafner im Haus von Perch so überaus sorgfältig vorgegangen war. Das wäre nicht nötig gewesen, zumal er nach der Tat Schmieder angerufen hatte, um die Ermittler von dem Mord zu unterrichten. Hafner spielte ein Spiel, das der Kommissar nicht verstand. Psychopathische Täter neigten dazu, ihre vermeintliche Überlegenheit zu demonstrieren, doch Bussard hatte das Gefühl, dass dies bei Hafner nicht zutraf. Der zweifache Mörder führte die Ermittler nicht an der Nase herum, sondern streute Brotkrumen aus, doch es war nicht abzusehen, wohin diese Spur führen würde. Sicher war nur, dass Hafner eine ganz konkrete Absicht verfolgte. Er wollte die Ermittler an einen bestimmten Punkt führen. Das hatte er Bussard gegenüber mehr oder weniger deutlich zu verstehen gegeben.

Ermitteln Sie!

Die beiden Worte hallten noch immer in Bussards Hinterkopf nach. Er hatte Hafners kriminelle Vita durchleuchtet, doch er hatte nicht den geringsten Hinweis gefunden und er war davon überzeugt, dass es sich nicht lohnte, noch einmal von vorn zu beginnen. Vielleicht war es besser, das Pferd von hinten aufzuzäumen. Wenn man bei einem Täter nicht weiterkam, war es immer sinnvoll, sich die Opfer genauer anzusehen. Der Kommissar rutschte von der Fensterbank herunter, während die Jeff Healey Band den Song *It could all get blown away* spielte. Bussard schloss das Fenster und fragte sich, wen der Sturm noch davonblasen würde, den Hafner entfesselt hatte.

*

„Morgen, Bussard", sagte Susanne, als der Kommissar aus dem Aufzug trat.

„Morgen, Susanne", erwiderte er und nickte ihr zu, „schon was Neues im Fall Hafner?"

„Nein, die Fahndung läuft zwar immer noch auf Hochtouren, aber wir haben noch keine heiße Spur. Neudörfer hat für acht Uhr eine Besprechung angesetzt."

Bussard sah auf seine Armbanduhr. Es war drei Minuten vor acht und deshalb lohnte es sich nicht, dass er zuerst sein Büro aufsuchte. Er begleitete die EDV-Spezialistin zum Besprechungsraum, wo bereits einige andere Kollegen auf den Beginn der Konferenz warteten. Eine Minute später erschien Oberstaatsanwalt Schmieder. Sein gerötetes, aufgedunsenes Gesicht wirkte abgespannt und es schien, als habe er wenig oder gar nicht geschlafen.

„Guten Morgen", begrüßte Neudörfer die Anwesenden, „wie Sie alle wissen, war unsere Fahndung bisher noch nicht erfolgreich."

„Dann intensivieren Sie Ihre Suche", fuhr Schmieder dazwischen. „Wir haben zwei Tötungsdelikte, zwei äußerst brutale Morde und wir wissen, wer der Täter ist. Es kann doch nicht so schwer sein, Hafner ausfindig zu machen!"

„Alle verfügbaren Beamten sind an der Suche beteiligt", verteidigte sich der Polizeirat, doch Schmieder ließ den Einwand nicht gelten.

„Freiburg ist nicht Berlin oder New York. So groß ist unsere Stadt nicht. Hafner wird sich vermutlich in Weingarten versteckt haben, wo er früher gewohnt hat. Sie wissen doch selbst, dass er dort am ehesten einen Unterschlupf findet. Schicken Sie Ihre Leute in den Westteil der Stadt und durchkämmen Sie jedes Haus! Ich verlange, dass Hafner im Laufe des Tages unschädlich gemacht wird!"

„Was meinen Sie mit unschädlich?", fragte Bussard, dem die Wortwahl des Oberstaatsanwalts seltsam vorkam.

„Hafner hat zwei Menschen brutal ermordet", antwortete Schmieder, „er ist bewaffnet und gefährlich. Das sollten Sie nicht vergessen, wenn Sie ihn aufspüren und es könnte durchaus sein, dass Sie von der Schusswaffe Gebrauch machen müssen."

Er sah sich um, als ob er nach versteckten Lauschern Ausschau halten würde.

„Unter uns gesagt, ist es mir scheißegal, ob Sie Hafner verhaften oder erschießen", fuhr er fort, „aber Sie sollten alles dafür tun, dass wir nicht noch ein weiteres Opfer beklagen müssen. Karsten Perch war einer Ihrer Kollegen, Achim Strahle war mein Vorgesetzter. Hafner hat es auf uns abgesehen und wir müssen alle notwendigen Maßnahmen ergreifen, um uns selbst zu schützen. Oder gibt es hier jemanden, der das anders sieht?"

„Niemand sieht das anders, Herr Schmieder", erwiderte Neudörfer und hob beschwichtigend die Hände, „aber wir sind nicht im Wilden Westen. Der Gebrauch der Schusswaffe darf immer nur das allerletzte Mittel sein, wenn es dazu keine Alternative mehr gibt."

Bussard betrachtete den Oberstaatsanwalt und fragte sich, ob Hafner Schmieder Angst eingejagt hatte. Die Verfassung der Bundesrepublik Deutschland erlaubte kein „tot oder lebendig" und den Gebrauch der Schusswaffe so vehement einzufordern, war nicht einmal unter den gegebenen Umständen legitim. Bussard vermutete, dass Schmieders Auftritt einen konkreten Grund haben musste.

„Hat Hafner Sie noch einmal kontaktiert?", fragte der Kommissar.

„Wie kommen Sie darauf?", erwiderte Schmieder.

Bussard entging nicht, dass Schmieder die Frage nicht beantwortet hatte. Der Oberstaatsanwalt spielte nicht mit offenen Karten und der Kommissar fragte sich, ob ein lebendiger Hafner für Schmieder gefährlicher war als ein toter. Schmieder hatte mit einer Gegenfrage geantwortet, auf die Bussard eine Erwiderung schuldig blieb. Das Schweigen dauerte einige Augenblicke, bis der Oberstaatsanwalt schließlich nickte.

„Ja", gab er zu, „Hafner hat mich vor etwa einer Stunde angerufen."

„Warum haben Sie uns nicht sofort darüber informiert?", fragte Neudörfer.

„Ich informiere Sie doch jetzt darüber. Das Telefonat dauerte nur wenige Sekunden und er hat wieder diesen elektronischen Stimmenverzerrer gebraucht."

„Was hat Hafner gesagt?", fragte Bussard.

„Er sagte nur einen einzigen Satz", antwortete der Oberstaatsanwalt, „und ich kann ihn sogar wörtlich zitieren: ‚Sie sind der Nächste auf meiner Liste, Herr Schmieder.'"

Alle Augen ruhten auf dem Oberstaatsanwalt und es gab niemanden, der die Drohung nicht ernst genommen hätte.

„Wir müssen Ihr Handy überwachen", erklärte Smirna sofort, doch Schmieder schüttelte den Kopf.

„Sie wissen doch selbst, dass Hafner ein Mobiltelefon verwendet und jedes Mal seinen Standort wechselt", widersprach er. „Außerdem kann ich nicht schon wieder einen ganzen Tag in Ihrem Präsidium verbringen."

„Das müssen Sie auch nicht", wehrte Smirna ab, „es genügt, wenn Sie Ihr Handy hierlassen."

Schmieder dachte einen Augenblick nach, dann stimmte er schließlich zu. Er zog sein Smartphone aus seiner Jackentasche und reichte es dem Kriminaltechniker.

„Ich muss Sie hoffentlich nicht explizit um Vertraulichkeit ersuchen?"

Er hatte die Aussage als Frage betont, doch Smirna antwortete lediglich mit einem kurzen Heben der Augenbrauen.

„Wir stellen zwei Kollegen zu Ihrem Schutz ab", erklärte Neudörfer und Schmieder nickte dankbar.

Ein leises Lächeln zeigte sich in Bussards Mundwinkeln. Der Kommissar hatte sofort erfasst, welche Chance sich ihnen gerade bot und er schnippte mit den Fingern.

„Wenn wir das tun, dann sollten wir es auch richtig machen", konstatierte er.

„Wie meinen Sie das?", fragte Neudörfer.

„Hafner hat uns einen Trumpf zugespielt", stellte Bussard fest und deutete mit einem Kopfnicken in Schmieders Richtung. „Wir wissen jetzt, dass er es auch auf unseren Oberstaatsanwalt abgesehen hat. Deshalb sollten wir Schmieder zwar schützen, aber dieser Schutz darf nicht offensichtlich sein. Wir müssen Hafner im Glauben lassen, dass er Schmieder ebenso überraschen kann, wie Strahle und Perch. So haben wir die beste Chance, ihn zu verhaften."

Der Oberstaatsanwalt riss die Augen auf und sein gerötetes Gesicht wurde deutlich blasser.

„Sie wollen mich als Köder benutzen?", fragte er ungläubig.

„Sicher", antwortete Bussard gelassen, „Sie sind unsere beste Chance, es sei denn, Sie haben eine andere Idee."

Weder Schmieder noch einer der anderen Anwesenden widersprachen dem Vorschlag des Kommissars. Um einen großen Fisch zu fangen, brauchte man einen großen Köder und der fetteste Brocken war der Oberstaatsanwalt. Dass Schmieder die Idee nicht gefiel, war unübersehbar. Er steckte einen Finger in den Hemdkragen und zog daran, um etwas Platz für den Kloß zu schaffen, den er plötzlich im Hals hatte.

„Der Vorschlag des Kollegen Bussard ist gut und Sie brauchen sich keine Sorgen zu machen“, erklärte Neudörfer beschwichtigend. „Sie kennen doch unsere Leute. Wir werden alles tun, um Sie zu schützen. Selbst wenn Sie niemanden sehen können, werden wir rund um die Uhr in Ihrer Nähe sein. Wir lassen Sie nicht aus den Augen, bis wir Hafner gefasst haben!“

„Ich hoffe sehr, dass Sie Ihre besten Leute abstellen und dass Ihnen kein Fehler unterläuft“, erwiderte Schmieder unbehaglich. „Sie haben gesehen, zu was Hafner fähig ist und ich möchte auf keinen Fall das Schicksal von Strahle oder Perch teilen. Ich muss mich hundertprozentig auf Sie verlassen können.“

„Ich sagte doch schon, dass Sie sich keine Sorgen machen müssen“, erklärte Neudörfer noch einmal. „Wir werden Sie unter ständiger Beobachtung halten. Außerdem bekommen Sie ein Mikrofon und einen Peilsender. In der Obhut der Kollegen sind Sie sicher wie in Abrahams Schoß.“

„Das hoffe ich für Sie, denn wenn die Sache schiefgeht …“

Schmieder sprach nicht weiter. Es war zwecklos, mit Konsequenzen zu drohen, denn wenn die Sache wirklich schiefging, würde er das Zusammentreffen mit Hafner nicht überleben. Die Farbe kehrte in sein Gesicht zurück, aber das Rot war nun deutlich dunkler als zu Beginn der Besprechung. Schmieders Blutdruck stieg, sein Puls beschleunigte sich und die Aufregung ließ seine Finger zittern. Auch wenn Neudörfer beteuerte, dass für den Oberstaatsanwalt keine unmittelbare Gefahr bestand, so gab es dennoch ein gewisses Restrisiko. Nicht immer konnten alle Eventualitäten von Anfang an einkalkuliert werden und Schmieder hoffte inständig, dass nichts Unvorhergesehenes die Pläne der Beamten über den Haufen warf. Als Bussards Handy mit dem Klingelton von AC/DC läutete, klang das Gitarrenintro von *Hells Bells* wie ein Fanal, das die nächste Runde im Kampf der Ermittler gegen den Täter ankündigte. Die Rufnummer eines Mobiltelefons erschien in seinem Display, doch sie kam ihm nicht bekannt vor.

„Bussard“, sagte er knapp, nachdem er den Anruf entgegengenommen hatte.

„Guten Morgen, Herr Kommissar“, antwortete die elektronisch verzerrte Stimme.

Bussard sprang von seinem Stuhl auf, hob eine Hand, Aufmerksamkeit fordernd, in die Luft und legte schließlich den Zeigefinger auf die Lippen. Er nahm sein Handy vom Ohr und drückte auf die Lautsprechertaste, während alle anderen Anwesenden gespannt und in atemloser Stille lauschten.

„Was wollen Sie?“, fragte er.

„Wie kommen Sie mit Ihren Ermittlungen voran?“

Bussard sah einmal in die Runde, während alle gebannt auf das Handy in seiner Hand starrten.

„Warum sagen Sie mir nicht, um was es eigentlich geht?“, fragte er.

„Sie sind der Ermittler, Herr Bussard. Ich bin zuversichtlich, dass Sie Ihre Frage bald selbst beantworten können."

„Was bezwecken Sie mit diesem Anruf, Hafner?"

„Weißt du, wohin mein Herz auf Reisen geht?"

Bussard wusste nicht, was er mit dieser Frage anfangen sollte. Sie klang irgendwie seltsam vertraut, doch gleichzeitig stand sie ohne jeden Bezug im Raum.

„Ich habe keine Ahnung, was … hallo?"

Er blickte auf das Display seines Handys und sah, dass die Verbindung unterbrochen war.

*

Die Beamten nahmen Hafners Drohung ernst. Schmieder wurde mit einem Peilsender ausgestattet, doch er weigerte sich, ein Mikrofon zu tragen. In seiner Eigenschaft als Oberstaatsanwalt unterlag jedes Wort, das er in einem beruflichen Zusammenhang sprach, der besonderen Vertraulichkeit. Die Gespräche, die er führte, durften nicht mitgehört und schon gar nicht aufgezeichnet werden. Smirna gab ihm deshalb einen zusätzlichen Notfallsender, den Schmieder mit einem Tastendruck aktivieren konnte. Sechs Beamte wurden dem Oberstaatsanwalt zugeteilt, die ihn in drei Schichten rund um die Uhr bewachten. Die besondere Herausforderung ihrer Aufgabe bestand darin, unsichtbar zu sein. Neudörfer wies Bussard an, die Leitung der Aktion zu übernehmen, doch der Kommissar delegierte diese Aufgabe an seinen Kollegen Sasha Wegner mit der Begründung, dass Wegner den ganzen Tag neben einem Telefon saß und somit schneller reagieren konnte. Bussard wollte freie Hand haben, um seine eigenen Ermittlungen voranzutreiben. Am Abend zuvor hatte er beschlossen, sich mit den beiden Opfern Strahle und Perch eingehender zu befassen. Hafners Anruf jedoch hatte diesen Plan über den Haufen geworfen. Er hatte einen Hinweis geliefert und Bussard wollte unbedingt wissen, was sich dahinter verbarg. Susanne hatte herausgefunden, dass die Zeile *Weißt du, wohin mein Herz auf Reisen geht* einem Lied entstammte, das in den sechziger Jahren sehr populär gewesen war.

„Ursprünglich hieß das Stück *Lara's Theme*", berichtete sie, „und es stammt aus dem Film *Doktor Schiwago,* einer Verfilmung des gleichnamigen Romans von Boris Leonidowitsch Pasternak. Der Komponist heißt Maurice Jarre und hat 1966 einen Oscar für die Filmmusik erhalten. Es gibt eine bekannte Instrumentalversion von *Lara's Theme* und eine Version mit einem deutschen Text, die Karel Gott gesungen hat."

„Karel Gott?", fragte Bussard überrascht.

„Ja, ein ziemlich erfolgreicher tschechischer Sänger. Er hat zum Beispiel auch diesen *Biene-Maja-Song* gesungen, kennt jeder."

Bussard zog die Stirn in Falten und schüttelte den Kopf. Sie standen im Hof des Präsidiums und gönnten sich eine gemeinsame Zigarettenpause, während Susanne im Internet recherchierte. Der Kommissar fragte sich, ob der Name das entscheidende Element war. Neben Feuer und Schwert war nun der Begriff Gott aufgetaucht, doch der Kontext verwirrte ihn. Ein religiöser Attentäter, der in seinem Wahn glaubte, im Namen Gottes foltern und morden zu müssen, würde den Namen des Herrn sicherlich nicht unter dem Mantel eines Schlagersängers verbergen. Auf der anderen Seite ließ sich auch schwer einschätzen, welchen abstrusen Gedanken ein kranker Geist folgte.

„Was hat es mit diesem Doktor Schiwago auf sich?", fragte Bussard.

Susanne holte sich die entsprechenden Informationen auf ihr Smartphone und berichtete, dass der Roman erstmals 1957 in italienischer Sprache veröffentlicht worden war. Ein Jahr später war eine russische Version im Ausland erschienen, weil eine Veröffentlichung in der damaligen Sowjetunion nicht möglich gewesen war. Der Roman spielte in Russland während des ersten Drittels des zwanzigsten Jahrhunderts und beschrieb das Leben eines Arztes, der zwischen zwei Frauen hin- und hergerissen war. Politisch brisant war der Stoff, weil in dem Roman beschrieben wurde, wie in den Wirren der Revolution die neu entstandene Sowjetunion in Anarchie versank. Man hatte Pasternak den Literaturnobelpreis zugesprochen, den er jedoch nicht persönlich angenommen hatte. 1965 war der Roman in Hollywood verfilmt worden. Omar Sharif hatte die Hauptrolle gespielt und der Film hatte 1966 fünf Oscars gewonnen.

„Aber wie passt Doktor Schiwago zu unserem Fall?", fragte Bussard.

„Ich habe keine Ahnung, was sich dieser Spinner dabei gedacht hat", erwiderte Susanne. „Wahrscheinlich denkt er, er kann uns damit verarschen."

„Vielleicht, vielleicht auch nicht", sagte Bussard nachdenklich. „Hafner hat einen Plan und er hat mich vorhin nicht angerufen, um uns zu verarschen. Er wollte uns etwas mitteilen. Diese Textzeile weist auf irgendetwas hin und ich befürchte, dass wir mit einem weiteren Opfer rechnen müssen."

„Was willst du jetzt tun?"

Bussard dachte einen Augenblick nach. Hafner hatte einen Hinweis geliefert, ein Puzzleteil, und der Kommissar wollte wissen, ob er die passende Umgebung dazu finden konnte.

„Ich werde mir die Vergangenheit von Strahle und Perch ansehen", kündigte er an. „Vielleicht entdecke ich dort diesen Doktor Schiwago."

*

In den Datenbanken der Polizei fand Bussard nichts Nennenswertes über Strahle und Perch. Weder der ehemalige Staatsanwalt noch der ehemalige Polizist hatten sich etwas zuschulden kommen lassen. Es gab keine Ermittlungsverfahren, keine Dienstaufsichtsbeschwerden und keinerlei Aktenvermerke, die auf irgendwelche Ungereimtheiten hätten schließen lassen. Strahle und Perch hatten weiße Westen, doch das bedeutete nicht automatisch, dass sie keine Leichen im Keller hatten. Vielleicht gab es einen gemeinsamen dunklen Punkt in ihrer Vergangenheit, der weder öffentlich noch intern bekannt geworden war. Sylvia hatte einige Jahre lang mit Perch zusammengearbeitet. Vielleicht wusste sie etwas über ihren früheren Kollegen, das keinen Eingang in die Datenbanken der Polizei gefunden hatte, doch Bussard besaß keine aktuelle Handynummer von ihr. Er rief beim LKA in Stuttgart an und man teilte ihm mit, dass Frau

Harter außer Haus Dienst tat. Eine Handynummer wollte man ihm nicht geben und so hinterließ er die Nachricht, dass sie sich mit ihm in Verbindung setzen sollte. Als Grund für seinen Anruf gab er ein lapidares „dienstliche Angelegenheiten“ an.

Perch war nicht verheiratet gewesen und hatte auch keine Kinder gehabt. Strahles Sohn war ein halbes Jahr zuvor in Australien tödlich verunglückt und deshalb war seine Frau Karin die einzige lebende Angehörige eines der beiden Mordopfer. Vielleicht wusste sie, wer mit Doktor Schiwago gemeint war. Der Kommissar nahm seine Jacke von der Lehne seines Stuhls und wollte gerade sein Büro verlassen, als sein Telefon läutete. Es handelte sich um einen internen Anruf und der diensthabende Kollege an der Pforte teilte ihm mit, dass ein Päckchen für ihn abgegeben worden sei.

„Als Absender steht hier Oliver Hafner“, berichtete der Kollege.

„Was?“, rief Bussard. „Oliver Hafner?“

„Ja, nur der Name, aber keine Adresse.“

Bussards Gedanken arbeiteten fieberhaft. Seine Alarmglocken schrillten und er bellte ins Telefon: „Nicht anfassen! Finger weg von dem Päckchen! Es könnte sich um eine Paketbombe handeln. Ich informiere sofort die Kollegen. Lösen Sie den Alarm aus und machen Sie, dass Sie dort wegkommen. Das Gebäude muss sofort evakuiert werden!“

Bussard drückte den Finger auf die Gabel, während im ganzen Gebäude Alarm ausgelöst wurde, dann wählte er eine interne Nummer, um die verdächtige Postsendung zu melden. Sekunden später verließ er sein Büro, verzichtete auf den Aufzug und hastete die Treppe hinunter, wo andere Kollegen ebenfalls dem Ausgang zustrebten. Das Wort „Bombe" machte die Runde und jeder war froh, das Gebäude so schnell wie möglich verlassen zu können. Einige Kollegen sperrten die Heinrich-von-Stephan-Straße ab, während andere die Nachbarn in den umliegenden Gebäuden informierten. Die Anwohner wurden aufgefordert, sich zunächst ruhig in ihren Wohnungen aufzuhalten, aber vorbereitet zu sein, falls eine Evakuierung notwendig wurde. Wenige Minuten später trafen die Spezialisten ein, um das verdächtige Paket zu untersuchen und gegebenenfalls die Bombe zu entschärfen. Alle Fahrzeuge, die auf dem Hof des Präsidiums parkten, wurden so schnell wie möglich vom Gelände gefahren und in sicherer Entfernung abgestellt. Die meisten Kollegen hatten sich auf der gegenüberliegenden Straßenseite versammelt, wo sie in kleinen Gruppen über den Grund des Bombenalarms diskutierten. Alle waren nervös und jeder hoffte inständig, dass der Mann, dessen Aufgabe es war, die Bombe zu entschärfen, keinen Fehler machte und den Einsatz mit heiler Haut beenden konnte.

„Das wäre kein Job für mich", erklärte Wegner. „Wenn du einmal den falschen Draht durchschneidest, kriegst du keine zweite Chance. Dann fliegt dir der ganze Scheißdreck um die Ohren und deine Angehörigen haben nichts mehr, was sie beerdigen können."

„Mach mal halblang, Sasha", erwiderte Bussard beruhigend, „die Kollegen sind bestens ausgebildet und verstehen etwas von ihrem Job. Keiner von denen schneidet einen falschen Draht durch."

Wegner schien das nicht zu überzeugen.

„Diese Dinger können saugefährlich sein", beharrte er. „Vielleicht hat der Bombenbauer absichtlich zwei Drähte vertauscht und dann stehst du da, auf dem Höhepunkt deines Zenits, und eine Sekunde später bist du tot."

In der Blüte deines Lebens wäre vielleicht der richtige Ausdruck gewesen, dachte Bussard, doch er ersparte sich eine Erwiderung. Auch er war angespannt, aber seine Nervosität hatte nichts mit einem Zweifel an den Fähigkeiten des Bombenentschärfers zu tun. Die Absenderangabe auf der Postsendung lautete Oliver Hafner und es interessierte ihn brennend, was sich in dem Paket befand. Wenn Hafner versuchte, Bussard ebenfalls zu töten, dann wollte er vielleicht gleich das halbe Präsidium mit in die Luft jagen. Sollte sich aber, wie der Kommissar hoffte, keine Bombe in dem Paket befinden, dann würde sein Inhalt einen weiteren Hinweis liefern. Hafner schien sich seiner Sache sehr sicher zu sein, aber Bussard vertraute auf Smirna und die Kollegen von der Kriminaltechnik, die selbst einem leeren Blatt Papier erstaunliche Informationen entlocken konnten.

Fünfundzwanzig Minuten nachdem der Alarm ausgelöst worden war, gaben die Spezialisten Entwarnung. Das Päckchen, das der Paketzusteller an der Pforte abgegeben hatte, enthielt weder Sprengstoff noch einen Zünder. Alle Beamten konnten an ihre Arbeitsplätze zurückkehren und die Straße wurde wieder für den Verkehr freigegeben. Bussard verzichtete darauf, das Päckchen selbst zu öffnen, sondern überließ es den Kollegen der KTU. Er begleitete Smirna in dessen Labor und verfolgte gespannt die Arbeit des Kriminaltechnikers, der mehrere unterschiedliche Fingerabdrücke sicherte.

„So ein Päckchen geht durch viele Hände“, erklärte er, „aber auf den ersten Blick scheint keiner dieser Abdrücke von Hafner zu stammen.“

„Mach es auf, Bertold“, forderte Bussard gespannt, „ich will wissen, was Hafner geschickt hat.“

Smirna legte das Päckchen vorsichtig in einen gläsernen Behälter von der Größe eines Aquariums, dann legte er ein schmales Messer mit einer kurzen, scharfen Klinge daneben und verschloss den Deckel.

„Es könnte sich auch irgendeine andere Sauerei in dem Päckchen befinden“, erklärte er, „und wir wollen hier keine Viren, Bakterien oder Giftstoffe freisetzen.“

Bussard nickte und war froh, dass er Smirna den Job überlassen hatte. Wie alle anderen war der Kommissar erleichtert gewesen, dass sich in dem Päckchen keine Bombe befunden hatte, doch er war nicht auf den Gedanken gekommen, dass es auch mikroskopisch kleine Mittel und Wege gab, Menschen zu töten. Mit vor der Brust verschränkten Armen beobachtete er, wie Smirna durch die beiden Eingriffsöffnungen im hermetisch abgesicherten Behälter hantierte. Der Kriminaltechniker hatte das Klebeband an der Unterseite des Päckchens durchtrennt und legte das Messer zur Seite. Vorsichtig öffnete er die beiden unteren Teile des kleinen Pappkartons, faltete sie auseinander und klappte die Laschen an den Schmalseiten hoch.

„Was zur Hölle ist das?“, fragte Bussard.

Die beiden Beamten starrten in das offene Päckchen, wo in einer durchsichtigen Plastiktüte ein blutiger Klumpen von der Größe einer Faust ruhte. Smirna nahm die Tüte heraus und hielt sie hoch.

„Ich bin nicht sicher“, gab er zu, während er die Plastiktüte langsam hin und her drehte, „aber auf den ersten Blick würde ich sagen, dass das ein menschliches Herz ist.“

8

Die Annahme, dass es sich um ein menschliches Herz handelte, wurde von Professor Münchrath bestätigt. Bussard hatte das Organ selbst ins Rechtsmedizinische Institut gebracht, um es von dem Pathologen untersuchen zu lassen. Nach Münchraths Einschätzung war es das Herz eines Mannes, der je nach Gesundheitszustand zwischen fünfundsechzig und fünfundsiebzig Jahre alt war.

„Wir brauchen eine DNA-Analyse“, erklärte der Kommissar. „Mit etwas Glück haben wir vielleicht einen Treffer in der Datenbank.“

„Machen Sie sich nicht zu viele Hoffnungen“, wehrte der Mediziner ab. „Wir haben weitaus weniger Profile gespeichert als Sie vielleicht vermuten.“

„Versuchen Sie es trotzdem!“

„Nichts leichter als das. Ein Ergebnis kann ich Ihnen aber frühestens morgen liefern. Sollten Sie in der Zwischenzeit eine Leiche finden, der ein Herz fehlt, so lassen Sie es mich wissen.“

Münchrath nahm das Herz aus der Edelstahlschale und hob es hoch.

„Wussten Sie eigentlich, dass es der menschlichen Ingenieurskunst bis heute nicht gelungen ist, eine Pumpe von dieser Qualität zu konstruieren?", fragte er und betrachtete das Organ versonnen. „In jeder Minute Ihres Lebens pumpt Ihr Herz etwa fünf Liter Blut durch Ihren Körper, zuverlässig, wartungsfrei und bei gesunder Lebensweise ohne Ausfälle. Allein in einem Jahr entspricht die Blutmenge etwa der Wassermenge in einem fünfzig Meter langen, fünfundzwanzig Meter breiten und zwei Meter tiefen Schwimmbecken. Bei einer Lebenserwartung von fünfundachtzig bis neunzig Jahren könnte Ihr Herz alle Schwimmbäder in Baden-Württemberg leer pumpen, ohne dass jemals eine Dichtung gewechselt oder die Mechanik geölt werden muss. Ist das nicht fantastisch?"

Andächtig legte er das Wunderwerk der Evolution in die Schale zurück.

„Wie sind Sie überhaupt in den Besitz dieses Organs gelangt?"

Bussard dachte an das Päckchen und an seine Befürchtung, dass es sich um eine Paketbombe gehandelt haben könnte. Es war richtig gewesen, alle notwendigen Vorsichtsmaßnahmen zu ergreifen. Eine im Nachhinein überflüssige Evakuierung des Polizeipräsidiums war allemal besser als ein gedankenloses Öffnen des Päckchens mit möglicherweise explosiven Folgen.

„Sie werden es kaum glauben, Professor, aber ich habe das Herz mit der Post erhalten. Hafner hat es mir geschickt."

„Tatsächlich?“, erwiderte Münchrath und entnahm eine Probe, um die Blutgruppe zu bestimmen.

„Ja, tatsächlich“, bestätigte Bussard und nickte, „jetzt ist mir auch klar, was Hafner mit seinem Anruf meinte.“

„Er hat Sie angerufen?“

„Ja, heute Morgen. Zuerst wollte er wissen, wie ich mit meinen Ermittlungen vorankomme und dann hat er eine Zeile aus einem Lied zitiert. Das war der perverseste Anruf meines Lebens.“

Bussard schüttelte den Kopf, als er sich die elektronisch verzerrte Stimme in Erinnerung rief.

„Ich fürchte, ich kann Ihnen nicht ganz folgen“, stellte der Pathologe fest und sah den Kommissar fragend an.

„Weißt du, wohin mein Herz auf Reisen geht?“, erwiderte Bussard.

„Das hat Hafner zu Ihnen gesagt?“

„Ja.“

Münchrath zog seine blutigen Latexhandschuhe aus und warf sie in einen Mülleimer. Bussard beobachtete den Pathologen, der frische Handschuhe überstreifte und mit routinierten Bewegungen einen Schnelltest zur Bestimmung der Blutgruppe vorbereitete.

„Hafner scheint einen sehr makabren Humor zu besitzen“, sagte Münchrath. „Sie können allerdings mit Sicherheit davon ausgehen, dass es sich nicht um sein eigenes Herz handelt, das er auf die Reise geschickt hat.“

„Danke für den Tipp“, knurrte Bussard.

Sein Blick wanderte zu dem Organ zurück, dessen einstiger Besitzer die Entnahme nicht überlebt hatte.

„Es ist wahrscheinlich auch nicht das Herz von Doktor Schiwago", erklärte er.

„Wieso Doktor Schiwago?", fragte Münchrath, ohne Bussard dabei anzusehen.

„Die Textzeile stammt aus einem Lied, das für den Film *Doktor Schiwago* komponiert wurde", erklärte der Kommissar.

„Ah, richtig, ich dachte mir gleich, dass mir der Text irgendwie bekannt vorkommt", erwiderte Münchrath und begann, die ersten Takte des Stückes leise vor sich hin zu singen: *„Weißt du, wohin … mein Herz auf Reisen geht …"*

Bussard stand der Sinn nicht nach Schlagermusik. Er musste den einstigen Besitzer des Herzes finden. Die DNA-Analyse würde einen Tag dauern, doch so lange wollte er nicht warten. Er brauchte einen Anhaltspunkt, irgendetwas, das ihm zumindest die Richtung für seine Ermittlungen vorgab.

„Gibt es sonst noch etwas, was Sie mir sagen können?"

„Einen Augenblick noch", erwiderte der Pathologe und überprüfte das Ergebnis des Schnelltests, den er gerade durchgeführt hatte. „Ja, tatsächlich, Blutgruppe B."

„Und das bedeutet?"

„In unseren Breiten hat nur einer von zehn Menschen diese Blutgruppe", antwortete Münchrath. „Das schränkt die Suche nach dem Opfer erheblich ein."

Er kehrte zum Arbeitstisch zurück, nahm ein Skalpell und benutzte es als Zeigestock.

„Wie Sie sehen, ist der Verfettungsgrad relativ gering", dozierte er. „Das bedeutet, dass der Mann, den Sie suchen, nicht an Übergewicht leidet. Die Größe des Herzes lässt darauf schließen, dass er nicht sehr groß ist, etwa eins sechzig bis eins siebzig, nach vorsichtiger Schätzung. Sein Alter würde ich, wie gesagt, mit fünfundsechzig bis fünfundsiebzig Jahren angeben."

„Fünfundsechzig bis fünfundsiebzig Jahre alt, nicht sehr groß, schlank und Blutgruppe B", fasste Bussard zusammen. „Das ist immerhin ein Anfang. Danke, Professor."

„Einen kleinen Hinweis auf Ihren Täter kann ich Ihnen noch geben", fuhr Münchrath fort. „Das Herz wurde auf ziemlich rohe Art entfernt, vermutlich mit einem großen Messer mit nicht allzu scharfer Klinge. Das zeigen die Schnittspuren an der Aorta, der oberen Hohlvene und der Lungenarterie. Der Täter ist aller Wahrscheinlichkeit nach kein Chirurg."

„Nein", bestätigte Bussard, „das ist er garantiert nicht."

Der Kommissar verabschiedete sich von dem Pathologen, verließ das Rechtsmedizinische Institut und ging zu seinem Wagen, den er in der Merianstraße abgestellt hatte. Ein flaues Gefühl in der Magengegend verriet ihm, dass es Zeit war, feste Nahrung zu sich zu nehmen. Nach kurzer Überlegung entschied er sich für eine Bratwurst. Er ließ seinen Wagen stehen, überquerte den Friedrichring, folgte der Merianstraße bis zur Schiffstraße und bog links ab. Nach wenigen Metern passierte er *Lackners Goldschmiede*. Das Juweliergeschäft war zwei Jahre zuvor überfallen worden und er hatte zusammen mit seiner damaligen Partnerin in dem Fall ermittelt. Während Bussard die Kaiser-Joseph-Straße überquerte und zum Münsterplatz stiefelte, fragte er sich noch einmal, was Sylvia wohl von Karsten Perch hatte wissen wollen. Er hatte zwar eine Nachricht für sie beim LKA in Stuttgart hinterlassen, doch sie hatte sich noch nicht bei ihm gemeldet.

„Salü, Bussard", begrüßte ihn Gabriel Uhlmann, der Besitzer von einem der Wurststände, die auf dem Münsterplatz am Rand des Marktes ihre traditionellen Spezialitäten feilboten. „Eine Weiße mit Zwiebeln?"

„Salü, Gabriel", erwiderte Bussard und nickte.

Uhlmann nahm ein aufgeschnittenes Brötchen, gab Röstzwiebeln hinein und steckte eine Bratwurst zwischen die Hälften.

„Na, schon was Neues in den Serienmordfällen?", fragte er, während er das schnelle Mittagessen in eine Serviette einschlug.

„Wieso Serienmord?", fragte Bussard.

„Das steht doch heute in der *Badischen*", antwortete der Wurstbrater. „Liest du denn keine Zeitung? Die Leute reden schon den ganzen Tag über nichts anderes."

Bussard schüttelte stumm den Kopf. Als Besitzer eines Wurststandes auf dem Münsterplatz im Zentrum Freiburgs war Uhlmann einer der bestinformierten Menschen der Stadt. Er wusste stets, was im Rathaus auf der Tagesordnung stand, welche Neuverpflichtungen der SC Freiburg plante oder über welche städtebaulichen Maßnahmen sich die Südbadener gerade aufregten. Uhlmann kannte jedes neue Lokal, wusste über jede Insolvenz Bescheid und sprach jeden Tag mit mehr Menschen als andere in einem ganzen Monat. Dass Bussard ihm keine Ermittlungsergebnisse mitteilte, wusste der Wurstbrater auch, aber er fragte trotzdem jedes Mal nach Neuigkeiten, wenn der Kommissar an seinen Stand kam.

„Zwei Euro zwanzig", verlangte Uhlmann und reichte Bussard die Weiße mit Zwiebeln.

Der Kommissar zog seinen Geldbeutel aus der Hosentasche, entnahm ihm zwei Euro zwanzig und reichte Uhlmann das Geld, dann nahm er die Wurst entgegen. Er gab Senf auf die Bratwurst und wollte sich schon verabschieden, doch dann zögerte er. Wenn es in der Stadt einen Menschen gab, den man nach jemandem fragen konnte, dann war es Uhlmann.

„Sag mal, Gabriel, woran denkst du, wenn du Doktor Schiwago hörst?"

„Doktor Schiwago? Den habe ich schon eine ganze Zeit lang nicht mehr gesehen. Warum fragst du?"

Bussard wurde sofort hellhörig. Er ahnte, dass Uhlmann nicht den Film meinte, sondern an eine reale Person dachte.

„Wer ist der Mann, den man Doktor Schiwago nennt?", fragte der Kommissar.

„Na, der alte Amtsarzt, der aussieht wie Omar Sharif", antwortete der Wurstverkäufer, „deshalb sagen sie ja Doktor Schiwago zu ihm. Warum willst du das wissen?"

„Ich muss ihn vielleicht als Zeugen befragen", erwiderte Bussard, obwohl er eine ganz andere Befürchtung hegte. „Kennst du den Namen dieses Arztes oder weißt du, wo er wohnt?"

Uhlmann drehte sich zur Seite und fragte seine Mitarbeiterin, die den wirklichen Namen von Doktor Schiwago jedoch ebenfalls nicht kannte.

„Frag doch mal die Gerda", schlug Uhlmann vor und deutete mit der Hand auf eine Frau, die an einem Gemüsestand in der Nähe arbeitete. „Die mit dem Kopftuch da vorne. Kann sein, dass sie ihn vielleicht kennt."

„Alles klar, danke, Gabriel."

Bussard wandte sich um und verließ den Wurststand. Er verzichtete darauf, die Gemüsehändlerin zu fragen, sondern zog sein Handy aus seiner Jacke, um Sasha Wegner anzurufen, doch in diesem Augenblick begann das Mobiltelefon zu läuten. Er sah auf das Display, wo die Rufnummer, die mit der Ziffernfolge zwei-sieben-null begann, verriet, dass der Anruf aus der Uniklinik kam.

„Hier ist Münchrath", sagte der Anrufer, dessen Stimme Bussard sofort erkannte. „Ich habe eine Vermutung, was die Identität des Mannes angeht, dessen Herz Sie mir heute gebracht haben."

„Doktor Schiwago", erwiderte Bussard, „ein ehemaliger Amtsarzt."

„Oh, Sie wissen schon, wer er ist?"

„Nein, noch nicht genau, aber ich habe einen Hinweis erhalten. Was wollten Sie mir mitteilen?"

„Nun ja", antwortete Münchrath gedehnt, „es ist wie gesagt nur eine Vermutung und ich hoffe sehr, dass ich mich irre, aber bis vor wenigen Jahren gab es in Freiburg einen Amtsarzt, den man aufgrund seiner Ähnlichkeit mit Omar Sharif meist Doktor Schiwago nannte."

„Und wie lautet sein richtiger Name?"

„Radicz, Doktor Ernst Radicz. Ich habe ihn vor einigen Jahren kennengelernt und die Einschätzung hinsichtlich Größe, Statur und Alter, die ich Ihnen vorhin gegeben habe, trifft exakt auf Doktor Radicz zu."

„Danke, Professor, Sie haben mir sehr geholfen."

„Herr Bussard?"

„Ja?"

„Ich habe versucht, Doktor Radicz telefonisch zu erreichen, doch er meldet sich nicht. Das kann natürlich auch nur ein Zufall sein, aber ich würde mich freuen, wenn Sie mich informieren würden, sobald Sie ihn gefunden haben … so oder so."

*

Als Bussard in die Eichrodtstraße einbog, die im Stadtteil Littenweiler von der Hansjakobstraße abzweigte, kam ihm ein silberfarbener Mercedes mit einem Stuttgarter Kennzeichen entgegen. Die Fahrerin schien ihn nicht zu erkennen, doch der Kommissar wusste sofort, wer den Mercedes steuerte. Er hatte den Finger fast schon auf der Hupe, doch er betätigte das akustische Warnsignal nicht. Seine Intuition sagte ihm, dass es möglicherweise vorteilhafter sein konnte, wenn Sylvia nicht wusste, dass er sie in dieser Straße gesehen hatte. Er hatte zwar keinen Grund für diese Annahme, doch er vertraute auf sein Gefühl, das ihn nie im Stich ließ und dieses Gefühl sagte ihm, dass er Doktor Radicz, alias Doktor Schiwago, nicht mehr lebend antreffen würde.

Bussard parkte seinen Passat vor dem kleinen Einfamilienhaus. Als er auf die Haustür zuging, erkannte er, dass sie einen Spaltbreit offen stand. Jemand hatte einen kleinen hölzernen Keil an den

Türrahmen gelegt, um zu verhindern, dass die hydraulische Schließanlage die Tür ins Schloss drückte. Der Kommissar blieb auf dem Fußabstreifer stehen und lauschte. Aus dem Inneren des Hauses waren keine Geräusche zu hören.

„Hallo, Herr Radicz", rief er und drückte mit dem Ellenbogen die Tür auf. „Sind Sie zu Hause?"

Niemand antwortete.

„Hallo", rief er noch einmal, doch noch immer erhielt er keine Antwort.

Bussard rechnete nicht damit, in Gefahr zu geraten und ließ seine Dienstwaffe im Holster stecken. Er ging in den Hausflur und spähte in das erste Zimmer auf der linken Seite, dessen Tür weit offen stand. In der sauberen und ordentlich aufgeräumten Küche hielt sich niemand auf. Die Tür des Zimmers gegenüber war nur angelehnt und er drückte sie ebenfalls mit dem Ellenbogen auf. Während sie aufschwang, vernahm er deutlich das Summen unzähliger Fliegen und ein süßlicher Gestank stieg ihm in die Nase. Bussard betrat das Esszimmer, von dem eine weitere Tür zum Wohnzimmer abzweigte. Als er sich ihr näherte, wurde das Summen lauter und der Gestank nahm zu. Der Kommissar wusste bereits, was ihn erwartete, bevor sein Blick ins Wohnzimmer fiel. Der intensive Geruch nach Blut und Verwesung schlug ihm auf den Magen, doch er unterdrückte die aufkommende Übelkeit, zog ein Paar Latexhandschuhe aus seiner Jacke und streifte sie über. Eigentlich hätte er gern tief durchgeatmet, um sich für den Anblick zu wappnen, bevor er ins Wohnzimmer sah, aber der Gestank verleitete eher dazu, möglichst flach zu atmen. Bussard öffnete das

Fenster im Esszimmer, dann wandte er sich um und sah durch die offene Tür ins Wohnzimmer. Der Anblick bestätigte seine Befürchtungen und die grausige Szene entsprach genau dem, was er erwartet hatte. Auf dem Wohnzimmertisch lag ein Mann mit nacktem Oberkörper. Seine Hände und Füße waren an die Beine des Tisches gefesselt und seinen Mund verschloss ein breiter Streifen eines schwarzen Klebebandes, der jeden Versuch eines Schreis im Keim erstickt hatte. Die weit geöffneten Augen des Mannes blickten leblos zur Decke und in seiner Brust klaffte ein Loch.

Bussard ging vorsichtig an der Wand entlang und vermied jeden Kontakt mit dem Teppich, der blutdurchtränkt war. Als er das Fenster öffnete, hörte er ein Martinshorn, das sich schnell zu nähern schien. Er sah aus dem Fenster und entdeckte, dass ein Einsatzwagen in die Eichrodtstraße einbog. Der Wagen parkte hinter dem Passat des Kommissars und zwei uniformierte Kollegen stiegen aus. Bussard lehnte sich aus dem Fenster und winkte ihnen zu.

„Bleibt an der Tür stehen“, rief er, „ich komme zu euch!“

Er zog sich vom Fenster zurück, ging wieder an der Wand entlang, durchquerte Esszimmer und Flur und öffnete die Haustür. Die Beamten, ein Mann und eine Frau, die beide erst Anfang zwanzig zu sein schienen, bemerkten seine Latexhandschuhe und sahen den Kommissar fragend an.

„Sind Sie Herr Radicz?“, fragte die Beamtin.

Bussard zog den Dienstausweis aus seiner Jacke und hielt ihn hoch.

„Bussard, Ermittlungsgruppe Gewaltverbrechen", stellte er sich vor und steckte den Ausweis wieder ein. „Von welcher Dienststelle kommt ihr?"

„Hier aus Littenweiler", antwortete die Kollegin.

„Und warum seid ihr hier?"

„Wir haben einen anonymen Anruf erhalten. Ein Herr Radicz soll ermordet worden sein."

„Das stimmt", bestätigte Bussard, „er liegt im Wohnzimmer."

„Wir würden uns gerne selbst davon überzeugen", erwiderte der junge Kollege, doch Bussard hob abwehrend die Hand.

„Vielleicht überlegt ihr euch das noch einmal. Im Wohnzimmer sieht es aus wie in einem Schlachthaus und die Leiche ... der Anblick ist nichts für schwache Nerven."

Die beiden Uniformierten wechselten einen stummen Blick.

„Ich muss mir das ansehen", beharrte der junge Kollege, „wir haben einen Einsatz und in meinem Bericht ..."

„Schon gut", unterbrach Bussard, „komm mit, mein Junge, aber bleib direkt hinter mir und fass nichts an. Die KTU war noch nicht hier und wir müssen aufpassen, dass wir keine Spuren verfälschen. Alles klar?"

„Alles klar."

„Wie heißt du?"

„Sonner, David Sonner."

„Und du?"

„Franziska Rombach."

„Gut, Franziska, du bleibst hier an der Tür stehen und rufst im Präsidium an. Lass dich zur KTU durchstellen und frag nach Bertold Smirna. Sag ihm, dass Doktor Radicz ermordet wurde und dass ich ihn hier am Tatort erwarte, dann gibst du ihm die Adresse durch."

„Okay, mach ich", erwiderte sie und Bussard sah die Aufregung in ihrem Gesicht.

„Das Haus ist ein Tatort", fuhr er fort. „Falls irgendjemand hier auftaucht, Briefträger, Nachbarn oder sonst jemand, dann drückst du auf die Klingel, aber du lässt niemanden herein. Verstanden?"

„Verstanden."

Bussard nickte ihr lächelnd zu und wandte sich an ihren Partner.

„Du willst das wirklich sehen?", fragte er.

Der junge Mann drückte seinen Rücken durch und sah Bussard fest in die Augen.

„Als Polizeibeamter muss ich …"

„Schon gut, David, komm mit."

Bussard wandte sich um und schlug den Weg zum Wohnzimmer ein, den er zuvor gegangen war. Die beiden jungen Kollegen waren zu Radicz' Haus gefahren, weil auf ihrer Dienststelle ein anonymer Anruf eingegangen war. Der Kommissar zweifelte nicht daran, dass Sylvia Harter die Urheberin dieses Anrufs gewesen war, doch er fragte sich, warum sie sich nicht direkt an ihn gewandt hatte. Dass sie nur zufällig durch die Eichrodtstraße gefahren war, hielt er für völlig ausgeschlossen, denn die kleine, kaum einhundert Meter lange Seitenstraße wurde normalerweise nur von Anliegern frequentiert. Das Zusammentreffen mit ihr im Haus von Karsten Perch war ungewöhnlich gewesen, doch ihre Anwesenheit in unmittelbarer Nähe zu Radicz' Haus warf eine Menge Fragen auf. Bussard hörte ein unterdrücktes Stöhnen hinter seinem Rücken und wandte sich um.

„Alles okay?", fragte er.

„Boah ey, dieser Gestank", antwortete Sonner.

Der junge Kollege verzog das Gesicht, doch als Bussard zur Seite trat und den Blick ins Wohnzimmer freigab, wurde Sonner innerhalb von Sekunden leichenblass.

„Möglichst flach atmen", empfahl der Kommissar, „aber wenn du kotzen musst, dann sieh zu, dass du das draußen machst, sonst kriegst du von den Kollegen der KTU eins auf den Deckel."

Sonner schluckte und nickte mechanisch. Er kämpfte tapfer um seine Selbstbeherrschung, doch Bussard war nicht sicher, ob der junge Mann den Kampf gewinnen würde.

„Sag mir, was du siehst, David."

„Blut", antwortete Sonner mühsam, „verdammt viel Blut und einen Toten."

„Achte auf deine Füße und tritt nicht auf den Teppich", wies Bussard ihn an. „Hast du Handschuhe bei dir?"

Sonner, der wie angewurzelt im Türrahmen stand, zog ein Paar Lederhandschuhe aus seiner Jacke und streifte sie über, während sein Blick an der Leiche hing. Bussard wandte sich nach links und umrundete die Sitzgruppe, bis er am Kopfende des Tisches stand.

„Komm her."

Der junge Beamte zögerte. Seine Augen weiteten sich und seine Nasenflügel begannen zu beben, dann drehte er sich plötzlich abrupt um, hielt eine Hand vor den Mund und stürmte nach draußen.

Er hat es immerhin versucht, dachte Bussard, zog sein Handy aus seiner Jacke und rief Professor Münchrath an.

„Ich bin im Haus von Doktor Radicz", berichtete er, „und ich nehme an, dass es sich bei der männlichen Leiche hier um Doktor Schiwago handelt."

„Ich komme sofort", erwiderte der Pathologe.

Bussard nannte Münchrath die Adresse und steckte sein Handy wieder ein. Der Mann, der gefesselt auf dem Wohnzimmertisch lag, mochte etwa siebzig Jahre alt sein und hatte tatsächlich eine große Ähnlichkeit mit Omar Sharif, auch wenn er vermutlich etwas kleiner war als der berühmte Schauspieler. Der gesamte Oberkörper war blutig und in der Mitte klaffte ein Loch von der Größe einer Hand. Auch ohne besondere medizinische Kenntnisse erkannte Bussard auf den ersten Blick, dass das Herz fehlte. Die Wundränder waren ausgefranst und bewiesen, dass der Täter nicht mit chirurgischer Präzision an sein blutiges Werk gegangen war. Aus dem Loch im Brustkorb ragten die Enden dreier Rippen, die durchtrennt und nach der Entnahme des Organs wieder in die Wunde zurückgesteckt worden waren. Sie erinnerten Bussard auf groteske Weise an die Überreste des World Trade Centers nach dem Zusammensturz der beiden Türme. Der Schock über den grauenerregenden Anblick blieb jedoch aus, denn ein Gegenstand zog die Aufmerksamkeit des Kommissars in seinen Bann. Zwischen den mit einer blauen Wäscheleine an den Tischbeinen festgebundenen Füßen des Toten stand eine etwa zwanzig Zentimeter hohe Balkenwaage. Sie schien aus Messing zu sein und auf den Tellern lagen weder Gewichte noch etwas, das jemand hätte wiegen wollen. Ein Luftzug, der durch die offenen Fenster durch das Wohnzimmer wehte, ließ die beiden an dünnen Ketten befestigten Teller leicht hin und her schwingen.

„Was willst du mir damit sagen?“, murmelte Bussard.

Im einundzwanzigsten Jahrhundert, wo nahezu jedes Messinstrument ein elektronisches Bauteil besaß, führten mechanische Waagen nur noch ein Schattendasein als Dekorationsobjekte. Weder Apotheker noch Ärzte mischten heutzutage ihre Medikamente selbst und wer eine Diätwaage benutzen musste, griff in der Regel immer auf ein Modell mit Digitalanzeige zurück. Die mangelnde Größe der Balkenwaage, die auf dem Tisch stand, erlaubte nur einen Wiegebereich bis höchstens fünfzig Gramm. Nach Bussards Erfahrung waren Kleindealer nahezu die Einzigen, die in seltenen Fällen noch solche nostalgisch anmutenden Instrumente benutzten. Der Kommissar hatte jedoch nicht den leisesten Schimmer, warum diese Waage zwischen den Füßen eines Mordopfers stand.

*

David Sonner lehnte am Kotflügel des Einsatzwagens, als Bussard aus dem Haus trat. Der junge Mann hielt eine halbvolle Wasserflasche in der Hand und war immer noch blass, während seine säuerlich riechende Hinterlassenschaft im Rosenbeet verriet, dass die Widerstandskraft seines Magens mit seiner Tapferkeit nicht hatte mithalten können.

„Na“, fragte Bussard und klopfte dem jungen Mann auf die Schulter, „wie geht's?“

„Tut mir leid, Herr Kommissar“, antwortete Sonner zerknirscht, „aber der Anblick und der Geruch ...“

„Du musst dich nicht dafür entschuldigen, David. Man gewöhnt sich zwar niemals daran, aber im Lauf der Zeit fällt es einem nicht mehr ganz so schwer, damit umzugehen.“

„Es war das erste Mal, dass David eine Leiche gesehen hat“, erklärte seine Partnerin und Bussard nickte verständnisvoll.

„Es ist wirklich kein schöner Anblick da drin“, bestätigte er und deutete mit einem Kopfnicken auf die Passanten, die zu zweit oder zu dritt auf der gegenüberliegenden Straßenseite und vor ihren Häusern standen. „Während die Kriminaltechniker die Spuren sichern, kannst du die Nachbarn befragen. Der Rechtsmediziner schätzt, dass Radicz gestern um die Mittagszeit ermordet wurde. Frag nach, ob jemand gesehen hat, wie der Täter ins Haus kam oder wie er es verlassen hat. Frag auch, ob jemandem ein Fahrzeug vor dem Haus aufgefallen ist.“

Die junge Beamtin warf ihrem Kollegen einen halb mitfühlenden und halb fragenden Blick zu. Sonner nickte und sie wandte sich wieder an Bussard.

„Okay, Herr Kommissar, ich fang gleich an.“

„Eines noch, Franziska. Mein Name ist Bussard, schlicht und einfach Bussard.“

Während sie sich zum ersten Nachbarhaus aufmachte, zog Bussard sein Tabakpäckchen aus der Jacke und begann, sich eine Zigarette zu drehen. Als er fertig war, hielt er das Päckchen Sonner entgegen, doch der junge Mann schüttelte den Kopf.

„Danke, ich rauche nicht."

Bussard steckte es ein, nahm sein Feuerzeug und zündete seine Zigarette an.

„Wenn du willst, kannst du dir für den Rest des Tages frei nehmen", schlug er vor. „Ich rufe deinen Chef an und sage ihm Bescheid. Das ist schon in Ordnung."

„Es geht schon wieder", wehrte Sonner ab, „ich habe nur etwas frische Luft gebraucht, aber ich bin wieder voll einsatzbereit."

Der Kommissar betrachtete das Gesicht des jungen Kollegen. Sonner war immer noch blass um die Nase, doch er schien sich etwas gefangen zu haben. Da er sich selbst als einsatzbereit bezeichnete, war es am besten, dass er etwas tat, was seine Gedanken von dem grausigen Anblick der Leiche ablenkte.

„Na gut, dann habe ich auch eine Aufgabe für dich", kündigte Bussard an. „Setz dich mit deiner Dienststelle in Verbindung. Deine Kollegen sollen herausfinden, woher der anonyme Anruf kam."

Sonner nickte, umrundete die Motorhaube des Einsatzwagens und stieg ein. Während er das Funkgerät nahm, ging Bussard zum Eingang des Hauses zurück und setzte sich auf die Treppe. Das Bild des Mercedes mit dem Stuttgarter Kennzeichen erschien vor seinem inneren Auge und wieder fragte er sich, was Sylvia von dem Mann hatte wissen wollen, der ebenso wie Perch in seinem eigenen Wohnzimmer auf grausame Art ermordet worden war. Sie hatte erklärt, dass sie in einem Fall ermittelte, der nichts mit Hafner zu tun hatte. Trotzdem war sie innerhalb von zwei Tagen an zwei verschiedenen Tatorten aufgetaucht. In beiden Fällen galt Bussard als Erster am Tatort, doch beide Male hatte sie die Mordopfer vor ihm gefunden. Er musste unbedingt wissen, womit sie beschäftigt war.

Nachdenklich blies Bussard den Rauch in die warme Frühlingsluft. Radicz war seit vierundzwanzig Stunden tot. Da Strahle einen Tag vorher gegen sechs Uhr abends gestorben war, hatte Hafner drei Menschen innerhalb von achtzehn Stunden ermordet. Seine ersten beiden Opfer hatte er mehrere Stunden lang gefoltert und Radicz war vermutlich auch kein schneller Tod vergönnt gewesen. Bei aller Grausamkeit und Brutalität legte Hafner eine erstaunliche Effizienz an dem Tag. Er musste von einem Tatort direkt zum nächsten gefahren sein und das bedeutete, dass er sich an einen Plan hielt. Bei den drei Morden gab es nichts Zufälliges und nichts Improvisiertes. Den Benzinkanister, die blaue Wäscheleine, das Schwert und wahrscheinlich auch das Messer, mit dem er Radicz das Herz aus dem Leib geschnitten hatte, hatte er selbst mitgebracht. Im Haus von Perch war er sorgfältig genug gewesen, um keine verwertbaren Spuren zu hinterlassen. Auch das Projektil, das Perchs Knie durchschlagen hatte, hatten die Kriminaltechniker nicht am Tatort sicherstellen können. Smirna hatte lediglich die Einschlagstelle im Teppichboden des Flurs dokumentieren können, doch die Kugel selbst hatte Hafner ebenso mitgenommen wie die Patronenhülse. Ob er am dritten

Tatort Fingerabdrücke oder DNA-Spuren hinterlassen hatte, würden die Kriminaltechniker feststellen, doch Bussard rechnete nicht damit. Auch wenn das Wohnzimmer aussah wie ein Schlachthaus, so legte Hafner die größtmögliche Sorgfalt an den Tag. Der Kommissar hatte keinen blutigen Schuhabdruck auf dem Fußboden gesehen und die Tatwaffe hatte auch nicht im Mordopfer gesteckt. Den einzigen Anhaltspunkt, den er im Augenblick hatte, war die ominöse Waage, die zwischen den Füßen des Ermordeten gestanden hatte. Noch wusste er nicht, ob die Waage Radicz gehört oder ob Hafner sie mitgebracht hatte, doch er tippte intuitiv auf die zweite Möglichkeit. Sie war ein Hinweis auf etwas, das Bussard finden sollte. Feuer, Schwert und Waage waren drei Teile eines Bildes, das der Kommissar jedoch noch nicht sehen konnte und auf deren Rückseiten die Namen Strahle, Perch und Radicz standen.

„Ich habe mit den Nachbarn gesprochen", berichtete Franziska Rombach und Bussard sah überrascht auf.

Er war in seine Gedanken vertieft gewesen und hatte ihr Näherkommen nicht bemerkt.

„Und?", fragte er und stand auf.

„Es gibt drei Zeugen, die gesehen haben, dass ein unbekannter Mann gestern das Haus betreten, beziehungsweise verlassen hat", antwortete sie und sah auf den Notizblock, den sie in ihrer Hand hielt. „Allerdings gehen die Beschreibungen des Mannes ziemlich auseinander. Er soll zwischen dreißig und fünfzig Jahre alt sein. Seine Größe wird mit einem Meter siebzig bis einem Meter neunzig angegeben. Seine Haarfarbe war entweder mittelblond oder braun. Er war dunkel gekleidet und trug eine Sonnenbrille."

„Damit haben wir in Freiburg zehntausend Verdächtige, aber niemanden, der Hafner zweifelsfrei identifizieren kann", brummte Bussard.

„In einem Punkt jedoch waren sich alle Zeugen einig", erklärte sie und tippte mit ihrem Kugelschreiber auf den Notizblock. „Der Täter fuhr einen dunkelblauen Toyota Kombi mit Freiburger Kennzeichen."

„Immerhin etwas", erwiderte Bussard, „das hilft uns weiter. Danke, Franziska."

Die Beamtin steckte ihren Notizblock ein und schüttelte langsam den Kopf.

„Die Täterbeschreibung taugt aber nicht viel. Sie haben selbst gesagt, dass es zehntausend Verdächtige gibt, auf die diese Beschreibung passt."

„Richtig, aber wir wissen bereits, wer der Täter ist."

„Sie wissen es schon?", fragte sie ungläubig.

„Der Mord an Doktor Radicz geht auf das Konto von Oliver Hafner", antwortete Bussard.

„Oliver Hafner hat noch einen Mord begangen?", fragte die junge Beamtin und Bussard sah das Unbehagen in ihren Augen.

„Ja", antwortete er grimmig, „und es wird höchste Zeit, dass wir ihn finden, bevor es eine vierte oder vielleicht sogar fünfte Leiche gibt."

*

Von der Eichrodtstraße bis zum Haus von Karin Strahle in der Ekkebertstraße waren es kaum mehr als fünf Minuten Gehzeit. Bussard ließ seinen Passat vor dem Haus von Doktor Radicz stehen und machte sich zu Fuß auf den Weg. Die laue Märzluft lud zu einem Spaziergang förmlich ein und der Kommissar hing seinen Gedanken nach, die jedoch sehr viel düsterer waren als der schöne Frühlingstag. Es gab eine Mordserie in Freiburg und einen Serienkiller, der seine Opfer ganz gezielt auswählte. Bussard wusste, dass es eine Verbindung zwischen den Opfern geben musste und er wusste ebenfalls, dass Hafner wollte, dass der Kommissar diese Verbindung entdeckte. Sie war der Schlüssel zu der Mordserie, das Motiv und Hafners Antrieb, doch Bussard wusste nicht, ob ihm dieser Schlüssel auch Hafners Aufenthaltsort verraten würde. Da er keine Ahnung hatte, wie er Feuer, Schwert und Waage auf einen gemeinsamen Nenner bringen sollte, wollte er die Verbindung zwischen Strahle, Perch und Radicz finden. Es musste einen Punkt in der Vergangenheit der drei Männer geben, der so dunkel war, dass alle drei auf grausame Weise mit ihren Leben dafür bezahlt hatten. Auf der anderen Seite musste Hafner etwas mit diesem Punkt zu tun haben, etwas, das ihn zum dreifachen Mörder hatte werden lassen. Die Brutalität der Taten und die Folterungen verrieten, dass Hafner einen abgrundtiefen Hass empfand. Er hatte seine Opfer nicht einfach nur getötet, sondern sie auf eine Art hingerichtet, die man seinem schlimmsten Feind nicht wünschte. Was immer ihn dazu bewogen hatte, musste seine Seele zerfressen haben. Acht Jahre hatte Hafner in der Justizvollzugsanstalt verbracht, acht Jahre, in denen er vermutlich Tag für Tag auf seine Rache gewartet hatte. Er hatte acht Jahre lang Zeit gehabt, seine Mordpläne zu schmieden und vier Wochen nach seiner Entlassung hatte er sie in die Tat umgesetzt. Sein Motiv lag aber nach wie vor im Dunklen.

Karin Strahle begrüßte den Kommissar an der Haustür. Sie trug ein schlichtes, schwarzes Kostüm und keinen Schmuck. Nicht nur ihre Kleidung drückte ihre Trauer über den Tod ihres Ehemannes aus, auch ihre müde Haltung, ihr schleppender Gang, ihre leise Stimme und ihr ermattetes Gesicht mit den rot geweinten Augen verrieten Bussard alles über ihren Gemütszustand. Sie brachte den Besucher ins Wohnzimmer und forderte ihn auf, sich zu setzen, doch sie bot ihm nichts zu trinken an. Bussard wusste, dass dies nicht aus Unhöflichkeit geschah. Es war nicht zu übersehen, dass sie in ihrer Trauer gefangen war, ohne einen Gedanken an die Welt um sich herum zu verschwenden. Ihre Bewegungen wirkten mechanisch und als sie sich auf die Couch setzte, schien sie fast darin zu versinken.

„Ich muss Ihnen ein paar Fragen über die Vergangenheit Ihres Mannes stellen“, begann Bussard behutsam.

„Vergangenheit?“, wiederholte sie und sah mühsam auf.

„Die berufliche Vergangenheit Ihres Mannes“, präzisierte der Kommissar. „Es gibt leider noch zwei weitere Opfer und ich muss herausfinden, was die drei miteinander verbindet.“

„Ich habe keine Ahnung“, erwiderte sie, obwohl er ihr nicht einmal die Namen der anderen Opfer genannt hatte.

Bussard empfand Mitgefühl für die Frau des früheren Leitenden Oberstaatsanwalts, die zwei Tage zuvor zur Witwe geworden war. Ihre Welt bestand nur noch aus düsteren Grau- und Schwarztönen, in der kein erhellender Lichtblick eine optimistische Zukunft versprach. Nach dem Tod ihres Sohnes und ihres Mannes war sie plötzlich ganz alleine. Er hoffte, dass sie Freunde oder Verwandte hatte, die sich um sie kümmerten, aber in diesem Augenblick war er der einzige Besucher im Haus und er hatte einige Fragen, auf die er sich Antworten von ihr erhoffte.

„Karsten Perch, ein ehemaliger Kriminalbeamter, und Doktor Ernst Radicz, der früher als Amtsarzt in Freiburg tätig war", begann er. „Sagen Ihnen die Namen etwas?"

„Wer?", fragte sie und sah auf.

„Karsten Perch und Doktor Ernst Radicz."

Wie in Trance sah sie Bussard an und er hatte das Gefühl, als würde sie durch ihn hindurchblicken, ohne ihn tatsächlich wahrzunehmen.

„Bitte, Frau Strahle, ich benötige Ihre Hilfe. Kannten Sie einen der beiden oder hat Ihr Mann von Perch oder Radicz gesprochen?"

Sie ließ den Kopf sinken und schüttelte ihn langsam, doch Bussard konnte nicht einschätzen, ob diese Bewegung als Verneinung seiner Frage gemeint war.

„Was ist mit Oliver Hafner? Sagt Ihnen dieser Name etwas?"

Wieder hob sie den Kopf und sah ihn an, doch Bussard hatte den Eindruck, als würden ihre glasigen Augen durch ihn hindurchblicken. Sie schien ihn kaum wahrzunehmen und er erkannte, dass es keinen Zweck hatte, ihr weitere Fragen zu stellen. Bussard vermutete, dass nicht nur die Trauer allein für ihren Zustand verantwortlich war. Möglicherweise hatte sie ein Beruhigungsmittel genommen, unter dessen Einfluss sie verlangsamt und unkonzentriert reagierte.

„Soll ich jemanden anrufen, der sich um Sie kümmert?", fragte er.

Es dauerte einige Sekunden, bis sie schließlich kaum hörbar antwortete.

„Ich brauche nichts."

Unschlüssig betrachtete der Kommissar die in sich zusammengesunkene Frau. Eigentlich hätte er sich von ihr verabschieden sollen, weil sie nicht in der Lage war, seine Fragen zu beantworten, doch er hatte kein gutes Gefühl bei dieser Vorstellung. Seine Intuition sagte ihm, dass Karin Strahle keinerlei Lebensmut mehr besaß und so rief er im Präsidium an und ließ sich zur Dienststelle Littenweiler durchstellen, wo man ihm auf seine Bitte hin die Handynummer von Franziska Rombach gab. Er rief die junge Kollegin an und bat sie, sich im Haus von Strahle einzufinden. Als sie zehn Minuten später eintraf, ersuchte er sie, sich mit dem Sozialdienst in Verbindung zu setzen und so lange ein Auge auf die Witwe zu haben, bis sich jemand anderes um sie kümmern konnte.

Nach dem ergebnislosen Besuch bei Karin Strahle kehrte Bussard zu seinem Wagen zurück. Auf der Suche nach dem dunklen Punkt in der gemeinsamen Vergangenheit von Strahle, Perch und Radicz war er noch keinen Schritt weitergekommen, doch die Einzige, die ihm Antworten hätte liefern können, war nicht verfügbar. Sylvia hatte sich immer noch nicht gemeldet.

9

„Wir haben den anonymen Anruf zurückverfolgt“, berichtete Sonner, als Bussard wieder vor dem Haus des ermordeten Doktor Radicz eintraf. „Die Nummer gehört zu einem nicht registrierten Anschluss.“

„Ein nicht registrierter Anschluss?“, fragte Bussard.

„Ja“, bestätigte der Kollege und hob den rechten Zeigefinger in die Luft, „und jetzt kommt's: Der Anschluss befindet sich im Ortsnetz Stuttgart!“

Bussard lächelte verächtlich. Es überraschte ihn nicht, dass ein anonymer Anrufer von Stuttgart aus den Mord an Radicz angezeigt hatte. Sylvia hatte sich offensichtlich mit ihrem Vorgesetzten in Verbindung gesetzt, nachdem sie die Leiche des ehemaligen Amtsarztes gefunden hatte und dieser Vorgesetzte oder ein anderer Mitarbeiter des LKA hatte daraufhin die Freiburger Kollegen informiert. Interessanterweise hatte sich der Anrufer jedoch nicht an die Kripo oder zumindest an das Freiburger Präsidium gewandt, sondern die Dienststelle angerufen, die für den Stadtteil Littenweiler zuständig war.

„Wie kann jemand in Stuttgart von dem Mord an Doktor Radicz gewusst haben?“, fragte Sonner.

„Die Antwort auf diese Frage übersteigt sowohl deine als auch meine Gehaltsklasse“, antwortete Bussard ausweichend. „Ich glaube, hier ist noch einiges im Spiel, von dem wir keine Ahnung haben.“

„Was meinen Sie damit?“

„Tja, David, wenn ich das wüsste, wären wir schon einen Schritt weiter."

Den ratlosen jungen Beamten zurücklassend, ging Bussard zu seinem Passat. Er wollte gerade einsteigen, als ihn jemand von hinten ansprach.

„Herr Kommissar."

Bussard wandte sich um und erkannte den Mann mit dem Vollbart und der Fotografenweste, der wie immer eine Kamera mit einem Teleobjektiv in der Hand hielt.

„Herr Preinert, Sie schon wieder. Das ist das dritte Mal nacheinander, dass Sie an einem Tatort auftauchen", stellte Bussard fest. „Ich schätze, dass Sie dafür eine Erklärung haben?"

„Wozu?"

„Weil das garantiert kein Zufall ist."

„Ich muss Ihnen keine Rechenschaft ablegen", erklärte der Journalist, „aber Sie müssen die Öffentlichkeit informieren. Hafner hat schon wieder gemordet. Wie wollen Sie diesen Mann stoppen?"

Bussard betrachtete sein Gegenüber mit zusammengezogenen Augenbrauen. Der Journalist musste Informationen aus erster Hand besitzen, sonst hätte er nicht so schnell an allen drei Tatorten der Hafner-Morde auftauchen können und der Kommissar wollte unbedingt in Erfahrung bringen, wie der Reporter an seine Informationen gelangt war.

„Sie sind an allen drei Tatorten aufgetaucht, noch bevor wir diese Informationen weitergegeben haben", erklärte Bussard. „Damit verfügen Sie eindeutig über Täterwissen."

Der Journalist hob kurz die Augenbrauen, antwortete aber nicht. Er rückte seine Brille zurecht und deutete mit dem Zeigefinger auf Bussard, doch der Kommissar überraschte den Reporter mit einem Schuss vor den Bug.

„Ich nehme Sie vorläufig fest unter dem dringenden Tatverdacht, Achim Strahle, Karsten Perch und Ernst Radicz ermordet zu haben."

„Machen Sie sich nicht lächerlich", antwortete der Journalist, trat einen Schritt zurück und hob abwehrend die Hand. „Sie wissen, wer ich bin und dass ich für die *Badische Zeitung* arbeite. Im Gegensatz zu mir haben Sie sich übrigens noch gar nicht vorgestellt. Wie heißen Sie eigentlich?"

„Bussard, Kriminalhauptkommissar."

„Herr Bussard, ich bin Journalist und lebe davon, Informationen möglichst als Erster zu erhalten. Nur wer die Nase vorn hat, kann eine Story verkaufen. Der Zweite ist immer der erste Verlierer."

„Das entkräftet nicht den dringenden Tatverdacht", beharrte Bussard. „Entweder erklären Sie mir, woher Sie von den Tatorten wussten oder ich nehme Sie fest."

Preinert betrachtete den Kommissar argwöhnisch. Bussard schien seine Drohung durchaus ernst zu meinen und schließlich nickte der Journalist bedächtig.

„Okay, Herr Bussard", stimmte er schließlich zu, „ich gebe Ihnen etwas, aber dafür müssen Sie mir auch etwas geben. Jeder von uns macht nur seinen Job und wir können uns gegenseitig helfen."

„Ich warte!"

„Na gut", erwiderte Preinert und zog sein Smartphone aus seiner Jacke. „Das habe ich vorgestern erhalten."

Er betätigte einige Tasten und drehte das Gerät um. Bussard sah ein Foto des brennenden Mercedes von Strahle. Die Aufnahme war offensichtlich vor dem Eintreffen der Feuerwehr gemacht worden.

„Nach dem Foto habe ich einen Anruf erhalten", fuhr Preinert fort, „und der Anrufer nannte mir den Ort, an dem er diese Aufnahme gemacht hatte."

„Hafner hat Sie angerufen?", fragte Bussard überrascht.

„Ja, wahrscheinlich", antwortete Preinert, „die Stimme war elektronisch verfälscht."

Er drehte das Smartphone wieder um, betätigte das Tastenfeld und zeigte Bussard die nächste Aufnahme. Es war ein Bild des gefesselten Karsten Perch, in dessen Rücken ein Schwert steckte.

„Dieses Foto kam gestern und wiederum hat er mich kurz danach angerufen, um mir zu sagen, wo er die Aufnahme gemacht hatte. Leider hat mein Chefredakteur das Bild nicht zur Veröffentlichung freigegeben. Das Foto wäre der Hammer für die Titelseite gewesen."

Bussard atmete einmal tief durch. Er war froh, dass Preinert nicht Chefredakteur der *Badischen Zeitung* war, denn der Fotograf schien keinerlei ethische Grundsätze zu haben. Bei der *BILD-Zeitung* wäre das Foto vermutlich auf sehr viel mehr Interesse gestoßen.

„Und das kam heute", erklärte der Fotograf und zeigte Bussard die nächste Aufnahme, auf der Radicz in seinem Blut zu sehen war. „Erst das Bild, dann der Anruf mit der Adresse."

Bussard reagierte blitzschnell und nahm Preinert das Smartphone aus der Hand.

„Hey!", rief der Fotograf, „das dürfen Sie nicht! Das ist mein Handy!"

„Das ist ein Beweisstück", konterte der Kommissar.

„Geben Sie mir das verdammte Handy zurück!", rief Preinert aufgebracht und versuchte, Bussard das Smartphone wieder zu entreißen, doch der Kommissar drehte sich zur Seite, packte mit der freien Hand Preinerts Handgelenk und drehte es um.

„Das ist ein Beweisstück", sagte er noch einmal, „also geben Sie Ruhe!"

David Sonner, der die Szene beobachtet hatte, kam eilig auf Bussard zugelaufen.

„Alles unter Kontrolle", beschwichtigte der Kommissar und reichte dem jungen Kollegen das Handy. „Geben Sie das Smirna von der KTU. Er soll es so schnell wie möglich untersuchen."

Sonner nickte und machte sich auf den Weg. Bussard ließ den Fotografen los, der sein schmerzendes Handgelenk schüttelte.

„Das ist unzulässige Polizeigewalt", rief der Journalist. „Sie haben kein Recht, mein Handy zu konfiszierten!"

„Das Handy ist ein wichtiges Beweisstück in drei Mordfällen", erklärte Bussard kategorisch. „Wenn die Untersuchung abgeschlossen ist, kriegen Sie es zurück."

„Sie dürfen es nicht untersuchen", widersprach Preinert. „Ich bin Journalist und auf dem Handy befinden sich vertrauliche Daten. Sie machen sich strafbar, wenn Sie es nur anfassen!"

„Und Sie besitzen Täterwissen", stellte der Kommissar fest, „dadurch sind Sie verdächtig und ich habe das Recht, Sie auf der Stelle vorübergehend festzunehmen."

Der Kommissar sah den Journalisten herausfordernd an. Staatsmacht und freie Presse standen sich Auge in Auge gegenüber und der Kommissar ließ keinen Zweifel daran, dass diese Runde an ihn ging.

„Das werden Sie noch bereuen", zischte Preinert drohend. „Ihr Name wird morgen in der Zeitung stehen und das wird erst der Anfang sein. Sie werden ..."

Bussard ließ ihn nicht ausreden.

„Achten Sie darauf, dass Sie ihn richtig schreiben", erwiderte er, „und jetzt machen Sie sich vom Acker, bevor ich es mir anders überlege und Sie für die nächsten vierundzwanzig Stunden in eine Zelle stecke."

„Das wagen Sie nicht!"

„Wollen Sie es darauf ankommen lassen?"

Der Journalist zögerte, doch dann wandte er sich um und stapfte wortlos davon. Bussard ahnte, dass die Presse am nächsten Tag über die Ermittlungsbehörden herfallen würde, doch das war ihm in diesem Augenblick ziemlich egal. Die Tatsache, dass Hafner einen Journalisten mit Informationen versorgte, bereitete dem Kommissar Kopfzerbrechen. Der dreifache Mörder setzte damit die Ermittler unter Druck. Wenn die Beamten relevante Informationen aus der Presse erfuhren, war ein Fiasko vorprogrammiert. Für Bussard war es höchste Zeit, dem Spuk ein Ende zu setzen. Er musste unbedingt mit Sylvia sprechen, je schneller desto besser. Mit einer Mischung aus Wut und Unbehagen öffnete er die Tür seines Passats, stieg ein und steckte den

Schlüssel ins Zündschloss. Er hatte Sylvia zweimal gedeckt und niemandem von ihrer Anwesenheit an den beiden Tatorten erzählt. Sie wusste, dass er mit ihr sprechen wollte und er spürte, wie der Ärger in seinem Magen zu rumoren begann, weil sie ihn nicht anrief. Auch wenn ihre Ermittlungen vertraulich waren, so konnte sie ihm zumindest den einen oder anderen Hinweis geben. Vielleicht fahndete sie sogar nach dem gleichen dunklen Punkt wie er und ein Austausch von Ermittlungsergebnissen hätte sie vermutlich beide weitergebracht. Er nahm ihr nicht übel, dass sie sich an Dienstanweisungen hielt, aber er war mächtig sauer, dass sie ihm nicht vertraute.

„Es ist Zeit für eine Plauderstunde, Baby", murmelte er und ließ seinen Wagen an. „Wenn der Berg nicht zum Propheten kommt, muss der Prophet eben zum Berg kommen."

Bussard wendete seinen Wagen, fuhr aus der Eichrodtstraße hinaus und die Hansjakobstraße hinunter Richtung Innenstadt. Fünf Minuten später bog er kurz vor der Ganter-Brauerei rechts in die Fabrikstraße ab, überquerte kurz danach die Dreisam und parkte seinen Wagen in einer Seitenstraße. Als er ausstieg, läutete sein Handy. Er meldete sich und Sasha Wegner setzte ihn davon in Kenntnis, dass alle Beamten, die an dem aktuellen Fall arbeiteten, sich im Präsidium zu einer Besprechung einzufinden hatten. Bussard sagte sein Kommen zu, verriet aber nicht, dass er zuvor einer alten Dame einen Besuch abstatten wollte. Er steckte sein Handy ein, ging auf eines der Häuser zu und drückte auf den Klingelknopf neben dem Namen Harter.

„Oh, Bussard, das ist aber eine Überraschung", begrüßte ihn Karoline Harter, die in der offenen Tür stand, während der Kommissar die Treppe hinaufging.

„Tag, Karoline", erwiderte er und nickte ihr zu.

Die alte Dame gab die Tür frei und ließ Bussard eintreten.

„Komm nur rein", forderte sie ihn auf, „ich wollte gerade Kaffee kochen."

Bussard trat in den Flur und sie schloss die Tür hinter ihm.

„Du willst bestimmt zu Sylvia", vermutete sie, „aber da hast du Pech. Sie ist gerade gegangen."

„Wann war das?"

„Das ist noch nicht lange her, eine Viertelstunde vielleicht. Du hast sie gerade verpasst."

„Hat sie gesagt, wohin sie wollte?"

„Nein, aber sie hat gesagt, dass sie zum Essen wieder zu Hause ist. Seit sie in Stuttgart arbeitet, kommt sie ja nur noch selten."

Bussard hatte nicht damit gerechnet, Sylvia bei ihrer Großmutter anzutreffen. Es war nur eine vage Möglichkeit gewesen, doch nun ärgerte er sich darüber, dass er sie um wenige Minuten verpasst hatte.

„Kann ich dir eine Tasse Kaffee anbieten?", fragte die alte Dame.

„Tut mir leid, Karoline, aber ich habe wenig Zeit."

„Ich weiß", erwiderte sie und nickte, „du bist genau wie Sylvia. Ihr seid immer in Eile, aber ihr müsst euch auch mal die Zeit nehmen, um euch einen Augenblick hinzusetzen. Wenn man immer nur rennt, sieht man überhaupt nicht, was um einen herum passiert."

Sie ging in die Küche und steckte eine Filtertüte in die Kaffeemaschine, dann gab sie Kaffee in die Tüte und schaltete die Maschine ein, während Bussard mit verschränkten Armen am Türrahmen stand. Er kannte Karoline Harter seit fünf oder sechs Jahren. Sylvia hatte ihm ihre Großmutter vorgestellt, kurz nachdem sie seine Partnerin geworden war und danach hatten sie Karoline hin und wieder besucht, wenn sie in der Nähe zu tun gehabt hatten. Bussard mochte die alte Dame und schätzte sie sehr, denn sie konnte stundenlang Anekdoten aus ihrem Leben erzählen. Über einen Zeitraum von mehr als vier Jahrzehnten hatte sie am Freiburger Theater als Maskenbildnerin gearbeitet. Nach und nach hatte sie sich für alle Schauspieler, Musiker, Tänzer, Techniker, Schneiderinnen, Friseurinnen und Gott weiß, für wen sonst noch, zur Mutter der Kompanie entwickelt. Wer immer eine Schulter zum Ausweinen gesucht hatte, war zu ihr gekommen. Sie kannte alle möglichen und unmöglichen Leute und es gab vermutlich niemanden in der ganzen Stadt, der mehr Geheimnisse kannte als sie.

„Ich muss dringend mit Sylvia sprechen", erklärte Bussard, „aber ich habe keine Handynummer von ihr."

„Warum nicht?", fragte sie.

Bussard rieb sich unschlüssig das Kinn.

„Keine Ahnung", antwortete er, „seit sie in Stuttgart lebt, haben wir kaum noch Kontakt zueinander."

„Und was hast du auf dem Herzen?"

„Das darf ich dir nicht sagen."

„Vertraulich?“

„Ja.“

Die alte Dame betrachtete Bussard nachdenklich. In ihrem runzeligen und von Furchen durchzogenen Gesicht spiegelte sich ihr langes Leben wider. Ihre Augen waren in den letzten Jahren ein wenig wässrig geworden, doch ihr Blick war noch immer klar und aufmerksam.

„Bitte, Karoline“, drängte Bussard, „es ist wirklich wichtig. Ich habe schon bei ihrer Dienststelle angerufen und darum gebeten, dass man sie benachrichtigt, damit sie mich zurückruft, aber bisher hat sie sich noch nicht gemeldet.“

„Ich kann dir Sylvias Nummer nicht geben“, erklärte sie und schüttelte bedauernd den Kopf.

„Warum nicht?“

„Weil sie gesagt hat, dass es eine geheime Nummer ist. Das Handy gehört dem LKA und sie hat mir die Nummer nicht verraten.“

„Aber du hast doch bestimmt die Nummer ihres Privathandys.“

„Ja, aber sie hat ihr Handy in Stuttgart vergessen.“

Verdammt, dachte Bussard. Er hatte gehofft, noch vor der anstehenden Besprechung mit Sylvia telefonieren zu können, doch nun musste er einsehen, dass sich seine Hoffnung zerschlagen hatte.

„Komm doch heute Abend wieder“, schlug Karoline vor, „Sylvia will gegen acht Uhr wieder hier sein. Du kannst mit uns essen, wenn du willst.“

Bussard dachte einen Augenblick nach, doch er konnte nicht verbindlich zusagen, weil er nicht wusste, wie der Tag sich weiter entwickeln würde.

„Danke für die Einladung, aber ich kann im Augenblick noch nicht sagen, ob ich Zeit haben werde. Du würdest mir allerdings einen großen Gefallen tun, wenn du Sylvia sagst, dass sie mich so schnell wie möglich anrufen soll."

„Das kann ich machen, Bussard. Ich sage ihr, dass du hier warst und nicht einmal Zeit für eine Tasse Kaffee hattest."

Der Kommissar hob entschuldigend die Hand.

„Sorry, Karoline, ich würde wirklich gerne noch bleiben, aber bei uns ist gerade die Hölle los."

„Ich weiß", erwiderte die alte Dame, „trotzdem ist es nicht gut, ständig nur zu rennen. Wer es eilig hat, soll langsam gehen, sagt ein chinesisches Sprichwort. Dann stolpert man nicht so leicht und sieht mehr."

Es war nicht von der Hand zu weisen, dass sie damit recht hatte. Seit drei Tagen hatte Bussard das Gefühl, immer nur hinterherzurennen. Die Mordserie hielt ihn und seine Kollegen ziemlich auf Trab und Hafner hatte den Druck auf die Ermittler noch zusätzlich erhöht, indem er Fotos der drei Morde an den Pressefotografen geschickt hatte. Bussard hatte zwar Preinerts Handy konfisziert, doch der Kommissar ahnte bereits, was am nächsten Tag in der *Badischen Zeitung* stehen würde. Sein Angriff auf die Pressefreiheit störte ihn dabei weniger als die Befürchtung, dass die Presse zur Attacke auf Hafner blasen würde. Was der Kommissar und seine Kollegen am wenigsten brauchten, war eine Stadt, die einen Killer jagte.

Bussard wollte sich schon verabschieden, doch die Worte der alten Dame hatten eine Saite in ihm angeschlagen, die nun munter vibrierte und nicht verklingen wollte. *Wer es eilig hat, soll langsam gehen, dann stolpert man nicht so leicht und sieht mehr.* Noch immer am Türrahmen stehend nickte Bussard zu seinen eigenen Gedanken. Es war keine schlechte Idee, einen Augenblick zu verweilen, um zu sehen, ob es etwas zu entdecken gab.

„Du hast mich überredet“, sagte er schließlich, „ich bleibe doch auf eine Tasse Kaffee.“

„Schön“, erwiderte sie und lächelte, „hol zwei Tassen aus dem Schrank und setz dich. Zucker steht auf dem Tisch, Löffel sind in der mittleren Schublade.“

Bussard holte Tassen und Löffel aus dem Schrank und Karoline füllte ihre Tassen. Von der Fensterbank nahm sie einen Aschenbecher und stellte ihn auf den Tisch.

„Drehst du immer noch selbst?“, fragte sie.

„Ja“, erwiderte Bussard und nahm seinen Tabak aus seiner Jacke.

„Dann darfst du mir jetzt eine drehen“, forderte sie ihn auf.

Karoline war die einzige Gelegenheitsraucherin, die Bussard kannte. Für ihn gab es nur entweder oder. Entweder man rauchte oder eben nicht. Die alte Dame, die kurz vor ihrem vierundachtzigsten Geburtstag stand, rauchte jedoch nur, wenn sie in Gesellschaft von Rauchern war. Eine Schachtel Zigaretten konnte wochen- oder monatelang in ihrer Schublade liegen und Karoline nahm sie erst heraus, wenn Besuch kam, der selbst rauchte.

„Nun sag schon, Bussard, was willst du wissen?“, fragte sie und nahm die Selbstgedrehte entgegen.

„Was meinst du?“, erwiderte er, obwohl er genau wusste, was hinter ihrer Frage stand.

Karoline hatte ein unglaubliches Gespür für Menschen. Sie erfasste Stimmungen und konnte ihnen intuitiv Gedanken zuordnen, die bei den Betroffenen fast immer den Nagel auf den Kopf trafen.

„Du sitzt doch nicht hier, weil dir mein Kaffee besonders gut schmeckt“, erklärte sie und steckte sich die Zigarette zwischen die Lippen.

Bussard gab ihnen beiden Feuer und nickte, als die Zigaretten brannten. Karoline hatte ihn wieder einmal mühelos durchschaut.

„Kennst du einen gewissen Doktor Ernst Radicz?“, fragte er.

„Doktor Ernst Radicz“, wiederholte sie nachdenklich. „Ja, irgendwie kommt mir der Name bekannt vor, aber ich weiß im Augenblick nicht, wo ich ihn unterbringen soll.“

„Ein ehemaliger Amtsarzt“, erklärte er. „Er sieht Omar Sharif ziemlich ähnlich, deshalb nennt man ihn auch …“

„Doktor Schiwago!“

„Genau.“

Karoline zog an ihrer Zigarette und blies einen Rauchring, was Bussard ebenso verwundert wie belustigt zur Kenntnis nahm.

„Doktor Schiwago, ja, ich erinnere mich an ihn“, erzählte sie, lehnte sich zurück und blickte versonnen zur Decke, als ob dort der Film ihrer Erinnerung laufen würde. „Er hatte einen Schlag bei den Frauen, vor allem bei den reichen. Ich glaube nicht, dass er während seines Studiums jemals nebenbei für seinen Lebensunterhalt arbeiten musste. Damals, in den späten sechziger Jahren, hat man ihn häufig im Theater gesehen und er war immer in Begleitung. Er sah gut aus und wusste, wie man mit Frauen umgeht. Was ist mit ihm?“

„Er wurde ermordet.“

„Ermordet?“, fragte sie, sah Bussard an und zögerte einen Augenblick, bevor sie weitersprach. „Natürlich, was sonst? Du bist schließlich bei der Mordkommission und du würdest mich nicht nach ihm fragen, wenn er eine falsche Diagnose gestellt hätte.“

„Wieso eine falsche Diagnose?“

Wieder zog Karoline an ihrer Zigarette und blies einen Rauchring, der diesmal jedoch nicht so gut gelang.

„Man soll über Tote nur Gutes sagen“, erklärte sie lakonisch.

„Gibt es denn etwas Gutes über ihn zu sagen?“, fragte Bussard und hoffte, dass sich Karoline nicht allzu sehr an das alte Sprichwort halten würde.

„Da fällt mir nicht viel ein“, antwortete sie.

„Und etwas weniger Gutes?“

Die alte Dame nahm ihre Tasse, trank schlürfend einen Schluck und stellte sie behutsam wieder ab.

„Später, so Mitte bis Ende der siebziger Jahre, bekam er die Stelle als Amtsarzt in Freiburg“, fuhr sie fort, „und hinter vorgehaltener Hand wurde gemunkelt, dass seine Diagnosen manchmal käuflich gewesen seien. Das waren allerdings immer nur Gerüchte und ich kann dir nicht sagen, ob tatsächlich etwas Wahres daran war. Ich persönlich weiß nur von einem einzigen Fall. Es ging um eine junge Tänzerin, die während einer Probe einen Unfall hatte.

Sie hatte sich am Knie verletzt, eine langwierige Geschichte, und sie brauchte für die Versicherung eine Bestätigung des Amtsarztes, weil man ihr vorgeworfen hatte, sie würde nur simulieren. Einige Wochen später kam sie wieder ins Theater und erzählte mir im Vertrauen, dass es kein Problem gewesen sei, das Attest von Doktor Schiwago zu bekommen."

„Warum nicht?", fragte Bussard, weil Karoline nicht weitersprach.

Wieder zog die alte Dame an ihrer Zigarette und blies einen weiteren Rauchring, dann sah sie Bussard mit einem verschwörerischen Grinsen an.

„Sie hatte sich bereit erklärt, Radicz mit gewissen Liebesdiensten zu entlohnen."

*

Die angespannte Stimmung im Präsidium erreichte langsam ihren Siedepunkt. Die Kriminaltechniker mussten Doppelschichten schieben, weil sie mit der Sicherung und der Auswertung der Spuren von drei verschiedenen Tatorten kaum noch hinterherkamen. Sechs Beamte leisteten abwechselnd Personenschutz für Oberstaatsanwalt Schmieder und vier weitere sicherten im Schichtdienst dessen Haus, solange der Jurist seinen beruflichen Aufgaben nachging. Auch Smirnas Haus stand noch immer unter Bewachung, weil der Leiter der Kriminaltechnik weiterhin als potentielles Opfer galt. Unter der Leitung von Kriminalhauptkommissar Sandmann, dessen Dezernat für Organisierte Kriminalität vorübergehend verwaist war, fahndeten alle verfügbaren Beamten nach Oliver Hafner. Die Genehmigungen für Urlaubsanträge wurden widerrufen, freie Tage wurden gestrichen und das Abfeiern von Überstunden wurde bis auf Weiteres außer Kraft gesetzt. Der Polizeiapparat lief rund um die Uhr auf Hochtouren, während die Medien den Beamten Untätigkeit vorwarfen. Das Telefon des Pressesprechers läutete permanent und eine Handvoll Polizisten war ausschließlich damit beschäftigt, besorgte Bürger zu beruhigen. Immer wieder gingen Hinweise ein, dass Hafner gesichtet worden sei, doch jeder Einsatz des MEK verlief erfolglos, weil die Zeugen sich geirrt hatten. Susanne Bauer durchforstete Internetforen, in denen die Zahl der Zugriffe stündlich anstieg. Der Serienkiller hatte ganz Südbaden elektrisiert und sie berichtete mit Unbehagen von Usern, die zur Bildung von Bürgerwehren und privaten Einsatzkommandos aufriefen. Auf den Straßen und Plätzen, in Kneipen und Cafés sowie in den Bussen und Straßenbahnen gab es nur noch ein einziges Gesprächsthema. Es schien, als habe sich die gesamte Stadt auf einen einzigen Mann fokussiert und ein nicht unerheblicher Teil der Bevölkerung wollte ihn lieber tot sehen als lebendig.

Die Fotos, die Hafner an Preinert geschickt hatte, waren weder in der Printausgabe noch auf der Internetseite der *Badischen Zeitung* veröffentlicht worden, worüber Neudörfer nicht ganz unglücklich war. Die Bilder der beiden übel zugerichteten Leichen hätten den Fall in der Bevölkerung sicherlich noch weiter hochkochen lassen und der Polizeirat stellte sich deshalb schützend vor seine Mitarbeiter. Über den Pressesprecher ließ er verlautbaren, dass das Handy des Pressefotografen hatte sichergestellt werden müssen, um Aufschluss über den Aufenthaltsort Hafners zu bekommen. Er tat dies in weiser Voraussicht, denn Bussard war von der Presse zwar noch nicht angegriffen worden, doch man rechnete mit einem Sturm der Entrüstung für den folgenden Tag. Deshalb wollte Neudörfer den Leiter der Ermittlungsgruppe Gewaltverbrechen von vornherein aus der Schusslinie nehmen. Bussard nahm diese prophylaktische Aktion seines Chefs zur Kenntnis, enthielt sich aber einer Stellungnahme. Es interessierte ihn nicht, ob und in welchem Zusammenhang sein Name in der Presse genannt wurde. Seine Aufgabe bestand darin, einen Beitrag zur Verhaftung eines gefährlichen Straftäters zu leisten und er wollte sich davon durch nichts ablenken lassen.

Smirna berichtete, dass er und seine Kollegen im Haus des ermordeten Doktor Radicz keine verwertbaren Spuren des Täters gefunden hatten. Hafner hatte weder einen Fingerabdruck noch einen blutigen Schuhabdruck auf dem Fußboden hinterlassen. Der einzige Hinweis war die Waage, die man zwischen den Füßen des Toten gefunden hatte. Es hatten sich zwar keine Fingerabdrücke auf der Waage befunden, doch eine genauere Untersuchung des Messinstruments stand noch aus. Der Hintergrund für die drei Morde und Hafners Motiv wurden während der Besprechung nur am Rande diskutiert. Strahle, Perch und Radicz waren in ihren Eigenschaften als Staatsanwalt, Polizeibeamter und Amtsarzt im Staatsdienst beschäftigt gewesen. Im Gegensatz zu Strahle und Perch hatte Radicz jedoch nicht für eine Strafverfolgungsbehörde gearbeitet und die Ermittler konnten nicht erkennen, was den ermordeten Mediziner mit den beiden anderen Opfern verband. Bussard berichtete, dass Radicz einer unbestätigten Quelle zufolge korrupt gewesen sei. Von vergleichbaren Anschuldigungen gegen Strahle oder Perch wusste jedoch niemand etwas. Gegen keinen von beiden waren jemals Korruptionsvorwürfe erhoben worden, nicht einmal gerüchteweise.

Die meisten Sorgen bereitete den Ermittlern Hafners tödliche Effizienz. Der dreifache Mörder musste sehr gut organisiert sein, um innerhalb von zwei Tagen dreimal wie ein Schatten aufzutauchen und danach immer wieder unsichtbar zu werden. Ein Zeuge hatte ihn zwar bei dem brennenden Mercedes gesehen und drei andere beim Betreten oder Verlassen von Radicz′ Haus, doch jedes Mal hatte sich seine Spur sofort wieder verloren. Alle anderen angeblichen Sichtungen hatten sich im Nachhinein als unzutreffend erwiesen. Neudörfer vermutete, dass Hafners Versteck einem Bunker gleichen müsse, wo sich der mutmaßliche Mörder mit Lebensmitteln eingedeckt hatte, um sich auf diese Weise dem Zugriff der Ermittler zu entziehen. Es war fraglich, ob man dieses Versteck aufspüren konnte, solange sich Hafner nicht in der Öffentlichkeit zeigte.

Nach der Besprechung zog sich Bussard in sein Büro zurück. Die gesamte Freiburger Polizei war fieberhaft auf der Suche nach Hafner, doch der Kommissar setzte sich an seinen Schreibtisch, verschränkte die Arme vor der Brust und legte die Füße auf die Tischplatte. Er empfand sich selbst nicht als ruhenden Pol inmitten eines aufgescheuchten Ameisenhaufens, doch das, was Karoline Harter gesagt hatte, ließ ihn nicht mehr los. In Gedanken schaltete er zwei Gänge zurück, um alle Informationen, die er gesammelt hatte, in Ruhe zu betrachten. Karolines Aussage, wonach Radicz korrupt gewesen sein sollte, erschien Bussard wichtig. Er spürte, dass er damit auf der richtigen Spur war, auch wenn er diese Spur noch nicht sehen konnte. Irgendetwas ließ den Korruptionsvorwurf in seinen Gedanken rot aufleuchten und er fragte sich, ob eine missglückte Bestechung der Anlass dafür gewesen war, dass Radicz´ Name unter denen von Strahle und Perch auf Hafners Todesliste gestanden hatte. Bussard drehte und wendete den Gedanken, doch dann verwarf er ihn wieder. Ein gekauftes ärztliches Attest, das mindestens acht Jahre alt sein musste, taugte kaum als Mordmotiv. Sollte Radicz tatsächlich korrupt gewesen sein, dann wäre das ein Fall für die Ärztekammer gewesen, nicht aber für Karsten Perch, den damaligen Leiter der Ermittlungsgruppe Gewaltverbrechen und Achim Strahle als Leitenden Oberstaatsanwalt. Trotzdem musste es eine Verbindung zwischen den drei Opfern geben, die am Ende zu drei brutalen Morden geführt hatte. Strahle und Perch waren jeweils über Stunden gefoltert worden. Sofern es sich nicht um eine sadistische Vergeltung handelte, hatte Hafner damit seinen Opfern wahrscheinlich Informationen abgepresst. Die Möglichkeit aber, dass es sich dabei um die unlauteren Machenschaften eines Amtsarztes gehandelt haben sollte, erschien Bussard weit hergeholt, zumal Strahle und Perch davon kaum Kenntnis gehabt haben dürften. Radicz hatte vielleicht absichtlich falsche Diagnosen gestellt, aber …

Bussards Gedanke riss jäh ab und nahm abrupt eine neue Richtung. Falsche Diagnosen führten zu falschen Aussagen und der Kommissar erinnerte sich an das erste Telefonat mit Hafner. *Schlagen Sie im Strafgesetzbuch nach und lesen Sie den neunten und den zehnten Abschnitt,* hatte Hafner verlangt. Der Kommissar wusste, dass der neunte Abschnitt falsche uneidliche Aussagen und Meineid und der zehnte falsche Verdächtigungen betraf. Während falsche Diagnosen in das Ressort eines Mediziners fielen, beschäftigten sich Polizei und Staatsanwaltschaft mit Falschaussagen, Meineid und falschen Verdächtigungen.

Der gemeinsame Nenner ist die Lüge, dachte Bussard und schnippte mit den Fingern. Es musste einen Fall geben, bei dem Strahle, Perch und Radicz gemeinsame Sache zum Nachteil von Hafner gemacht hatten. Perch hatte gegen Hafner ermittelt und Strahle hatte vor Gericht die Klage geführt, doch weder in den Ermittlungs- noch in den Gerichtsakten war der Name Radicz aufgetaucht. Vielleicht hatte der Amtsarzt Hafner in der Justizvollzugsanstalt behandelt und auf Druck oder durch finanzielle Überredung von Perch und Strahle eine falsche Diagnose gestellt. Möglicherweise war Hafner überhaupt nicht haftfähig gewesen und hatte trotzdem aufgrund eines manipulierten Attests seine gesamte Haftstrafe verbüßen müssen.

Bussard nahm die Füße vom Schreibtisch, griff nach dem Telefon, wählte die Nummer der JVA und ließ sich zu Direktor Grünwald durchstellen.

„Hallo Hajo, Bussard hier. Ich brauche eine Auskunft von dir."

„Hallo Bussard, worum geht's?"

„Es geht um Doktor Ernst Radicz, den früheren Amtsarzt", erklärte der Kommissar und fieberte der Antwort entgegen, die seine neue These stützen oder zum Einsturz bringen würde. „Ich muss wissen, ob er Oliver Hafner behandelt hat."

„Da müsste ich in der Krankenakte nachsehen, aber das ist äußerst unwahrscheinlich", antwortete der Direktor der Justizvollzugsanstalt. „Wie du weißt, haben wir hier eine eigene Krankenstation. Die leistet aber nur Erste Hilfe oder kümmert sich um kleinere Blessuren. Ernstere Verletzungen oder Krankheiten werden im St.-Josephs-Krankenhaus behandelt. Ich kann mich nicht erinnern, dass jemals ein Amtsarzt hier bei uns in der JVA gewesen wäre."

„Würdest du trotzdem in Hafners Akte nachsehen?"

„Kann ich machen, Bussard. Ich rufe dich zurück."

Der Kommissar legte den Hörer auf, erhob sich nachdenklich von seinem Schreibtischstuhl und trat ans Fenster. Die Sonne stand schon weit im Westen und der Nachmittag ging langsam in den Abend über. Das war eine Niete, dachte er. Die Bestätigung, dass Hafner nicht von Radicz behandelt worden war, stand zwar noch aus, doch Bussard glaubte nicht mehr an die Theorie, die er wenige Minuten zuvor aufgestellt hatte. Er war immer noch davon überzeugt, dass eine Lüge im Zentrum der ganzen Geschichte stand, doch er wusste noch nicht, wo er nach ihr suchen sollte. Den Raubüberfall auf den belgischen Schokoladenhändler als ersten Dominostein in der Reihe schloss er aus. Michael Hafner hatte bestätigt, dass sein Bruder Oliver den Überfall begangen hatte, also war Oliver weder zu Unrecht angeklagt worden noch schien es wahrscheinlich, dass es im Prozess zu Meineid und Falschaussagen gekommen war. Außerdem war Radicz kein Prozessbeteiligter gewesen, weder als Zeuge noch als Gutachter. Bussard hatte aber dennoch das Gefühl, dass ein Prozess die entscheidende Rolle spielte. Alle drei Opfer, ein Staatsanwalt, ein Kriminalbeamter und ein Amtsarzt, hatten für den Staat gearbeitet und Hafners Hinweis auf die Abschnitte neun und zehn des Strafgesetzbuches zielte ebenfalls auf einen Prozess ab. Bussard hatte sich alle Polizeiakten der Fälle angesehen, in denen gegen Hafner ermittelt worden war, doch Radicz′ Name war kein einziges Mal aufgetaucht. Das bedeutete jedoch nicht automatisch, dass der Amtsarzt nicht vor Gericht vernommen worden war. Klarheit konnte nur ein Blick in die Prozessakten geben. Bussard nahm sein Handy und rief Schmieders Sekretärin an.

„Bussard“, meldete er sich. „Hallo, Frau Keller.“

„Hallo, Herr Bussard“, erwiderte sie. „Herr Schmieder ist leider nicht im Haus. Sie können ihn aber vermutlich auf seinem Handy erreichen.“

„Ich will nicht mit Schmieder sprechen, sondern mit Ihnen“, erklärte er. „Sie wissen doch, an welchem Fall wir gerade arbeiten.“

„Natürlich, immerhin hat Herr Schmieder das zweifelhafte Vergnügen, rund um die Uhr bewacht zu werden.“

„Genau, und deshalb brauche ich Ihre Hilfe. Es ist äußerst dringend, wirklich äußerst dringend!“

„Und was kann ich für Sie tun, Herr Bussard?“

„Sehen Sie sich bitte die Prozessakten der Fälle an, in denen Oliver Hafner angeklagt wurde. Ich muss unbedingt wissen, ob Doktor Ernst Radicz in einem dieser Fälle vor Gericht ausgesagt hat, entweder als Zeuge oder als Gutachter."

„Doktor Radicz, Hafners drittes Opfer?"

„Ja, genau der. Rufen Sie mich auf dieser Nummer an, sobald Sie sich die Akten angesehen haben, es ist wirklich brandeilig. Sie haben etwas gut bei mir."

„Okay, Herr Bussard, ich melde mich."

Der Kommissar unterbrach die Verbindung und dachte daran, dass Sandra Keller, Schmieders Sekretärin, nicht gerade seine Kragenweite war. Die schlanke, langbeinige Blondine, die jeden Tag aussah, als habe man sie vom Titelbild einer Modezeitschrift direkt hinter einen Schreibtisch gesetzt, würde ihn als Gegenleistung sicherlich nicht um ein Candlelight-Dinner bitten. Die romantische Vorstellung zerplatzte wie eine Seifenblase, als sein Telefon läutete. Hajo Grünwald, der Direktor der JVA, den der Kommissar schon seit seiner Schulzeit kannte, meldete sich und bestätigte, dass Oliver Hafner während der Haft nicht von Doktor Radicz behandelt worden war. Bussard bedankte sich für die Information und hakte diesen Punkt auf seiner imaginären Liste ab. Wenige Minuten später rief Sandra Keller an und erklärte, dass Doktor Radicz in keinem von Hafners Prozessen vor Gericht ausgesagt hatte. Als Bussard auch diesen Punkt von seiner Liste abgehakt hatte, erkannte er, dass es keine weiteren Punkte mehr gab. Er konnte die Geschichte drehen und wenden wie er wollte, doch es gab keine aktenkundige Verbindung zwischen Hafner und Radicz. Mit verschränkten Armen stand der Kommissar am Fenster und betrachtete nachdenklich den westlichen Himmel, wo sich die Sonne langsam dem Horizont zu nähern begann. Wenn es keine aktenkundige Verbindung zwischen Täter und Opfer gab, hatte der Mord an Radicz vermutlich auch nichts mit der früheren Tätigkeit des pensionierten Mediziners als Amtsarzt zu tun. Bussard dachte an seine erste Vermutung, die ihm nach dem Mord an Perch gekommen war. Bei den Mordwaffen Feuer und Schwert hatte er einen religiösen Hintergrund der beiden Taten für möglich gehalten. Vielleicht hatte er mit seiner Vermutung richtig gelegen und wusste lediglich nicht, welche Bedeutung eine Waage im christlichen Sinn hatte. Hafners Hinweis auf die Abschnitte neun und zehn des Strafgesetzbuches konnte auch eine verschlüsselte Botschaft sein, denn eines der Zehn Gebote lautete: Du sollst kein falsches Zeugnis ablegen!

10

„Hey, David, wie geht's dir?", fragte Franziska und zog die Beifahrertür des Einsatzwagens ins Schloss.

„Alles okay", erwiderte er.

Sonner hatte seine Kollegin vor dem Haus von Strahle abgeholt. Eine Mitarbeiterin der Caritas, die Franziska informiert hatte, kümmerte sich um Karin Strahle und die Anwesenheit der Polizeibeamtin im Haus der Witwe war nicht länger erforderlich.

„Das muss ein schlimmer Anblick gewesen sein", vermutete sie und betrachtete ihren Kollegen mitfühlend. „Ich bin froh, dass ich nicht die Leiche von diesem Doktor Radicz gesehen habe. Und dann noch das ganze Blut! Ich hätte jetzt wahrscheinlich schlaflose Nächte."

„Das gehört nun mal zu unserem Job", stellte Sonner fest, „da muss man durch."

Franziska nickte. Als Polizistin wurde sie hin und wieder mit Situationen konfrontiert, die schwer zu ertragen waren, doch in den drei Jahren, seit sie die Polizeischule absolviert hatte, war ihr der Anblick einer Leiche erspart geblieben. Sie wusste, dass es auch Sonners erste Leiche gewesen war und er tat ihr leid, weil ihn der Anblick ziemlich mitgenommen hatte. Ein Kollege der Kriminaltechnik, dessen Name sie vergessen hatte, hatte ihr Fotos vom Tatort gezeigt, die er mit seiner Digitalkamera aufgenommen hatte, doch nach dem dritten Bild hatte sie sich weggedreht. Die Fotos hatten ihr zugesetzt und in diesem Augenblick hatte sie gewusst, dass sie sich niemals bei der KTU bewerben würde.

„Und", fragte sie, „fahren wir zur Dienststelle zurück?"

„Nein, noch nicht", antwortete er, nahm den Fuß von der Bremse und ließ den Mercedes anrollen. „Wir machen Streifendienst bis zwanzig Uhr."

„Oh, Mann", stöhnte sie und schüttelte den Kopf, „dann kann ich meinen Kurs heute Abend vergessen."

„Welchen Kurs?"

„Ich habe einen Aquarellkurs an der Volkshochschule belegt."

„Du malst?", fragte er und der Tonfall seiner Stimme verriet, wie wenig er davon hielt.

„Was dagegen?“

„Nein, überhaupt nicht“, antwortete er und bog in die Kappler Straße ein. „Wenn du mal ein Modell brauchst, sag Bescheid, aber nur, wenn du auch malen kannst. Ich will nicht aussehen wie so ein abstrakter Dingsbums mit zwei Nasen und drei Ohren.“

„Picasso?“

„Ja, mein ich doch. Mir ist nur der Name nicht mehr eingefallen.“

Franziska verzichtete darauf, mit ihrem Kollegen eine Diskussion über Kunst, Stile und Maler zu führen, denn in dieser Welt war David alles andere als zu Hause. Sein Kunstsinn erschöpfte sich in einer einzigen, simplen Aussage: Auf einem guten Bild sah man Titten, je dicker und praller desto besser, und für ein großformatiges PLAYBOY-Foto hätte er jeden alten Meister ohne zu zögern links liegen lassen.

Sonner hatte die Heinrich-Heine-Straße durchfahren und war in die Schwarzwaldstraße eingebogen. Wenige Augenblicke später überquerten sie beim Strandbad die Dreisam und erreichten den Stadtteil Ebnet, der aus kaum mehr als einem Dutzend Straßen bestand. Seit dem Neubau der B31-Ost, die nun weiter südlich verlief, war in das ehemals beschauliche Dorf wieder Ruhe eingekehrt. In der Wohngegend gab es keine Industrieansiedlungen, sondern lediglich ein paar Handwerksbetriebe. Ein regelmäßiger Streifendienst war wegen der äußerst geringen Kriminalitätsrate in diesem Stadtteil nicht notwendig, doch die Situation hatte sich durch das Auftauchen Hafners geändert. Jeder fahrbereite Einsatzwagen war mit zwei Beamten besetzt und kontrollierte jede einzelne Straße der Stadt. Selbst in den hintersten Winkeln kleiner und kleinster Seitenstraßen, wo adrette Einfamilienhäuser hohe Lebensqualität boten, tauchten sowohl tagsüber als auch nachts die Fahrzeuge der Beamten auf. Die Suche nach Oliver Hafner lief seit mehr als fünfzig Stunden. Sein Foto hing in jedem Streifenwagen und jedes einzelne Augenpaar hielt Ausschau nach ihm.

„Schau dir mal den Typen da vorne an", sagte Franziska plötzlich und wies mit der Hand auf einen Mann, der im Hof einer Autowerkstatt an ein Fahrzeug gelehnt stand.

Das Tor der Werkstatt war geschlossen, denn der Meister und seine Angestellten hatten bereits eine Stunde zuvor Feierabend gemacht. Der Mann war offensichtlich kein Kunde, der auf sein Fahrzeug wartete. Mit in den Nacken gelegtem Kopf lehnte er gegen einen alten, aber bestens erhaltenen Peugeot 504. Franziska sah auf Hafners Foto, das am Armaturenbrett befestigt war und blickte wieder zu dem Mann hinüber.

„Halt an", wies sie ihren Kollegen an, obwohl Sonner das Fahrzeug bereits am Straßenrand gestoppt hatte.

„Ist er das?", fragte er.

„Schwer zu sagen", antwortete sie, „aber er sieht ihm schon ziemlich ähnlich."

Sonner schaltete den Motor aus und zog die Handbremse an.

„Schön vorsichtig, Franziska", ermahnte er sie.

Die Polizistin streckte die Hand aus, um die Tür zu öffnen, doch dann zögerte sie.

„Er hat etwas in der Hand", stellte sie fest und deutete mit einem Kopfnicken auf den Mann. „Siehst du das?"

Sonner beugte sich vor und spähte durch die Scheibe der Beifahrertür. Der Mann, der an dem alten Peugeot lehnte, hatte ihnen die linke Seite zugewandt und sah in den Himmel. Sein linker Arm hing nach unten und in seiner Hand hielt er einen Gegenstand, der unverkennbar war.

„Scheiße", fluchte Sonner, „er hat eine Waffe!"

*

Die fehlende Verbindung zwischen Hafner und Radicz ließ Bussard keine Ruhe. Immer wieder stellte er sich die Frage, warum Hafner Radicz ermordet und ihm das Herz aus dem Leib geschnitten hatte und immer wieder kam er zu dem gleichen Ergebnis: Er hatte nicht die leiseste Ahnung. Seine Ermittlungen waren an einem toten Punkt angekommen und vor sich hin brummend verließ er sein Büro, suchte den Besprechungsraum auf und betrachtete die Fotos der Leichen und der Tatorte, die an drei großen Stellwänden hingen. Während seine Augen ziellos über die einzelnen Aufnahmen glitten, versuchte er, Hafner aus seinen Gedanken zu verbannen, um sich ausschließlich mit den Opfern und den Taten zu beschäftigen.

Feuer, Schwert und Waage, dachte Bussard immer wieder, doch es wollte ihm einfach nicht gelingen, einen sinnvollen Zusammenhang herzustellen. Er wusste, dass Hafner ihm damit etwas sagen wollte. *Ermitteln Sie! Schlagen Sie im Strafgesetzbuch nach und lesen Sie den neunten und den zehnten Abschnitt!* Hafner wollte, dass Bussard eine bestimmte Spur verfolgte. Es gab immer wieder Straftäter, die nur darauf warteten, dass sie verhaftet wurden. Sie begingen Fehler oder lieferten den Ermittlern Hinweise, die zu ihrer Ergreifung führten, weil sie entweder die Last der Schuld oder den Druck des Gejagtwerdens nicht mehr aushielten. Für Hafner traf das jedoch nicht zu, denn er hatte die Ermittler von Anfang an auf seine Spur gebracht. Er hatte Bussard und dessen Kollegen hinter sich hergezogen wie Tanzbären an der Leine, von einem Tatort zum anderen und von einem Mord zum nächsten. Seine Intention war eine andere, doch sie war für den Kommissar nicht durchschaubar.

Bussard mahnte sich selbst, sich von Hafner zu lösen, um sich ausschließlich auf die Opfer zu konzentrieren. Kopfschüttelnd wandte er sich wieder der ersten Stellwand zu, an der die Fotos des Mordes an Strahle hingen. Er wusste, dass er etwas übersah, was offen vor ihm lag. Hafner hatte mehrere offenkundige Hinweise geliefert, doch es mangelte noch an der richtigen Interpretation. Bussard ging drei Schritte zurück, nahm einen Stuhl, drehte ihn um und setzte sich rittlings darauf. Er verschränkte die Arme, legte sie auf die obere Kante der Rückenlehne und platzierte sein Kinn auf seinen Unterarmen. Ein neuer Blickwinkel lieferte neue Einsichten und wieder ließ er seine Augen über die Fotos schweifen. Von der verkohlten Leiche gab es mehrere Aufnahmen, die Münchrath vor der Obduktion gemacht hatte. Bei seinem Tod war Strahle zwar bei vollem Bewusstsein, aber völlig hilflos gewesen. Mit verbundenen Augen, auf dem Rücken gefesselten Händen und zusammengebundenen Füßen hatte er keine Chance gehabt, den Flammen zu entfliehen. Bussard betrachtete eines der Fotos, auf dem die Leiche im Ganzen zu sehen war. Irgendetwas hielt seinen Blick an diesem Bild fest. Er folgte der Linie des Körpers vom Kopf bis zu den Füßen und wieder zurück und er spürte, dass er kurz davor war, etwas zu erkennen, was er zuvor nicht gesehen hatte. Das Bild beinhaltete eine Botschaft und er brauchte den richtigen Schlüssel, um sie zu enträtseln. Bussard hob seinen Kopf und begann, mit den Fingerspitzen auf dem Unterarm zu trommeln. Er spürte, wie sich eine Unruhe in seinem Körper ausbreitete und seine Anspannung nahm zu. Der veränderte Blickwinkel hatte etwas ausgelöst, doch noch fehlte der letzte Impuls. Bussard stand auf und ging wieder zur Stellwand. Das Foto war genau auf seiner Augenhöhe und minutenlang betrachtete er jedes Detail, dann ging er wieder zurück und stellte sich hinter den Stuhl. Aus der Entfernung wirkte das Bild anders, weniger sachlich, sondern fast schon komponiert. Bussard trat noch drei weitere Schritte zurück, stellte sich breitbeinig hin und verschränkte die Arme vor der Brust. Aus dieser Entfernung konnte er die Wäscheleine nicht mehr erkennen, doch es war offensichtlich, dass der Tote gefesselt worden war. Auch die Augenbinde hob sich noch immer deutlich vom Schädel ab.

Bussard öffnete den Mund und vergaß, ihn wieder zu schließen. Wie vom Donner gerührt stand er mitten im Besprechungsraum und hatte das Gefühl, als habe jemand die Schleusen eines Damms geöffnet.

„Das gibt's doch überhaupt nicht", murmelte er endlich und fragte sich, wie er das Offensichtliche so lange hatte übersehen können.

*

„Legen Sie die Waffe auf den Boden und nehmen Sie die Hände hoch!"

Sonners Füße standen schulterbreit auf dem Boden, seine Knie waren leicht gebeugt und er hielt seine Dienstwaffe mit beiden Händen seiner ausgestreckten Arme. Über den Lauf visierte er den Körper des Mannes an, der gegen den Peugeot gelehnt stand und in den Himmel blickte. Der Beamte nutzte das Dienstfahrzeug als Deckung, während sich seine Kollegin im Schutz eines Busches aus dem Fahrzeug geschlichen hatte, um sich dem Verdächtigen von der anderen Seite zu nähern.

„Legen Sie die Waffe auf den Boden und nehmen Sie die Hände hoch!", rief Sonner noch einmal.

Fast wie in Zeitlupe senkte der Mann den Kopf, drehte ihn und sah Sonner direkt in die Augen. Sein Blick war ausdruckslos und Sonner konnte nicht einschätzen, in welcher Verfassung sich der Verdächtige befand. Der linke Arm des Mannes hing immer noch nach unten und er hielt seine Schusswaffe fest in der Hand. Franziska hatte inzwischen den Busch so weit umrundet, dass sie den Verdächtigen ins Visier nehmen konnte. Sie sah sein Gesicht im Halbprofil und sie hatte nicht den geringsten Zweifel, wer an dem Peugeot lehnte. Der Mann mit der Pistole war Oliver Hafner. Franziska schluckte, atmete einmal tief durch und konzentrierte sich darauf, ihre Stimme fest und sicher klingen zu lassen.

„Legen Sie die Waffe auf den Boden und nehmen Sie die Hände hoch!“

Der Busch bot nur einen Sichtschutz, aber keine Deckung. Sie hatte sich auf ein Knie niedergelassen und hielt ihre Waffe ebenfalls mit beiden Händen. Der Mann, den sie mit ihrer Waffe anvisierte, war ein dreifacher Mörder. Er war brutal, skrupellos, gefährlich und bewaffnet. Wieder drehte er seinen Kopf ganz langsam und dann sah er Franziska an. Seine Gesichtszüge schienen völlig entspannt zu sein und seine Haltung drückte eine Lässigkeit aus, die in dieser Situation fast schon grotesk wirkte. Hafner sah aus, als würde er seit geraumer Zeit auf der Straße leben. Seine fettigen Haare klebten an seinem Schädel und er hatte sich seit zwei Wochen nicht rasiert. Um seine rechte Hand trug er einen bräunlich verfärbten Verband, sein Sweatshirt war ebenso dreckig wie seine Jeans und mit der Waffe in seiner Linken sah er aus, als habe man ihn aus einem Italo-Western von Sergio Leone direkt auf den Hof einer Autowerkstatt in Freiburg verfrachtet.

„Legen Sie die Waffe auf den Boden und nehmen Sie die Hände hoch!“, rief Franziska noch einmal.

Sie trug eine Schutzweste, unter der ihr Herz wild hämmerte und sie war froh, dass diese Dienstanweisung für die Fahndung nach Hafner erlassen worden war. Er bewegte sich immer noch nicht, sondern sah sie nur mit diesem merkwürdigen Blick an, den sie nicht einschätzen konnte. Wenn er seine Pistole nicht freiwillig auf den Boden legte, dann mussten sie ihn entwaffnen. Franziska wagte nicht, den Blick von Hafner abzuwenden. Auch aus dem Augenwinkel konnte sie ihren Kollegen nicht sehen und sie hörte auch dessen Schritte nicht. Vermutlich stand er immer noch hinter dem Einsatzwagen und versuchte ebenso wie sie zu entscheiden, was er als Nächstes tun sollte. Hafner hatte keine Chance zu entkommen. Er hätte den Hof nur zur Straße hin verlassen können, doch diesen Fluchtweg hatten sie ihm abgeschnitten. Das Rolltor der Werkstatt war geschlossen und so hatte er auch keine Möglichkeit, sich im Gebäude zu verschanzen. Hafner saß in der Falle, doch unter seinem Blick fühlte sich Franziska nicht wie die Katze, sondern eher wie die Maus. Sekunde um Sekunde verrann, während ihr Herz immer schneller und kräftiger schlug.

„Franziska?“

Sie hörte Sonners Stimme, doch er schien sehr viel weiter entfernt zu sein als nur die wenigen Meter bis zum Dienstfahrzeug.

„Ja!“, antwortete sie, ohne ihren Blick von Hafner zu nehmen.

„Ich werde mich ihm jetzt langsam nähern und ihm die Waffe abnehmen!“

„Okay!“, rief sie, obwohl sich die Situation alles andere als Okay anfühlte.

Hafner sah ihr immer noch direkt in die Augen. Sein Gesicht zeigte keine Reaktion auf die Ankündigung von Sonner und er drehte auch nicht den Kopf, um den Polizeibeamten anzusehen, der seine Deckung hinter dem Dienstfahrzeug verließ. Er schien ihn nicht einmal wahrzunehmen. Plötzlich und wieder wie in Zeitlupe neigte Hafner seinen Kopf unmerklich nach rechts, dann hob er langsam den ausgestreckten linken Arm. Die Mündung seiner Waffe zeigte noch zu Boden, doch sie näherte sich Franziska unaufhaltsam. Sie spürte, wie sich ihre Nackenhaare sträubten, denn mit einer Sicherheit, für die sie selbst keine Erklärung hatte, wusste sie in diesem Augenblick, dass Hafner schießen würde. Sie spürte ihren Herzschlag nicht mehr und nahm die Welt um sich herum nicht mehr wahr. Das Universum stand für eine Sekunde still und sein Zentrum bildete die Mündung der Waffe in Hafners Hand.

Ohne zu zögern zog Franziska den Abzug durch.

*

„Bussard, du schon wieder? Erst sieht man dich wochenlang überhaupt nicht und dann gleich zweimal nacheinander."

Die Leiterin des Archivs schüttelte verwundert den Kopf, während sie den Kommissar gleichzeitig anlächelte. Sie saß hinter ihrem Schreibtisch und nahm die Lesebrille von der Nase, deren Bügel mit einer dünnen Goldkette um ihren Nacken verbunden waren.

„Hallo, Gaby", entgegnete Bussard, ohne ihr Lächeln zu erwidern, „ich brauche deine Hilfe."

„Und was kann ich für dich tun?"

Bussard deutete mit einem Kopfnicken auf den Monitor, der auf ihrem Schreibtisch stand.

„Du hast doch bestimmt eine Datenbank, in der die Akten gespeichert sind, die hier im Archiv aufbewahrt werden."

„Sicher."

„Kannst du in dieser Datenbank eine Überkreuzsuche durchführen?"

„Klar, wonach suchst du?"

„Ich suche die Ermittlungsakte zu einem Fall, der mindestens acht Jahre alt ist."

„Und gegen wen wurde ermittelt?"

„Das weiß ich nicht", antwortete Bussard, umrundete den Schreibtisch, beugte sich vor und stützte die Unterarme auf die Tischplatte, „aber ich habe drei Namen, die in dieser Akte auftauchen müssen."

„Okay, schieß los."

„Strahle, Perch und Radicz."

„Strahle, Perch und Radicz", wiederholte Gaby Tröger und gab die Namen in eine Suchmaske ein. „Das sind doch die drei Opfer, die von Oliver Hafner getötet wurden."

„Richtig", erwiderte Bussard und nickte.

„Hier gibt es einen Eintrag", erklärte sie, klickte mit der Maus auf ein Aktenzeichen und deutete auf den Monitor. „Es gab einen Fall, in dem Karsten Perch der leitende Ermittler war. Der Name Strahle taucht aber nicht als Anklagevertreter auf, sondern als Zeuge, der von Perch vernommen wurde. Doktor Radicz hat den Beschuldigten ärztlich versorgt, weil sich der Beschuldigte in der Arrestzelle verletzt hatte. Der Beschuldigte war allerdings nicht Oliver Hafner."

„Frieder Petermann", las Bussard vom Monitor ab, „der Name sagt mir nichts."

„Petermann war Student", berichtete sie. „Er hat einen seiner Professoren erschossen. Das war 1997. Er wurde zu fünfzehn Jahren Haft mit anschließender Sicherungsverwahrung verurteilt."

„Wieso Sicherungsverwahrung?"

„Schmieder hat damals die Anklage vertreten und die Sicherungsverwahrung nach der Haftstrafe gefordert. Das Gericht ist seiner Einschätzung gefolgt, denn Petermann galt als extrem gewalttätig und stellte nach Meinung der Richter eine Gefährdung für die Öffentlichkeit dar."

„Wo ist Petermann heute?"

„Das weiß ich nicht. Seine Haftstrafe hat er in der JVA Freiburg abgesessen. Dort wird man dir sicher sagen können, wo er zur Sicherungsverwahrung untergebracht wurde."

Bussard wiegte nachdenklich den Kopf hin und her. Petermann und Hafner waren zur gleichen Zeit in der Freiburger Justizvollzugsanstalt inhaftiert gewesen und kannten sich vermutlich. Im Gegensatz zu Hafner, der eine Woche zuvor entlassen worden war, würde Petermann allerdings nie wieder auf freien Fuß gesetzt werden, sofern ihm ein Gutachter nicht eine positive Sozialprognose stellen würde.

„Gibt es noch andere Fälle, in denen die drei Namen auftauchen?"

„Nein, das ist der einzige Fall", antwortete die Archivarin, drehte ihren Schreibtischstuhl und sah Bussard an, während sie die Stirn runzelte. „Es ist seltsam, dass du ausgerechnet nach dieser Akte fragst."

„Wieso?"

„Weil die Akte nicht hier ist", erklärte sie. „Deine ehemalige Kollegin, Sylvia Harter vom LKA, hat sie sich vorgestern geholt und noch nicht zurückgebracht."

*

Die Nachricht von der Verhaftung Hafners ging wie ein Lauffeuer durch das Präsidium und die Anspannung der vergangenen zweieinhalb Tage entlud sich in einer wahren Flut von Glückwünschen, mit denen sich die Beamten gegenseitig überschütteten. Der Name Franziska Rombach war in aller Munde. Sie hatte Hafner mit einem Schuss niedergestreckt und einzelne Beamte drückten ganz unverhohlen ihr Bedauern darüber aus, dass sie ihn nicht getötet hatte. Hafner hatte überlebt, aber er war lebensgefährlich verletzt. Man hatte ihn in die Uniklinik gebracht, wo sich die Ärzte darum bemühten, sein Leben zu retten, doch unter den Freiburger Polizisten gab es niemanden, der ihnen dabei Glück gewünscht hätte.

Bussard wusste noch nichts vom erfolgreichen Ende der Fahndung. Er saß allein in seinem Büro und hatte die digitale Version der Ermittlungsakte aufgerufen, deren Original nicht dort war, wo es hätte sein sollen. Dass er mit dem Petermann-Fall richtig lag, stand für ihn außer Frage. Er wusste zwar nicht, was Oliver Hafner damit zu tun hatte, doch die Tatsache, dass Sylvia sich die Akte aus dem Archiv besorgt hatte, war mehr als ein eindeutiges Indiz. Die Rolle der LKA-Beamtin in der Geschichte blieb für ihn aber nach wie vor undurchschaubar. Nach einem kurzen Klopfen wurde die Tür geöffnet und Susanne Bauer streckte ihren Kopf in Bussards Büro.

„Oh", rief sie überrascht, „du bist ja doch da."

„Ja, warum?"

„Ich dachte, du wärst außer Haus", erwiderte sie. „Kommst du mit zu *Angelos*?"

„Ich weiß noch nicht …"

„Jetzt komm schon", forderte sie ihn auf, „fast alle kommen mit. Wir haben schließlich etwas zu feiern."

Bussard runzelte die Stirn und legte den Kopf zur Seite.

„Was zu feiern?", wiederholte er fragend.

„Du weißt es noch nicht", stellte die EDV-Spezialistin fest und schüttelte den Kopf. „Wir haben Hafner verhaftet!"

„Wann?", fragte Bussard und riss ungläubig die Augen auf.

„Vor einer halben Stunde. Wieso weißt du noch nichts davon?"

Bussard antwortete nicht. Die Nachricht von der Verhaftung Hafners hatte ihn überrascht, denn er hatte nicht damit gerechnet, dass man den Gesuchten so schnell aufspüren würde.

„Wo war das?", fragte er, doch Susanne hob abwehrend die Hand.

„Komm mit zu *Angelos*", erwiderte sie, „dann erfährst du die ganze Geschichte. Heute haben wir uns unser Feierabendbier redlich verdient."

„Das kann warten", erklärte der Kommissar und stand hinter seinem Schreibtisch auf.

Die Kollegen hatten Hafner verhaftet und die Möglichkeit, ihn zu vernehmen, elektrisierte Bussard. Zwei Tage lang hatte er sich den Kopf über Hafners Motiv zerbrochen und nun hatte er endlich die Gelegenheit, Hafner selbst zu befragen.

„Wo ist er?", fragte er und sah seine Kollegin erwartungsvoll an.

„Wer?"

„Hafner, wer sonst? Ich will ihn sofort vernehmen."

„Da wirst du dich wohl noch eine Weile gedulden müssen", erwiderte Susanne, „Hafner liegt in der Uniklinik."

„Wieso Uniklinik? Was ist passiert?"

„Zwei junge Kollegen aus Littenweiler, David Sonner und Franziska Rombach, haben ihn auf dem Hof einer Autowerkstatt in Ebnet gestellt", berichtete Susanne. „Soweit ich weiß, hat Hafner mit einer Schusswaffe auf die junge Kollegin gezielt und daraufhin hat sie geschossen. Hafner wurde lebensgefährlich verletzt und hat anscheinend ziemlich viel Blut verloren. Die Ärzte werden ihn erst wieder zusammenflicken müssen. Du wirst frühestens morgen mit ihm sprechen können."

Bussards Euphorie löste sich ebenso schnell wieder in Luft auf wie sie gekommen war. Hafner war zwar gefasst, doch der Kommissar konnte nicht mit ihm sprechen und das Motiv für die drei Morde immer noch nicht in Erfahrung bringen.

„Was ist jetzt?", fragte Susanne. „Kommst du mit?"

Bussard dachte einen Augenblick nach, dann schüttelte er langsam den Kopf.

„Vielleicht später", antwortete er ausweichend, ohne selbst daran zu glauben.

Die EDV-Spezialistin wollte die Entscheidung des Kommissars nicht akzeptieren. Seit Wochen schon war Bussard ziemlich verschlossen und er wollte nicht darüber sprechen, was auf seiner Seele lastete. Sie wusste, dass die Trennung von seiner Frau und seinen Kindern ihm zusetzte. Er tat ihr leid, denn sie sah ihm an, dass es ihm nicht gut ging. Sie hatte sich selbst als Zuhörerin angeboten, falls er das Bedürfnis hatte, über das zu sprechen, was ihn bedrückte, doch er hatte ihre Offerte zurückgewiesen. Natürlich konnte sie ihn nicht zu seinem Glück zwingen und wenn er nicht über seine Probleme sprechen wollte, dann war das seine Sache. Dass er sich aber abkapselte und sich wie eine Schildkröte in ihren Panzer zurückzog, tat ihm nicht gut.

„Du musst auch mal abschalten, Bussard. Wir haben Hafner verhaftet und jetzt gibt es nichts mehr, was nicht auch bis morgen warten könnte. Also, schalte deinen Rechner aus und komm mit. Ich gebe dir auch ein Bier aus."

„Ja, gut, geh schon mal vor", erwiderte er, während er sich in Gedanken schon wieder mit Hafners Motiv beschäftigte. „Ich komme dann später nach."

Susanne zuckte enttäuscht mit den Schultern, dann zog sie ihren Kopf zurück und schloss die Tür. Sie wusste, dass Bussard an diesem Abend bei *Angelos* nicht mehr auftauchen würde.

Der Kommissar kehrte zu seinem Schreibtisch zurück und warf einen Blick auf den Monitor. Bevor Susanne gekommen war, hatte er sich den ballistischen Bericht des Petermann-Falls angesehen. Smirna hatte damals die Waffe untersucht, die man in der Wohnung von Petermann sichergestellt hatte. Er hatte Petermanns Fingerabdrücke auf der Tatwaffe sichergestellt und zweifelsfrei nachgewiesen, dass es sich um die Waffe handelte, mit der der Uniprofessor getötet worden war. Die Zeugenaussagen waren jedoch weniger eindeutig und es gab einige Ungereimtheiten in dem Fall. Der Name Hafner tauchte jedoch an keiner Stelle der Ermittlungsakte auf und Bussard beschloss, persönlich mit Petermann zu sprechen. Seine Intuition sagte ihm, dass es einen Zusammenhang zwischen diesem alten Fall und der aktuellen Mordserie gab und er wusste, dass er nicht eher Ruhe finden würde, bis er diesen Zusammenhang gefunden hatte. Bussard rief ein Telefonverzeichnis auf und suchte nach der Nummer des Privatanschlusses von Hajo Grünwald, dem Direktor der Justizvollzugsanstalt.

„Hallo, Hajo", begrüßte er seinen alten Freund, „ich will dich nicht lange stören. Ich brauche nur eine Auskunft von dir."

„Du schon wieder? Was willst du wissen, Bussard?"

„Es geht um einen ehemaligen Häftling, Frieder Petermann. Er wurde 1997 wegen Mordes verurteilt und hat fünfzehn Jahre in der JVA verbracht."

„Ja, Petermann, ich erinnere mich. Intelligenter Junge, unauffällig, keine Probleme. Eigentlich hätte er wegen guter Führung vorzeitig entlassen werden können, aber das Gericht hatte eine anschließende Sicherungsverwahrung angeordnet."

„Genau deshalb rufe ich an, Hajo. Wo wurde Petermann nach der Haft untergebracht?"

„Nirgends. 1997, zur Zeit seiner Verurteilung, war Petermann Jurastudent gewesen. Während seiner Haftstrafe hat er sein Studium dann erfolgreich abgeschlossen. Vor drei oder vier Jahren hat er beim Europäischen Gerichtshof gegen die Sicherungsverwahrung geklagt und den Prozess gewonnen. Die Sicherungsverwahrung wurde aufgehoben und nach Verbüßung seiner Haftstrafe wurde Petermann auf freien Fuß gesetzt."

„Wann wurde er aus der Haft entlassen?“
„Vor etwa einem Jahr.“
„Danke, Hajo.“
Bussard hatte das Telefonat kaum beendet, als es an seiner Tür klopfte und Neudörfer sein Büro betrat.
„Frau Bauer sagte mir, dass Sie noch hier sind“, berichtete der Polizeirat. „Falls Sie nicht zu *Angelos* mitkommen möchten, würde ich Sie gern um einen Gefallen bitten.“
„Worum geht's?“
„Ich habe angeordnet, sofort informiert zu werden, sobald sich in der Uniklinik etwas tut. Deshalb würde ich meine eingehenden Anrufe auf Ihren Apparat umleiten, falls Sie noch länger im Büro bleiben.“
„Hm“, brummte Bussard zustimmend.
„Danke“, erwiderte Neudörfer und nickte dem Kommissar zu. „Na dann, gute Nacht.“
„Ja, gute Nacht, Chef.“
Neudörfer verließ Bussards Büro und zog die Tür hinter sich zu, während der Kommissar bereits das Freiburger Telefonverzeichnis aufrief. Er suchte nach einem Eintrag, der auf Frieder Petermann lautete, konnte ihn aber nicht finden. In der Datenbank der Polizei fand er zwar diverse Angaben über Petermann, aber keine aktuelle Meldeadresse. Der Kommissar lehnte sich zurück, legte seine Füße auf den Schreibtisch und verschränkte die Arme vor der Brust. Der Petermann-Fall kam ihm seltsam vor. Frieder Petermann hatte kein Geständnis abgelegt, doch man hatte die Tatwaffe mit seinen Fingerabdrücken in seiner Wohnung sichergestellt und es hatte einen

Augenzeugen gegeben, einen gewissen Jonas Strahle, der Petermann identifiziert hatte. Eine Zeugin hatte Petermann ein Alibi für die Tatzeit gegeben, dieses Alibi später jedoch widerrufen. Der ermittelnde Beamte war Karsten Perch gewesen und nach einer Verletzung, die sich Petermann nach seiner Verhaftung in der Arrestzelle zugezogen hatte, war er von Doktor Radicz behandelt worden. Deshalb tauchten die Nachnamen aller drei Hafner-Opfer, Strahle, Perch und Radicz, in der Akte auf. Ob es an Perchs Ermittlungen etwas auszusetzen gab, wusste Bussard nicht. Doktor Radicz hatte lediglich zwei gebrochene Fingerknöchel versorgt. Ob Petermann sich wirklich selbst verletzt hatte oder ob ihm diese Verletzung möglicherweise von einem Beamten zugefügt worden war, konnte Bussard ebenfalls nicht beurteilen, aber Radicz hatte damals sicherlich nichts getan, weshalb Hafner ihn sechzehn Jahre später ermordet hatte. Achim Strahle war überhaupt nicht in den Fall involviert gewesen, denn Georg Schmieder hatte die Anklage geführt. Der Name des Zeugen aber, der gegen Petermann ausgesagt hatte, lautete Jonas Strahle. Er war damals ebenfalls Jurastudent und damit ein Kommilitone von Petermann gewesen. Sechzehn Jahre waren seit dem Mord an dem damaligen Juraprofessor vergangen. Fünfzehn davon hatte Petermann in der Freiburger Justizvollzugsanstalt verbracht, wo er vermutlich Oliver Hafner kennengelernt hatte. Nach seiner erfolgreichen Klage vor dem Europäischen Gerichtshof gegen seine Sicherungsverwahrung war Petermann ein Jahr zuvor aus der Haft entlassen worden. Hafners Entlassung lag neun Tage zurück. Die einzige offenkundige Gemeinsamkeit zwischen den beiden war, dass es weder von dem Einen noch von dem Anderen eine Meldeadresse gab.

Neun Tage, dachte Bussard. Zwischen der Haftentlassung Hafners und der Entführung Strahles waren sogar nur sieben Tage vergangen. Die Morde an Strahle, Perch und Radicz waren generalstabsmäßig geplant gewesen. Hafner musste seine Opfer beobachtet haben. Er musste die Tagesabläufe seiner Opfer und ihre Gewohnheiten studiert haben, um zu wissen, wann er wen wo antreffen würde. Außerdem hatte er verschiedene Besorgungen zu erledigen gehabt. Eine Wäscheleine bekam man in jedem Supermarkt und eine antike Balkenwaage konnte man vermutlich in einem Trödelladen finden, doch der Kauf eines scharf geschliffenen Schwertes war schon schwieriger, ganz zu schweigen von der Schusswaffe, mit der er Perchs Knie zerschossen hatte. Eine 9mm-Automatik konnte man ohne Waffenschein nur auf dem Schwarzmarkt bekommen und es war fraglich, ob Hafner nach acht Jahren Haft über die entsprechenden Kontakte verfügte. Für die Planung und Vorbereitung der drei Morde waren sieben Tage viel zu wenig Zeit und deshalb gab es nur eine mögliche Erklärung.

Hafner hatte einen Komplizen!

11

Bussard hatte das Gefühl, als hätte jemand das Licht in seinem Kopf eingeschaltet. Die Erkenntnis, dass

Hafner einen Komplizen hatte, fegte alle Ungereimtheiten mit der Kraft eines Tsunamis davon, doch gleichzeitig stieg ein schier grenzenloser Ärger in Bussard auf. Von Anfang an waren er und seine Kollegen davon ausgegangen, dass Hafner der Täter war. Niemand hatte sich jedoch die Frage gestellt, ob Hafner über die notwendigen Fähigkeiten verfügte, eine solche Mordserie alleine zu planen und durchzuführen. Das Wissen um die Identität des Täters hatte bei den Beamten zu einer Betriebsblindheit geführt, die den erfahrenen Ermittlern eigentlich nicht hätte unterlaufen dürfen.

Der Kommissar erinnerte sich an seine beiden Gespräche mit Richie Holzhauser. *Hafner ist dumm wie Brot,* hatte der ehemalige Zellengenosse behauptet, *addiert man seinen IQ mit dem seines Bruders, dann dürfte die Summe immer noch im zweistelligen Bereich liegen.* Die Organisation der Morde und das perfekte Timing überstiegen Hafners geistige Fähigkeiten. Der Urheber der Anrufe, die durch eine elektronisch verzerrte Stimme übermittelt worden waren, konnte Hafner ebenfalls nicht sein. Wortwahl und Satzbau passten nicht zu einem tumben Schläger, der kaum seinen eigenen Namen unfallfrei schreiben konnte. Hafner war lediglich der Handlanger gewesen, der auf Anweisung seines Komplizen gehandelt hatte. Auch die exotisch anmutende Foltermethode mit den Metalldornen unter den Fingernägeln war sicherlich nicht seinem Hirn entsprungen. Hafner hatte lediglich die Drecksarbeit gemacht. Er hatte das Geld von Strahles Konto abgehoben und dabei seinen Fingerabdruck hinterlassen. Er hatte auch Strahles Wagen angezündet und in unmittelbarer Nähe des Tatorts eine Zigarettenkippe mit seinen DNA-Spuren achtlos weggeworfen. In den Häusern von Perch und Radicz hingegen hatten die Kriminaltechniker keinerlei Spuren sicherstellen können, die vom Täter stammten. Entweder war Hafners Komplize bei diesen beiden Taten selbst anwesend gewesen und hatte alle Spuren beseitigt oder er hatte den zweiten und den dritten Mord ohne Hafners Hilfe begangen. Der Komplize war ohne Frage intelligent. Sein Plan ging über die Ermordung von Strahle, Perch und Radicz hinaus, denn er verfolgte noch eine andere Absicht. Er hatte Schmieder und Bussard angerufen, um Staatsanwaltschaft und Polizei zu einer bestimmten Ermittlung zu veranlassen. Fast gegen seinen Willen war Bussard dieser Spur gefolgt und schließlich auf Petermann gestoßen. Es deutete einiges darauf hin, dass Petermann Hafners Komplize war, doch die Auswahl der Opfer erklärte sich damit noch nicht. In beiden Fällen hatte Perch ermittelt, doch im Petermann-Prozess hatte Schmieder die Anklage vertreten, während im Hafner-Prozess Strahle der Ankläger gewesen war. Außerdem sah Bussard keinen Grund, weshalb Radicz ermordet worden war. Zu Petermanns Plan, sofern er tatsächlich Hafners Komplize war, gehörte jedoch noch ein anderes Detail. Er hatte Fotos der Mordopfer an diesen Pressefotografen Preinert geschickt und damit die Ermittler enorm unter Druck gesetzt. Betrachtete man jedoch alle Komponenten dieses Falles, dann erschien manches widersinnig. Auf der einen Seite bemühte sich der große Unbekannte, alle Spuren, die ihn mit den Morden in Verbindung bringen konnten, fein säuberlich zu eliminieren und auf der anderen Seite brachte er die Ermittler selbst auf seine Fährte. Das Ganze war wie ein Gordischer Knoten und Bussard hatte das Schwert noch nicht gefunden, mit dem er ihn zerschlagen konnte. Eine weitere Unbekannte dieser fast schon mysteriösen Geschichte war Sylvia, die diesen Fall umkreiste wie ein periodisch wiederkehrender Komet. Sie war an zwei Tatorten aufgetaucht, um danach wieder in der Versenkung zu verschwinden. Bussard hatte nicht die leiseste Ahnung, welche Rolle die LKA-Beamtin spielte. Da sie sich die Petermann-Akte aus dem Archiv besorgt hatte, wusste sie, dass es eine Verbindung zu den Hafner-Morden gab, doch sie verweigerte jede Zusammenarbeit. Sie meldete sich nicht und blieb für ihn nicht erreichbar.

Das Läuten des Telefons schreckte den Kommissar auf und unterbrach seine Überlegungen. Auf dem Display erkannte er, dass es sich um einen weitergeleiteten Anruf handelte und er meldete sich mit „Bussard, Apparat Neudörfer".

„Guten Tag, mein Name ist Doktor Vandergraf, Uniklinik Freiburg. Kann ich bitte Herrn Neudörfer sprechen?"

„Herr Neudörfer ist nicht mehr im Haus", erwiderte Bussard. „Ich nehme an, dass Sie wegen Oliver Hafner anrufen."

„Darf ich fragen, wer Sie sind?"

„Kriminalhauptkommissar Bussard, ich vertrete Herrn Neudörfer."

Der Anrufer zögerte einen Augenblick.

„Nun gut, Herr Bussard", sagte er schließlich, „ich muss Ihnen leider mitteilen, dass Oliver Hafner vor wenigen Minuten verstorben ist."

„Hafner ist tot?", fragte Bussard überrascht.

„Wir haben alles versucht", rechtfertigte sich der Arzt, „aber der Patient war bei seiner Einlieferung in einem sehr schlechten Zustand. Er hatte durch die Schussverletzung ziemlich viel Blut verloren. Sein Blutalkoholgehalt lag bei 1,8 Promille und ich vermute, dass er auch unter dem Einfluss von Drogen stand, möglicherweise Amphetamine. Das werden wir genau wissen, wenn die Laborergebnisse vorliegen. Wir konnten zwar die Blutung stoppen, doch letztlich hatten wir keine Chance, sein Leben zu retten, denn die Sepsis war schon zu weit fortgeschritten. Es tut mir leid."

„Sepsis", fragte Bussard, der das Wort zwar kannte, aber nicht wusste, was es bedeutete, „was ist eine Sepsis?"

„Eine Sepsis ist eine Entzündungsreaktion des Organismus auf eine Infektion durch Bakterien, deren Toxine oder Pilze", erläuterte der Arzt. „Landläufig ist die Sepsis eher unter der Bezeichnung Blutvergiftung bekannt. Wenn sie früh genug erkannt wird, kann sie relativ einfach erfolgreich behandelt werden. Bei Herrn Hafner war sie allerdings bereits weit fortgeschritten und es kam zu einem multiplen Organversagen. Selbst ohne die Schussverletzung wäre er vermutlich innerhalb von vierundzwanzig Stunden an den Folgen der Sepsis gestorben."

Bussard wusste nicht, was er mit dieser Information anfangen sollte. Die Polizeikugel hatte Hafners Leben lediglich um wenige Stunden verkürzt, aber die Todesursache, die auf dem Totenschein stehen würde, war dennoch entscheidend, denn die Innere Abteilung der Polizeibehörde würde den Fall untersuchen. Vom Ergebnis ihrer Untersuchung hing die weitere berufliche Karriere der Beamtin ab, die Hafner durch einen Schuss verletzt hatte.

„Was wird auf dem Totenschein stehen?“, fragte Bussard.

„Multiples Organversagen infolge einer Sepsis“, antwortete der Arzt. „Die Schussverletzung war nicht entscheidend.“

„Danke, Doktor“, erwiderte Bussard erleichtert und wollte sich schon verabschieden, doch dann fiel ihm noch eine letzte Frage ein. „Wie hat sich Hafner eigentlich diese Sepsis zugezogen?“

Er lauschte der Erläuterung von Doktor Vandergraf, wonach sich Hafner durch eine offene Wunde an der rechten Hand mit Bakterien infiziert hatte. Die Wunde war weder desinfiziert noch ärztlich versorgt worden und als der Arzt die Wunde beschrieb, verschlug es dem Kommissar für einen Augenblick die Sprache. Die Erklärung des Mediziners wirbelte den ganzen Hafner-Fall komplett durcheinander.

„Scheiße!“, fluchte Bussard, nachdem er sich von Doktor Vandergraf verabschiedet und den Hörer aufgelegt hatte.

Er musste sich sofort mit Schmieder in Verbindung setzten. *Sie sind der Nächste auf meiner Liste,* hatte der Anrufer zu Schmieder gesagt. Der Oberstaatsanwalt war rund um die Uhr von mehreren Beamten bewacht worden, doch nach der Verhaftung Hafners, des mutmaßlichen Mörders, war diese Bewachung hinfällig geworden. Neudörfer hatte die Beamten abgezogen und alle Sonderschichten für beendet erklärt. Wer nicht nach Hause gefahren war, saß bei *Angelos* und feierte den Fahndungserfolg. Bussard rief Schmieder an, doch der Oberstaatsanwalt meldete sich weder auf seinem Handy noch auf seinem Privatanschluss.

„Verfluchter Mist", knurrte Bussard und hoffte, dass er nicht zu spät kommen würde.

Die Geschwindigkeitsbeschränkungen ignorierend jagte der Kommissar mit seinem Passat durch die Stadt Richtung Osten. Im B31-Tunnel hatte er freie Fahrt und die Tachonadel stieg anstatt der erlaubten achtzig bis auf einhundertsechzig. Nachdem er den Tunnel verlassen hatte, folgte er der vierspurig ausgebauten Bundesstraße bis zur Ausfahrt Kirchzarten, die er mit quietschenden Reifen nahm. Er bog links ab, ließ den Ort rechts liegen und fuhr weiter bis nach Stegen, wo Schmieder im Ortsteil Oberbirken ein Einfamilienhaus besaß. Seit dem Telefonat mit Doktor Vandergraf waren zwanzig Minuten vergangen. Die Sonne war bereits untergegangen und nach der kurzen Dämmerung war es schnell dunkel geworden. Die ersten Häuser von Oberbirken tauchten auf und Bussard nahm den Fuß vom Gas. Schmieders Haus war das erste am Ortseingang. Der Kommissar schaltete bis in den zweiten Gang herunter und näherte sich langsam dem Anwesen. Am Straßenrand parkte ein silberner Mercedes mit Stuttgarter Kennzeichen und Bussard schüttelte den Kopf. Er hoffte, dass ihm ein Déjà-vu-Erlebnis erspart bleiben würde, denn die letzten beiden Zusammentreffen mit Sylvia waren jeweils von einer Leiche begleitet gewesen. Mit ausgeschaltetem Licht fuhr er an dem Anwesen vorbei, um in der ersten Seitenstraße zu parken und hielt direkt hinter einem dunkelblauen Toyota Kombi. Bussard stieg aus seinem Passat aus, zog seine Dienstpistole aus dem Holster und näherte sich Schmieders Haus im Schutz der Dunkelheit. Zwei Fenster im Erdgeschoss waren erleuchtet, doch der Kommissar konnte nicht erkennen, was sich hinter den zugezogenen Gardinen verbarg. Er stieg über das niedrige Gartentor und unterdrückte einen Fluch, als die Außenbeleuchtung durch einen Impuls des Bewegungsmelders eingeschaltet wurde. Leise, aber so schnell wie möglich lief er den kurzen Weg Richtung Hauseingang, bog nach rechts ab und erreichte den schmalen Durchgang zwischen Wohnhaus und Garage. Im Schatten eines Mauervorsprungs wartete Bussard und lauschte, ob die Haustür geöffnet werden würde. Die Sekunden verrannen, doch vom Eingang des Hauses war nichts zu hören. Möglicherweise hatte niemand bemerkt, dass sich die Außenbeleuchtung eingeschaltet hatte, doch Bussard wollte sich nicht darauf verlassen. Er wartete, bis das Licht erloschen war und hoffte, dass die Rückseite des Gebäudes nicht ebenfalls mit Bewegungsmeldern ausgestattet war. Als die Dunkelheit das Haus wieder eingehüllt hatte, setzte Bussard seinen Weg fort. Nach und nach überprüfte er die Fenster im Erdgeschoss des Hauses, doch alle waren fest verschlossen. Der Terrassentür wollte er sich nicht nähern, denn im Wohnzimmer brannte Licht. Ohne ein Geräusch zu verursachen schlich er bis zu einem gemauerten Grill und spähte daran vorbei. Ein weißer Vorhang hinter der Terrassentür verhinderte, dass er klare Sicht in den Raum hatte, doch er erkannte eine schemenhafte Gestalt. Sie schien einigermaßen schlank zu sein und Bussard konnte ausschließen, dass es sich um Schmieder handelte, dessen Körperumfang in den letzten Jahren stetig zugenommen hatte. Entweder ging Sylvia in dem Raum auf und ab oder Petermann.

Bussard sah sich um. Zu seiner Linken erkannte er in der Dunkelheit eine Treppe, die zum Kellergeschoss hinunterführte. Er verließ seinen Beobachtungsposten hinter dem Grill und stieg leise die Stufen hinunter. Mit angehaltenem Atem drückte er die Klinke nach unten, lehnte seine Schulter vorsichtig gegen die Tür und spürte, wie sie unter dem Druck nachgab. Um ein mögliches Quietschen zu vermeiden, öffnete er sie nur so weit, dass er durch den Spalt schlüpfen konnte, dann schloss er behutsam die Tür. Es war stockfinster im Keller. Bussard zog sein Feuerzeug aus der Jacke und orientierte sich im schwachen Schein der kleinen Flamme. Auf der gegenüberliegenden Seite des Raumes fand er eine weitere Tür, die einen schmalen Spalt offen stand. Er lauschte, doch er hörte kein Geräusch. Mit dem Knauf seiner Waffe drückte er die Tür langsam auf und streckte sein brennendes Feuerzeug durch die Öffnung. Bei dem Raum schien es sich um den zentralen Flur des Kellergeschosses zu handeln, von dem mehrere Türen abzweigten. Am Ende des Flures konnte Bussard schemenhaft eine Treppe erkennen, die nach oben führte. So leise wie möglich ging er den Flur entlang und achtete darauf, keinen Gegenstand zu berühren, um nicht versehentlich etwas umzustoßen und damit seine Anwesenheit zu verraten. Am Ende des Flures stieg er langsam die Treppe nach oben, die an einer geschlossenen Tür endete. Bussard prägte sich die Lage der Türklinke ein, dann ließ er sein Feuerzeug erlöschen und steckte es in die Tasche. Es war wieder vollkommen finster. Kein Lichtschein drang unter der Tür durch und so wusste er, dass der Raum dahinter nicht erleuchtet war. Nach einem langen tiefen Atemzug legte er seine linke Hand auf die Türklinke und drückte sie in Zeitlupentempo nach unten. Als er den Widerstand spürte und die Klinke sich nicht weiter nach unten drücken ließ, verharrte er einen Moment. Er lauschte, doch noch immer war nichts zu hören. Für einen Augenblick spürte er seinen eigenen Herzschlag. Sein Körper war mit Adrenalin geflutet und die körpereigene Droge schärfte seine Sinne bis zum Äußersten. Bussard war sicher, dass sich Petermann im Haus aufhielt. Natürlich hätte der blaue Toyota Kombi in der Seitenstraße auch einem Anwohner gehören können, doch der Instinkt des Kommissars ließ keinen Raum für Zweifel. Er atmete ein, hielt die Luft an und drückte die Tür ganz vorsichtig zentimeterweise auf. Bussard spähte durch die Öffnung und erkannte vage den Hausflur, in dem es nicht ganz so dunkel war wie im Keller. Ein schwacher Lichtschein fiel durch die nicht ganz geschlossene Wohnzimmertür und er hörte undeutlich die Stimme eines Mannes, dessen Worte er jedoch nicht verstehen konnte. Ganz vorsichtig und behutsam setzte der Kommissar einen Fuß vor den anderen, bis er an der Wohnzimmertür stand. Die Stimme, die er hörte, kam ihm nicht unbekannt vor, doch er wusste nicht, wem er sie zuordnen sollte.

„Nun, Herr Schmieder, erzählen Sie mir, was Sie heute gemacht haben."

„Was? Wieso?"

Die beiden Frageworte hatte Schmieder gesprochen. Bussard erkannte dessen Stimme, also war der Oberstaatsanwalt noch am Leben.

„Berichten Sie mir von Ihrem Tag!"

Bussard kannte diese Stimme, aber es wollte ihm kein passendes Gesicht dazu einfallen. Sie klang ruhig, abgeklärt und fast ein wenig amüsiert, auch wenn die Autorität des Sprechers nicht zu überhören war. Er beherrschte die Situation. Entweder befand sich Schmieder in einer hilflosen Lage oder der Sprecher war bewaffnet. Wahrscheinlich beides, dachte Bussard. Lautlos beugte er sich vor und brachte ein Auge an den hell erleuchteten Spalt. Der Raum war tatsächlich Schmieders Wohnzimmer und Bussard konnte einen schmalen Streifen überblicken, doch er sah lediglich die Rückseite einer Couch und einen Blumenstrauß, der in einer Vase auf dem Wohnzimmertisch zu stehen schien.

„Ich weiß nicht, was das soll", sagte Schmieder mit belegter Stimme. „Warum wollen Sie wissen, was ich heute gemacht habe?"

„Ehrlich gesagt interessiert es mich überhaupt nicht, aber Sie sollten diesen Tag in Erinnerung behalten. Ihr Leben wird sich dramatisch verändern."

Plötzlich erkannte Bussard eine Gestalt, die langsam durch sein Blickfeld ging. Es war nicht Schmieder und der Kommissar reagierte ohne nachzudenken. Er stieß die Tür auf und zielte mit seiner Waffe auf den Mann.

„Polizei! Keine Bewegung!"

Vom plötzlichen Auftauchen des Kommissars überrascht drehte der Mann den Kopf. Bussard hatte ein Foto von Petermann gesehen, das sechzehn Jahre zuvor bei dessen Verhaftung aufgenommen worden war. Er erkannte ihn wieder, doch in diesem Erkennen schwang noch etwas anderes mit. Petermann war mittelgroß, hatte kurz geschnittene, dunkelblonde Haare und war glatt rasiert. Er trug eine dunkle Windjacke und schwarze Jeans. Seine Hände steckten in schwarzen Lederhandschuhen und in seiner Rechten hielt er eine Automatik, mit der er auf Schmieder zielte. Aus dem Augenwinkel erkannte der Kommissar, dass der Oberstaatsanwalt mit nach hinten gestreckten Armen in einem Sessel saß. Bussard vermutete, dass Schmieders Hände auf dem Rücken gefesselt waren, doch seine Konzentration galt Petermann, der sich von seiner Überraschung schnell erholt hatte.

„Ah, Kommissar Bussard!“

Bussard hielt seine Dienstpistole mit beiden Händen und zielte auf Petermanns Brust.

„Legen Sie Ihre Waffe auf den Boden und nehmen Sie die Hände hoch!“

„Diesen Satz habe ich heute schon einmal gehört“, erwiderte Petermann, ohne seine Haltung zu verändern. „Eigentlich sogar viermal. Ich hatte das Vergnügen, eine amüsante Szene beobachten zu können. Fairerweise muss ich zugeben, dass ich mich versteckt hatte, um dieses Schauspiel zu genießen.“

„Legen Sie Ihre Waffe auf den Boden und nehmen Sie die Hände hoch!“

„Seltsam“, sagte Petermann und lächelte, „Ihr Kollege hat diesen Satz auch wiederholt, als er Hafner verhaften wollte und auch die junge Beamtin hat zweimal exakt die gleichen Worte gewählt, bevor sie Hafner niedergeschossen hat. Hat er eigentlich überlebt?“

Ohne den Kommissar aus den Augen zu lassen, ging Petermann zwei Schritte zur Seite, während er mit seiner Waffe auf Schmieders Kopf zielte.

„Zum letzten Mal, Petermann! Legen Sie die Waffe auf den Boden und heben Sie die Hände hoch!“

„Jetzt haben Sie Ihr Sprüchlein auch dreimal aufgesagt, Herr Bussard. Und nun? Eigentlich müssten Sie jetzt auf mich schießen, doch das ist nicht ohne Risiko. Wenn Sie mich treffen, könnte mein Körper verkrampfen und wenn ich dann den Zeigefinger beuge, würde das Hirn des Oberstaatsanwalts diesen schönen Sessel hier besudeln. Für Sie und Ihre berufliche Zukunft wäre ein weiteres Opfer wohl ziemlich unangenehm, nicht wahr? Das liegt sicherlich nicht in Ihrem Interesse und so könnte man wohl von einem Patt sprechen.“

Bussard wusste, dass die Chance, Schmieders Leben durch einen gezielten Schuss zu retten, bei fünfzig Prozent lag. Selbst tödlich getroffen konnte Petermann noch einen Schuss abfeuern. Die Mündung seiner Waffe zeigte genau auf Schmieders linke Schläfe und der Kommissar entschied, erst einmal auf Zeit zu spielen. Er nahm nicht an, dass Petermann ihn erschießen wollte, denn sonst hätte Petermann sofort gefeuert, als Bussard die Tür geöffnet hatte. Es bestand keine unmittelbare Gefahr, auch wenn sich zwei Männer mit schussbereiten Waffen gegenüberstanden. Petermann verfolgte eine ganz bestimmte Absicht. Er wirkte weder nervös noch angespannt und es schien auch nicht so, als ob er unter dem Druck der Situation zu einer unbedachten Reaktion neigen würde.

„Wie wäre es, wenn Sie die Waffe auf den Boden legen würden?", fragte Petermann.

„Keine Chance", antwortete Bussard und schüttelte unmerklich den Kopf, „das hier ist kein Vorabendkrimi und ich bin kein Schauspieler. Ich werde meine Waffe auf keinen Fall aus der Hand legen."

Petermann zuckte mit den Schultern. Es schien ihn überhaupt nicht zu stören, dass Bussards Waffe auf ihn gerichtet war.

„Sie sind also Schmieders bester Mann", stellte er anerkennend fest, „und ich muss sagen, dass ich nicht erwartet habe, Sie hier zu treffen. Kompliment, Herr Bussard! Ich hätte nicht gedacht, dass wir uns noch einmal wiedersehen würden."

Bussards Augenbrauen zuckten für einen Moment. Petermann hatte von „wiedersehen" gesprochen und das Wort löste etwas aus, das der Kommissar aber noch nicht richtig fassen konnte.

„Wiedersehen?", fragte er.

„Spielen Sie Scrabble, Herr Bussard?"

Der plötzliche Themenwechsel verblüffte den Kommissar und er wusste nicht, worauf Petermann hinaus wollte.

„Scrabble?"

„Das Spiel, bei dem man aus einzelnen Buchstaben Wörter bildet. Dabei kann man aus den gegebenen Buchstaben oft die unterschiedlichsten Worte finden. Nehmen Sie zum Beispiel die Buchstaben meines Namens, Frieder Petermann, und schütteln Sie sie kräftig durcheinander. Wenn Sie sie dann in der richtigen Reihenfolge neu formieren, erhalten Sie …"

„Manfred E. Preinert!", kombinierte Bussard.

Er hatte den angeblichen Pressefotografen anfangs nicht erkannt, weil Petermann keinen Vollbart und auch keine Brille mehr trug. Auch seine Haarfarbe hatte er verändert. Vermutlich hatte er zuvor bei ihren drei Zusammentreffen eine Perücke getragen und einen falschen Bart angeklebt.

„Bravo", sagte Petermann und nickte, „obwohl das eigentlich nicht so schwierig war."

Die Dreistigkeit Petermanns machte Bussard sprachlos. Der Mörder war seelenruhig zu den Tatorten zurückgekehrt, um die Polizisten bei ihrer Arbeit zu beobachten. Schon bei dem ausgebrannten Mercedes hatte er Bussard angesprochen und er hatte sowohl dort als auch bei den Häusern von Perch und Radicz seine Rolle sehr überzeugend gespielt. Die simple Tarnung, eine Fotografenweste mit vielen Taschen und eine Spiegelreflexkamera, hatte genügt, um nicht aufzufallen. Die Scharade war nicht einmal besonders riskant gewesen, denn die gesamte Freiburger Polizei hatte nach Oliver Hafner gefahndet. Nur Sylvia Harter war auf der Spur von Petermann gewesen. Beim Gedanken an seine ehemalige Kollegin fiel Bussard siedendheiß ein, dass in Schmieders Wohnzimmer mindestens vier Personen fehlten.

„Wo sind Frau Schmieder und die Kinder?", fragte Bussard.

Petermann stieß den Oberstaatsanwalt leicht mit der Waffe gegen den Kopf.

„Meine Frau ist mit den Kindern zu ihrer Mutter gefahren", antwortete Schmieder. „Sie sind in Sicherheit."

„Und wo ist Sylvia?"

„Sylvia?", wiederholte Petermann fragend und hob die Augenbrauen, doch dann nickte er lächelnd. „Sie meinen die LKA-Beamtin, nicht wahr?"

„Wo ist sie?", fragte Bussard noch einmal, dessen Stimme eine Spur schärfer geworden war.

„Ich versichere Ihnen, dass ich kein Mann bin, der Frauen schlägt", antwortete Petermann und deutete mit einem Kopfnicken zur Couch, „aber in diesem besonderen Fall musste ich eine Ausnahme machen. Frau Harter war, wie man so sagt, zur falschen Zeit am falschen Ort. Im Augenblick geht sie vermutlich in den Gärten Nirwanas spazieren. Wenn sie wieder aufwacht, wird sie wahrscheinlich ziemliche Kopfschmerzen haben. Das tut mir ehrlich leid und ich würde mich freuen, wenn Sie ihr meine Entschuldigung übermitteln würden."

Bussard ging langsam zur Seite, bis er die Sitzfläche der Couch sehen konnte. Sylvia lag auf dem Bauch. Ihre Hände waren auf dem Rücken gefesselt und sie bewegte sich nicht. Der Kommissar beobachtete sie einige Augenblicke und bemerkte, dass sich ihr Brustkorb hob und senkte. Erleichtert stellte er fest, dass sie noch am Leben war.

„Zufrieden?", fragte Petermann.

„Nein", antwortete Bussard, „ich bin erst zufrieden, wenn die Handschellen klicken."

Petermann beobachtete Bussard abwartend und nickte schließlich.

„Das verstehe ich durchaus, Herr Bussard, aber Sie werden auch verstehen, dass ich Ihrem Wunsch nicht nachkommen kann."

„Und? Was wollen Sie jetzt tun?"

„Ich habe eine längere Reise geplant."

„Daraus wird nichts werden, Petermann. Sie wissen so gut wie ich, dass Sie keine Chance haben."

Petermann schüttelte den Kopf und in seinem Gesicht stand fast so etwas wie Bedauern.

„Wenn Sie mir jetzt noch erzählen, dass das Haus umstellt ist, dann enttäuschen Sie mich wirklich, Herr Bussard. Man könnte fast den Eindruck haben, wir würden uns gegenseitig unterschätzen. Sie sind hier aufgetaucht, obwohl ich Sie nicht erwartet habe, jedenfalls nicht so schnell, und Sie scheinen zu glauben, dass ich jetzt aufgeben würde. Wir müssen unsere Beziehung wohl noch einmal überdenken, bevor wir auseinandergehen."

Bussard betrachtete Schmieder, der zusammengesunken im Sessel saß. Der Oberstaatsanwalt war blass und auf seiner Stirn hatte sich ein feuchter Film gebildet. Sein Atem ging keuchend, während eine einzelne Schweißperle an seiner Schläfe herabrann. In seinen Augen stand die nackte Angst. Der Kommissar wusste noch nicht, wie er die Geisel befreien konnte. Petermann agierte ruhig und besonnen. Seine Eloquenz verriet, wie intelligent er war und um die Situation nicht eskalieren zu lassen, bediente er sich einer ausgesuchten Höflichkeit. Er gab sich keine Blöße und Bussard konnte nicht einschätzen, welchen Verlauf die Ereignisse nehmen würden. Petermann hatte einen Plan, denn seine Selbstsicherheit war nicht aufgesetzt. Er wusste, was er wollte und er hatte sicherlich eine konkrete Vorstellung davon, wie er das bekommen würde. Obwohl sein Leben von Bussards Waffe bedroht wurde, schien er die Unterhaltung mit dem Kommissar zu genießen und Bussard beschloss, ihm diesen Gefallen zu tun.

„Also gut, Petermann, lassen Sie uns alle Unklarheiten beseitigen, bevor wir auseinandergehen. Erzählen Sie mir, was Sie veranlasst hat, vier Menschen zu töten."

„Vier?"

„Oliver Hafner erlag heute Abend seinen Verletzungen."

„Hafner ist tot?", fragte Petermann und nickte. „Naja, Sie werden mir vielleicht zustimmen, dass es nicht schade um ihn war. Die Kugel, die er sich eingefangen hat, stammte nicht aus meiner Waffe und ich hatte auch nicht den Finger am Abzug. Falls Sie mir den Mord aber trotzdem anhängen wollen, um Ihrer sympathischen jungen Kollegin einen Gefallen zu tun, dann stört mich das nicht."

„Weil Sie ohnehin drei sinnlose Morde begangen haben?"

„Hafners Tod war ein Kollateralschaden. So etwas kommt vor und es traf auch, wie Sie wissen, keinen Unschuldigen. Hafner wäre früher oder später selbst zum Mörder geworden. Irgendwann hätte er jemanden umgebracht, aber ich will hier nicht vom Thema abschweifen. Sie haben meine Spur gefunden, aber ich habe den Eindruck, dass Sie die Zusammenhänge nicht verstehen, sonst würden Sie die Morde nicht als sinnlos bezeichnen."

„Ein Mord ist immer sinnlos", widersprach Bussard.

Er hatte Petermann richtig eingeschätzt und ihn zum Reden animiert. Der Kommissar wusste, dass er nun die ganze Geschichte erfahren würde. Er musste nur abwarten und zuhören. Was nach dem Ende der Geschichte geschehen würde, stand allerdings noch in den Sternen. Niemand wusste, dass er in Schmieders Haus war, denn er war seinem Instinkt gefolgt, ohne jemanden darüber zu informieren. Die Kollegen feierten bei Angelos das erfolgreiche Ende der Fahndung nach Hafner und niemand ahnte, dass es Petermann überhaupt gab. Weder das MEK noch die Kavallerie würden in letzter Sekunde auftauchen und Bussard hoffte, dass er seinen Alleingang nicht würde bereuen müssen.

„Für die Gesellschaft ist ein Mord inakzeptabel", erklärte Petermann, „aber für einen Einzelnen sieht die Sache oft anders aus. Ein Einzelner kann durchaus gute und nachvollziehbare Gründe für einen Mord haben und ein Gericht kann einem Mörder in besonderen Fällen sogar mildernde Umstände zuerkennen."

„Sie haben drei Menschen grausam gefoltert und brutal ermordet", stellte Bussard fest. „Wie wollen Sie da auf mildernde Umstände hoffen?"

Petermann ging zwei Schritte zur Seite, bis er hinter dem Sessel von Schmieder stand. Seine Waffe zielte die ganze Zeit über auf Schmieders Kopf und als er seine neue Position eingenommen hatte, war die Mündung seiner Automatik nur Zentimeter von Schmieders rechter Schläfe entfernt.

„Das war ein Missverständnis, Herr Bussard", antwortete Petermann und schüttelte den Kopf, „meine Aussage war allgemeingültiger Natur. Ich selbst hoffe nicht auf mildernde Umstände, denn ich erwarte auch nicht, mich für die Morde vor Gericht verantworten zu müssen."

„Sie werden dieses Haus in Handschellen verlassen", kündigte Bussard an, obwohl er dessen nicht sicher war, doch Petermann hob abwehrend die Hand.

„Wenn Sie nichts dagegen haben, Herr Bussard, verschieben wir diesen Punkt auf später. Nehmen Sie Platz und machen Sie es sich gemütlich. Ich verspreche Ihnen eine sehr unterhaltsame Geschichte."

„Ich stehe lieber."

„Ganz wie es Ihnen beliebt."

Ohne Bussard aus den Augen zu lassen, beugte Petermann sich vor und brachte seinen Mund in die Nähe von Schmieders Ohr.

„Möchten Sie Herrn Bussard die Geschichte erzählen, Herr Schmieder?"

„Fahren Sie zur Hölle, Petermann", keuchte Schmieder, hob seinen Blick und sah Bussard an. „Glauben Sie ihm kein Wort! Er ist ein Mörder und will seinen Kopf aus der Schlinge ziehen! Lassen Sie sich nicht von ihm einwickeln!"

„Ein Mörder", wiederholte Petermann und richtete sich auf, „richtig, ich bin ein verurteilter Mörder. Fünfzehn Jahre habe ich deshalb im Gefängnis verbracht. Wenn ich nicht vor dem Europäischen Gerichtshof gegen meine Sicherungsverwahrung geklagt hätte, würde ich jetzt noch hinter Gittern sitzen, ohne Aussicht auf Entlassung."

„Sie haben Ihren Juraprofessor erschossen", erklärte Bussard und Petermann nickte.

„Ja, davon war das Gericht überzeugt. Sie wissen, dass ich selbst Jura studiert habe. Damals war mir das noch nicht bewusst, doch heute weiß ich, dass die Gerechtigkeit ein seltener Gast in den Gerichtssälen der Welt ist. Vor Gericht bekommen Sie kein Recht, sondern ein Urteil."

„Wollen Sie damit andeuten, dass Sie unschuldig verurteilt wurden?"

„Nein, das will ich damit nicht andeuten …"

Für einen kurzen Moment veränderte sich Petermanns Mimik. Der entspannte Ausdruck wich einem Blick aus zornfunkelnden Augen.

„… denn das war keine Andeutung, Herr Bussard. Das Gericht hat mich damals verurteilt, doch meine Schuld stand schon vor Prozessbeginn fest."

„Wie kann Ihre Schuld schon vor Prozessbeginn festgestanden haben?"

„Sie wären jetzt nicht hier, wenn Sie sich nicht mit meinem Fall beschäftigt hätten", kombinierte Petermann und der entspannte Ausdruck kehrte in sein Gesicht zurück. „Sie kennen meine Akte. Das ist die offizielle Version, aber ich gehe davon aus, dass sie in Kürze revidiert werden wird."

„Warum?"

„Weil es noch eine andere Version gibt, meine!"

Petermanns Stimme war für einen Augenblick schärfer geworden. Er streckte seinen Rücken durch und brachte seinen Unterarm näher an seinen Körper heran. Bussard konnte die Automatik nicht mehr sehen, weil sie nun durch Schmieders Kopf seinem Blick verborgen war, doch Petermanns Armhaltung verriet, dass die Mündung jetzt auf Schmieders Genick zielte.

„Das Strafrecht hat mich schon immer mehr interessiert als das Bürgerliche Recht", berichtete Petermann und verfiel wieder in seinen leichten Plauderton, „aber im Wintersemester 1997 musste ich trotzdem eine Arbeit über das Bürgerliche Recht schreiben. Ich war nicht gut vorbereitet und deshalb habe ich diese Arbeit in den Sand gesetzt. Kurz vor Ende des Semesters wollte ich Professor Dannemann aufsuchen, um mit ihm über das folgende Semester zu sprechen. Ich brauchte diesen Schein, aber ich wollte mir das ganze Seminar nicht noch einmal antun. Meine Vorstellung war, kurz vor Ende des Sommersemesters einzusteigen und die Prüfung zu wiederholen. Mit diesem Gedanken suchte ich also Professor Dannemann auf, doch er war von meiner Idee alles andere als begeistert. Er bestand darauf, dass ich im Sommersemester wie jeder andere Student das Seminar wöchentlich zu besuchen hatte, um am Ende nach einer bestandenen Prüfung meinen benötigten Schein zu erhalten. Wir hatten zwei konträre Positionen eingenommen und es gelang uns nicht, einen Kompromiss zu finden. Zu meinem Pech, wie sich später herausstellte, begannen wir, lautstark zu streiten. Am Ende verließ ich sein Büro ziemlich wütend und warf die Tür hinter mir zu. Natürlich achtete ich nicht darauf, wer sich in diesem Augenblick auf dem Flur vor Dannemanns Büro aufgehalten und den Streit mit angehört hatte. Ich fuhr zu meiner damaligen Freundin und berichtete ihr von dem Streit. Wir rauchten einen Joint und schliefen miteinander. Danach war mein Ärger verflogen. Als sie gegen neunzehn Uhr zur Arbeit musste, fuhr ich nach Hause in meine Studentenbude. Keine zehn Minuten später läutete es an meiner Tür. Ich öffnete und vor mir stand Jonas, ein Kommilitone, der sein Studium zur gleichen Zeit begonnen hatte wie ich. Wir kannten uns flüchtig aus diversen Vorlesungen und Seminaren, doch wir hatten privat nichts miteinander zu tun. Deshalb war ich auch überrascht, als er so plötzlich vor meiner Wohnungstür stand. Ich bat ihn herein und meine Überraschung wuchs noch weiter, als er plötzlich einen Revolver aus seiner Jacke zog. Es war wie gesagt Ende Januar und so wunderte ich mich auch nicht darüber, dass er Handschuhe trug. Er drückte mir den Revolver in die Hand und ermahnte mich, vorsichtig zu sein, weil der Revolver geladen war. Auf meine Frage, was es mit der Waffe auf sich habe, antwortete er, dass er in Schwierigkeiten sei und man den Revolver auf keinen Fall bei ihm finden dürfe. Ich sollte ihn deshalb für ein, zwei Tage verwahren und niemandem davon erzählen, bis er ihn wieder abgeholt haben würde. Ich war so perplex, dass ich nicht einmal protestierte. Außerdem war es ziemlich aufregend, so unerwartet eine geladene Waffe zu besitzen. Jonas versicherte mir, dass ich keine Schwierigkeiten zu befürchten hätte, weil wir ohnehin nicht viel miteinander zu tun hatten und niemand die Waffe bei mir vermuten würde. Ich fragte ihn noch einmal, was es mit der Waffe auf sich habe, doch er schüttelte nur den Kopf und erklärte, dass es besser sei, wenn ich das nicht wüsste. Er stellte mir sogar eine Belohnung für den Freundschaftsdienst in Aussicht, ohne diese Belohnung jedoch näher zu spezifizieren. Jonas dankte mir und verschwand so schnell wie er gekommen war. Kopfschüttelnd und auch ein wenig aufgeregt ging ich in meine Küche und setzte mich an den Tisch. Ich hatte nie zuvor eine scharfe Waffe in der Hand gehabt und spürte deshalb zum ersten Mal diese Faszination, die von einem Revolver ausging. Ganz vorsichtig, weil ich ja im Umgang mit Waffen völlig ungeübt war, begann ich, mir den Revolver genauer anzusehen. Ich erinnere mich noch, wie sehr mein Herz geklopft hat, als ich die Trommel öffnete, denn ich befürchtete, dass sich ungewollt ein Schuss lösen könnte. So vergingen etwa fünfzehn, zwanzig Minuten, bis es erneut an der Tür läutete. Ich ließ den Revolver auf dem Küchentisch liegen und öffnete, doch kaum hatte ich die Klinke nach unten gedrückt, stürmte ein Einsatzkommando meine Wohnung und verhaftete mich. Man warf mir vor, Professor Dannemann erschossen zu haben."

„Das sind doch Hirngespinste", keuchte Schmieder und sah Bussard an, „glauben Sie ihm kein Wort! Das Gericht hat damals … aahhh!"

Mit Daumen und Zeigefinger seiner linken Hand hatte Petermann Schmieders Ohr gepackt und schmerzhaft verdreht.

„Sie wollten die Geschichte nicht erzählen, Herr Schmieder", raunte er und zum ersten Mal hörte Bussard die Gefährlichkeit des Mannes in dessen Stimme, „also halten Sie jetzt Ihr Maul und unterbrechen Sie mich nicht mehr, sonst schieße ich Ihnen ein Ohr weg!"

Er ließ Schmieders Ohr los und tätschelte mit seiner Hand Schmieders Schulter. Als er seine Erzählung wieder aufnahm, hatte seine Stimme den gleichen leichten Plauderton wie zuvor.

„Die Anklage lautete auf Mord. Man hatte die Tatwaffe mit meinen Fingerabdrücken bei mir gefunden. Es gab Zeugen, die meinen Streit mit Dannemann gehört hatten und es gab einen Augenzeugen, der beobachtet haben wollte, wie ich mit der Waffe in der Hand Dannemanns Büro verlassen hatte. Natürlich wies ich alle Vorwürfe zurück und erklärte, dass sich der Augenzeuge geirrt haben müsse. Er musste mich mit jemandem verwechselt haben, denn ich hatte für die Tatzeit ein hieb- und stichfestes Alibi. Meine Freundin konnte bezeugen, dass ich zur fraglichen Zeit bei ihr gewesen war. Der Beamte, der mich verhörte, ein gewisser Karsten Perch, erklärte mir, dass dieses Alibi wertlos sei. Zum einen hatte ich eine sexuelle Beziehung mit der vorgeblichen Alibizeugin und zum anderen konnte mein Alibi von keiner weiteren Person bestätigt werden. Außerdem gab es diesen Augenzeugen, der mich nicht nur mit der Waffe in der Hand gesehen hatte, sondern sogar meinen Namen kannte. Dank seiner Aussage hatte man mich so schnell verhaften können."

„Der Zeuge war Jonas Strahle", bemerkte Bussard, der sich an den Namen erinnerte.

„Richtig", bestätigte Petermann, „Jonas Strahle, dessen Vater Achim der Leitende Oberstaatsanwalt war. Deshalb hat Strahle senior die Anklage gegen mich auch nicht selbst vertreten, sondern an Schmieder delegiert. Für Schmieder, einen jungen Staatsanwalt, war das ein Glücksfall. Meine Verurteilung brachte ihm nicht nur die Ernennung zum Oberstaatsanwalt ein, sondern auch die Aussicht, Strahle als Leitenden Oberstaatsanwalt nach dessen Pensionierung zu beerben. Er musste vor Gericht den Fall nur so aussehen lassen, dass es keine Zweifel an meiner Schuld gab. Das ist ihm auch wirklich gut gelungen."

„Wollen Sie damit behaupten, dass Sie Opfer einer Verschwörung wurden?", fragte Bussard, obwohl er ahnte, dass Petermann die Wahrheit sagte.

Strahle, Perch und Radicz waren tot. Petermann hätte keinen Grund gehabt, die drei Morde zu begehen, wenn er schuldig gewesen wäre.

„Sie werden sehen, dass es nicht nur eine Behauptung ist“, fuhr Petermann fort, „denn Strahle, Schmieder und Perch haben ganze Arbeit geleistet. Strahle wusste von Anfang an, dass ich unschuldig war. Ein Schmauchspurentest war negativ ausgefallen und es gab nur einen einzigen Augenzeugen, seinen Sohn, den ich mit meiner Aussage belastet hatte. Er war schon kurz davor, mich wieder freizulassen, doch dann hat ihm Jonas die wahre Geschichte erzählt. Dieses Geständnis seinem Vater gegenüber war sozusagen der Nagel zu meinem Sarg. In einem vertraulichen Gespräch unter vier Augen hat Strahle dann Schmieder angewiesen, den Fall gegen mich unter allen Umständen wasserdicht zu machen, koste es, was es wolle.“

„Woher wollen Sie das wissen“, fragte Bussard, „wenn es doch ein Gespräch unter vier Augen gewesen sein soll?“

„Strahle hat es mir selbst erzählt“, antwortete Petermann. „Ich habe ihn einer, wie man im Mittelalter zu sagen pflegte, hochnotpeinlichen Befragung unterzogen. Strahle hat Schmieder instruiert und Schmieder wiederum Perch, der nach meiner Verurteilung ebenfalls befördert wurde. Außerdem hat Perch ein Jahr später, als Gras über die Sache gewachsen war, von Strahle eine finanzielle Zuwendung erhalten.“

„Der angebliche Lottogewinn?“

„Nein, Perch hat einige Jahre später tatsächlich im Lotto gewonnen, doch der Reihe nach. Der

Schmauchspurentest war wie gesagt negativ ausgefallen. Dieser Umstand wurde jedoch damit begründet, dass ich mir nach der Tat angeblich die Hände gewaschen hatte. Drei Tage nach meiner Verhaftung präsentierte Perch plötzlich eine Jacke. Es war meine eigene, die ich allerdings nicht im Winter trug, weil sie nicht besonders warm hielt. Ich wusste, dass diese Jacke seit dem Herbst in meinem Kleiderschrank gehangen hatte, doch die Kriminaltechniker hatten auf dem rechten Ärmel frische Schmauchspuren nachgewiesen. Vor Gericht sagte Jonas später aus, dass ich diese Jacke getragen hatte, als ich nach dem Mord aus dem Büro des Professors gestürmt war. Ich wusste, dass Perch sie präpariert hatte, doch ich konnte es nicht beweisen. Am vierten Tag nach meiner Verhaftung widerrief meine Alibizeugin plötzlich und unerwartet ihre Aussage und erklärte, dass sie mir eine Gefälligkeit habe erweisen wollen. Man drückte ein Auge zu und zog sie für ihre angebliche Falschaussage nicht zur Verantwortung. Mein erster Gedanke, dass sie von Perch unter Druck gesetzt worden war, hat sich später bestätigt. Er hat sie in ihrer Wohnung aufgesucht und gedroht, sie wegen Heroinbesitzes und Prostitution zu verhaften. Barbara hatte weder mit dem einen noch dem anderen zu tun, doch Perch hat sie eingeschüchtert und erklärt, dass er schon für die notwendigen Beweise sorgen würde."

Bussard nickte nachdenklich. Für alles, was Petermann erzählte, fanden sich entsprechende Hinweise in der Ermittlungsakte. Jonas Strahle hatte gegen Petermann ausgesagt und ihn schwer belastet. Bei einer Gegenüberstellung hatte er ihn außerdem zweifelsfrei identifiziert. Petermann war durch die Aussage von seiner Freundin Barbara Stadler zuerst entlastet worden, doch die Alibizeugin hatte ihre Aussage später widerrufen. In der Akte fanden sich sowohl die Aussage als auch der Widerruf und beide Dokumente trugen die Unterschrift von Barbara Stadler. Das negative Ergebnis des Schmauchspurentests, den man an Petermanns Hand vorgenommen hatte, war ebenso dokumentiert wie die Jacke, die Smirna positiv auf Pulverrückstände getestet hatte. Bussard spürte, wie sich seine Nackenhaare sträubten. Auch wenn es keine Beweise für Petermanns Version der Geschichte gab, so zweifelte der Kommissar nicht an ihrer Richtigkeit. In zwanzig Dienstjahren als Kriminalbeamter hatte er ein untrügliches Gespür dafür entwickelt, wann jemand log und wann jemand die Wahrheit sagte. Was er sich aber weder vorstellen wollte noch konnte, war die Tatsache, dass Smirna in die Verschwörung verwickelt gewesen war. Bussard kannte den Leiter der Kriminaltechnik seit vielen Jahren. Ihre Beziehung war zwar nicht gerade der Inbegriff einer Männerfreundschaft, doch die beiden Kollegen mochten und schätzten sich gegenseitig. Smirna war ein gemütlicher, aber stets offener und ehrlicher Mensch, der etwas von seinem Job verstand und seine Arbeit immer gewissenhaft erledigte. Dass er mitgeholfen hatte, einen Mörder ungeschoren laufen zu lassen und einen Unschuldigen zu verurteilen, war für Bussard undenkbar und der Kommissar musste erst einmal tief durchatmen, bevor er die verhängnisvolle Frage stellen konnte.

„Warum haben Sie den Kriminaltechniker, der die Schmauchspuren auf Ihrer Jacke nachgewiesen hat, nicht auch ermordet?"

„Weil er nichts damit zu tun hatte", antwortete Petermann leichthin. „Perch hatte meine Jacke präpariert und erklärt, dass er sie in diesem Zustand in meiner Wohnung sichergestellt hätte. Es war nicht nötig gewesen, den Kriminaltechniker einzuweihen, ganz im Gegenteil. Man hat einfach darauf gewartet, dass er seinen Job machte und ahnungslos wie er war, hat er dann auch prompt das gewünschte Ergebnis geliefert."

Bussard spürte, wie ihm ein Stein vom Herzen fiel. Er hatte sich in Smirna nicht getäuscht. Wenn er noch einen Zweifel an Petermanns Geschichte gehabt hätte, wäre er durch diese Erklärung weggewischt worden. Eine ganz andere Frage war jedoch noch völlig ungeklärt.

„Was hat Radicz mit dieser ganzen Geschichte zu tun? Warum haben Sie ihn ermordet?"

„Radicz war eine miese, kleine Ratte", antwortete Petermann und verzog angewidert das Gesicht. „Er war korrupt und ließ sich seine Atteste mit Geld oder Sex bezahlen."

„Aber welche Rolle hat er in Ihrem Fall gespielt?"

Eine Weile sah Petermann den Kommissar nachdenklich an, dann schüttelte er schließlich den Kopf.

„Ich sagte schon, dass Strahle, Schmieder und Perch ganze Arbeit geleistet haben", berichtete er. „Sie hatten Beweise gefälscht, eine Zeugin unter Druck gesetzt und alles dafür getan, dass ich für den Mord an Dannemann verurteilt wurde. Eine Haftstrafe von zwölf bis fünfzehn Jahren stand im Raum, doch das war noch nicht genug. Irgendwann würde ich wieder entlassen werden und sie befürchteten, dass ich dann versuchen würde, den Fall neu aufzurollen. Immerhin hatte ich selbst Jura studiert und später meinen Abschluss während meiner Haftstrafe nachgeholt. Um eine Wiederaufnahme des Verfahrens gleich von Anfang an im Keim zu ersticken, brauchten sie eine perfide Idee und so kam Doktor Schiwago ins Spiel. Strahle wusste über Radicz Bescheid und daher war es relativ einfach, eine Vereinbarung zu treffen, die beiden nützte. Radicz sollte Strahle einen Gefallen erweisen und Strahle würde als Gegenleistung seine Hand schützend über den korrupten Amtsarzt halten, falls Radicz Ärger mit den Behörden bekommen sollte. Während der ersten Tage meiner Untersuchungshaft hat Radicz mir ein Medikament verabreicht. Ich habe es nicht bemerkt, denn er hat es unter das Essen mischen lassen. Es war relativ einfach zu erklären, dass ich auf das Medikament angewiesen sei, mich aber weigern würde, es einzunehmen. Irgendwelche Nachfragen gab es deshalb nicht. Außerdem wurde die Aktion ohnehin von Strahle und Schmieder gedeckt."

In der Ermittlungsakte hatte Bussard gelesen, dass Radicz während Petermanns Untersuchungshaft dessen gebrochene Fingerknöchel behandelt hatte. Der Kommissar konnte sich nicht vorstellen, wie es möglich sein sollte, eine spätere Wiederaufnahme des Verfahrens durch Verabreichung eines Medikaments zu erreichen.

„Was hat Radicz Ihnen unter das Essen mischen lassen?", fragte er.

„Das Medikament heißt FLUCTIN", erläuterte Petermann. „Es enthält einen Wirkstoff namens Fluoxetin. Das ist ein selektiver Serotonin-Wiederaufnahme-Hemmer. Man verschreibt FLUCTIN eigentlich als Gemütsaufheller bei Depressionen, doch diese Glückspillen können zu Aggressionen führen und das war bei mir leider der Fall. Ich war wütend, weil ich unschuldig eingesperrt war und hatte nicht die leiseste Ahnung, dass ich unter dem Einfluss eines Medikaments stand. Vielleicht habe ich mich gewundert, dass ich anfing, in meiner Zelle zu randalieren, weil das eigentlich nicht meiner Art entsprach, doch die meiste Zeit habe ich darüber nachgedacht, wie ich meine Unschuld beweisen könnte. Meine Wutausbrüche blieben jedoch nicht ohne Folgen. Eine kleine Verletzung an meiner Hand war kaum der Rede wert, doch mein aggressives Verhalten und die Gewalt, mit der ich meine Zelle demolierte, lieferten Schmieder und Radicz genau die Vorlage, die sie benötigten. Sie beauftragten einen Gutachter mit der Erstellung eines psychologischen Profils. Auch ihn musste Schmieder nicht in den Plan einweihen, denn mein Verhalten sprach für sich. Der Gutachter kam zu dem Ergebnis, dass ich eine Gefahr für mich und andere darstellte und empfahl die Einweisung in eine psychiatrische Klinik. Dass er diese Einweisung anstelle einer Haftstrafe meinte, kam vor Gericht nicht zur Sprache, denn Schmieder nutzte dieses Gutachten sehr geschickt. Ich selbst war damals dumm genug, dem Rat meines Anwalts zu widersprechen, denn ich wollte unter keinen Umständen in die Klappsmühle, wie man so sagt. Von meiner Unschuld überzeugt vertraute ich darauf, vor Gericht freigesprochen zu werden und ich war immer noch optimistisch, als Schmieder eine lebenslange Freiheitsstrafe und aufgrund des Gutachtens eine nachträgliche Sicherungsverwahrung forderte. Wie Sie wissen, habe ich mich gründlich geirrt und diesen Irrtum mit fünfzehn Jahren meines Lebens bezahlt."

„Er wickelt Sie um den Finger", stieß Schmieder hervor, „nichts von dem, was er sagt, entspricht der Wahrheit. Das Gericht hat damals eindeutig seine Schuld festgestellt, ohne jeden Zweifel."

„Ja, das hat es", bestätigte Petermann. „Schuldig, ohne jeden Zweifel."

Er beugte sich vor und brachte seinen Mund wieder in die Nähe von Schmieders Ohr. Obwohl er leise und drohend sprach, verstand Bussard jedes Wort.

„Mein eigenes Leben hatte gerade erst begonnen, Herr Oberstaatsanwalt. Ich hatte mein Studium aufgenommen und wollte wie fast jeder in diesem Alter die Welt verbessern. Recht und Gerechtigkeit waren hehre Ziele. Ich wollte Anwalt werden, um den Armen in ihrem Kampf gegen die Reichen zu ihrem Recht zu verhelfen. Ich wollte für die Schwachen gegen die Starken und Mächtigen dieser Welt streiten und ich glaubte bedingungslos an Justitia. Dann, von einem Tag auf den anderen, endete mein Leben. Fünfzehn Jahre lang saß ich unschuldig im Gefängnis und ich hatte fünfzehn Jahre lang Zeit, um mich in Geduld zu üben, denn ich wusste, dass ich eines Tages wieder auf freiem Fuß sein würde, um mich an denen, die mir mein Leben gestohlen hatten, zu rächen."

Justitia, dachte Bussard und nickte erneut. Die römische Göttin der Gerechtigkeit hielt ein Schwert in der einen und eine Waage in der anderen Hand. Sie wog ab und richtete, doch sie tat dies ohne Ansehen der Person, denn ihre Augen waren verbunden. Augenbinde, Schwert und Waage waren die Hinweise gewesen, die Petermann für Bussard hinterlassen hatte. Zu Beginn seiner Ermittlungen hatte sich Bussard auf das Feuer fokussiert, in dem Strahle gestorben war und irrigerweise eine Verbindung zu dem Schwert in Perchs Leichnam hergestellt. Feuer und Schwert hatten ihn an einen Erzengel denken lassen. Dass das Feuer jedoch nicht der entscheidende Hinweis gewesen war, hatte er erst bemerkt, als er sich die Tatortfotos nach dem Mord an Radicz noch einmal genauer angesehen hatte. Die Augenbinde war ihm aufgefallen, weil sich zu dem Schwert die Waage gesellt hatte und so war er selbst auf Justitia, die Göttin der Gerechtigkeit, gestoßen. Petermann hatte jedoch keine Gerechtigkeit gewollt. Die Krawatte, mit der er Strahle die Augen verbunden hatte, das Schwert in Perchs Rücken und die Waage zwischen den Füßen von Radicz waren die Insignien seiner Rache gewesen.

12

Minute um Minute verging, während Petermann alle Einzelheiten seiner Mordserie offenlegte. Bussard stellte kaum Fragen, denn Petermanns Geständnis war so detailliert und umfangreich, dass kein Punkt ungeklärt blieb. Während der Kommissar zuhörte, wurden seine Arme schwer, denn noch immer hielt er seine Waffe mit beiden Händen und zielte auf Petermann. Als der mehrfache Mörder nach einer halben Stunde seinen Bericht beendete, wusste Bussard, was sich zugetragen hatte. Warum Petermann jedoch eine Alternative nicht in Betracht gezogen hatte, wusste der Kommissar nicht.

„Sie haben doch Jura studiert", erklärte Bussard, „warum haben Sie dann Ihre juristischen Mittel nicht genutzt? Bei einer Wiederaufnahme des Verfahrens hätte man Ihre Unschuld feststellen können und Strahle, Perch und Radicz wären verurteilt worden."

Petermann lächelte nachsichtig und schüttelte den Kopf.

„Spielen Sie nicht den Naiven, Herr Bussard. Man hat alles dafür getan, dass ich schuldig gesprochen wurde. Niemand hat mir damals geglaubt. Wer hätte mir also heute glauben sollen?"

„Sie hätten es trotzdem versuchen können", widersprach Bussard. „Dabei hätten Sie nichts riskiert."

Er nahm die linke Hand von der Waffe und ließ den Arm hängen, damit das Blut leichter zirkulieren konnte und die Muskeln Zeit hatten, sich auszuruhen.

„Richtig", stimmte Petermann zu, „ich hätte nichts riskiert und nichts gewonnen. Deshalb habe ich mich für einen anderen Weg entschieden."

„Aber so haben Sie auch nichts gewonnen. Sie haben verloren, Petermann. Sie haben Ihre Niederlage sogar selbst herbeigeführt, indem Sie mich auf Ihre Spur gebracht haben."

Bussard nahm den linken Arm wieder hoch, wechselte die Waffe von der rechten in die linke

Hand und ließ den rechten Arm hängen. Petermann lächelte und Bussard erkannte ein Leuchten in Petermanns Augen.

„Ich verstehe Ihren Standpunkt durchaus, Herr Bussard, aber ich teile ihn nicht. Die Entführung von Strahle hätte schiefgehen können. Er hätte an einem Herzinfarkt sterben können, bevor ich Gelegenheit hatte, ihn zu befragen. Dann hätte ich die ganze Wahrheit niemals erfahren. Ich hätte nicht gewusst, welche Rolle Perch gespielt hat und ich hätte auch keine Kenntnis von Radicz´ Machenschaften erhalten. Das wäre eine Niederlage gewesen. Sie mit meinen Hinweisen auf meine Spur zu bringen, war zugegebenermaßen riskant und das hätte ebenfalls schiefgehen können, aber erst die Gefahr einer totalen Niederlage erhebt den Sieg zum Triumph. Sie kennen jetzt die ganze Wahrheit und so, wie ich Sie einschätze, werden Sie diese Wahrheit auch ans Licht bringen. Nebenbei bemerkt gibt es noch die Medien, die längst Blut geleckt haben und die wissen wollen, warum Hafner angeblich drei Morde begangen hat. Was wollen Sie denen antworten?"

Petermann hatte sowohl Bussard als auch die Situation richtig eingeschätzt. Seine Verhaftung würde Fragen aufwerfen und wenn er sein Geständnis wiederholte, würde die Wahrheit ohnehin ans Licht kommen. Falls man ihm glaubte, woran Bussard nach dem Bericht nicht zweifelte, dann würde das erhebliche Konsequenzen für Schmieder bedeuten, denn der Oberstaatsanwalt hatte keine Chance mehr, die Wahrheit noch länger zu unterdrücken.

„Ich denke nicht über die Medien nach", erklärte Bussard. „Das ist nicht mein Job. Ich verhafte Sie wegen der Morde an Achim Strahle, Karsten Perch und Ernst Radicz. Legen Sie Ihre Waffe auf den Boden, Petermann, und geben Sie auf!"

„Nein, Herr Bussard, das tun Sie nicht", widersprach Petermann und schüttelte den Kopf. „Jeder von uns beiden hat eine Waffe und es gibt zwei Möglichkeiten, wie wir diese Geschichte beenden können. Sie legen Ihre Waffe auf den Boden. Ich werde Sie fesseln, aber weder Ihnen noch Ihrer Kollegin vom LKA, noch Schmieder auch nur ein Haar krümmen. Ich sagte bereits, dass ich eine längere Reise geplant habe. Herr Perch war so freundlich, mir eine größere Geldsumme zu überweisen. Ich musste ihn nicht einmal darum bitten. Er wollte sich freikaufen und hat eine entsprechende Transaktion vorgenommen. In Zeiten des Online-Bankings ist das eine Sache von wenigen Minuten und ebenso schnell lässt sich das Geld von einem auf ein anderes Konto verschieben. Meine finanzielle Zukunft ist also gesichert und ich muss dem Geld nur noch hinterherfliegen. Das Ticket ist gebucht, aber die Maschine wartet nicht. Deshalb bitte ich Sie, meinem Vorschlag zuzustimmen, damit wir alle heil und unversehrt diese Angelegenheit beenden können."

Es ist so weit, dachte Bussard. Sie hatten den kritischen Punkt erreicht. Die Pattsituation musste aufgelöst werden, doch der Kommissar war nicht gewillt, den mehrfachen Mörder entkommen zu lassen.

„Das ist keine Option, Petermann", sagte er und nahm den rechten Arm wieder hoch, um die Waffe mit beiden Händen halten zu können. „Geben Sie auf! Sie werden es niemals schaffen, ein Flugzeug zu besteigen. Man wird Sie spätestens am Flughafen verhaften. Sie können nicht fliehen!"

„Wer will mich davon abhalten?", fragte Petermann achselzuckend. „Sie sind der Einzige, der die Wahrheit kennt, abgesehen von Schmieder. Ihre Kollegen glauben, dass Hafner die Morde begangen hat. Hafner ist tot und damit ist der Fall fürs Erste erledigt. Niemand sucht nach mir, zumindest nicht so lange, bis Sie sich befreit und Ihre Kollegen verständigt haben."

Bussard schüttelte den Kopf. Er war in der besseren Position, weil er mit seiner Waffe auf Petermann zielte, Petermann die Waffe aber auf Schmieder gerichtet hatte. Die größte Gefahr bestand für den Oberstaatsanwalt, der schwer atmend in seinem Sessel saß und dem die Schweißperlen vom Gesicht tropften.

„Die Alternative ist weniger elegant, Herr Bussard", kündigte Petermann an und in seinem Gesicht lag fast so etwas wie Bedauern. „Wenn wir keine einvernehmliche Einigung finden und Sie meinem Vorschlag nicht folgen wollen, gibt es nur eine andere Möglichkeit. Ich schieße auf Sie und Sie schießen auf mich. Dann wird nur einer von uns beiden diesen Raum lebend verlassen."

Bussard wusste, dass Petermann nicht bluffte. Er würde nicht wieder ins Gefängnis gehen und es war zwecklos, an sein Gewissen zu appellieren. Für ihn gab es nur totalen Triumph oder totale Niederlage. Bussard war davon überzeugt, dass Petermann seinen eigenen Tod längst einkalkuliert hatte. Für den mehrfachen Mörder war es erstrebenswerter, bei seiner Rache zu sterben anstatt aufzugeben und den Rest seines Lebens im Gefängnis zu verbringen. Trotzdem versuchte es Bussard noch einmal, denn er wollte Petermann unter keinen Umständen erschießen.

„Geben Sie auf! Das ist für alle Beteiligten …"

„… das Beste?", fragte Petermann und in seinem Blick erkannte Bussard eine leise Enttäuschung. „Schade."

Der Kommissar wusste, dass es keine Alternative mehr gab. Er hatte mehrfach versucht, Petermann zum Aufgeben zu überreden, doch nun war der Punkt erreicht, an dem es kein Zurück mehr gab. Petermann trat hinter Schmieders Sessel hervor und stellte sich daneben. Offensichtlich wollte er vermeiden, dass der Oberstaatsanwalt versehentlich von Bussards Kugel getroffen wurde.

„Leben Sie wohl, Herr Bussard!"

Er nahm seine Waffe von Schmieders Schläfe und schwenkte den Arm. Die Bewegung dauerte kaum mehr als eine Sekunde, doch Bussard genügte die Zeit, um den Abzug durchzuziehen, bevor Petermann auf ihn schoss. Von Bussards Kugel in der Brust getroffen brach Petermann zusammen. Sein Oberkörper wurde nach hinten geschleudert und er fiel auf den Rücken, ohne dabei jedoch seine Waffe loszulassen. Schmieder, der unter dem Schuss zusammengezuckt war, beugte sich zur Seite und drehte den Kopf. Petermann rang nach Luft und hob mühsam den Kopf an. Ein zufriedenes Lächeln überzog sein Gesicht, als er seinen Unterarm hob, um auf Bussard zu schießen. Der Kommissar hatte keine Wahl. Er feuerte einen zweiten Schuss ab, der Petermann ebenfalls in die Brust traf. Petermanns Arm erschlaffte, sein Kopf fiel nach hinten und die Luft entwich langsam aus seinen Lungen, während sein Blick brach. Der Tod hatte den Mörder mitgenommen, doch das Lächeln in Petermanns Gesicht hatte er zurückgelassen.

Noch immer auf Petermann zielend ging Bussard auf den Toten zu, nahm ihm die Waffe aus der Hand, sicherte sie und steckte sie in seine Jacke. Mit zwei Fingern suchte er nach dem nicht mehr vorhandenen Puls an Petermanns Halsschlagader, dann richtete er sich auf und schüttelte den Kopf.

„Dieser Bastard", keuchte Schmieder und sah Bussard auffordernd an. „Befreien Sie mich von diesen Fesseln! Meine Hände sind schon ganz taub."

Bussard sicherte seine Waffe und steckte sie in das Holster.

„Drehen Sie sich zur Seite", erwiderte er und begann, die blaue Wäscheleine aufzuknoten.

„Sie glauben doch wohl kein Wort von dem, was er gesagt hat", spekulierte der Oberstaatsanwalt.

„Warum nicht? Für mich klang das alles folgerichtig und überzeugend. Sie werden eine Menge zu erklären haben, Herr Schmieder."

Bussard hatte den Knoten gelöst und die Wäscheleine von Schmieders Handgelenken entfernt.

„Was soll das heißen?", fragte der Oberstaatsanwalt und rieb sich die schmerzenden Handgelenke, die von roten Striemen überzogen waren.

„Ich nehme Sie fest, Herr Schmieder", antwortete Bussard.

Schmieder sah den Kommissar ungläubig an.

„Sie wollen mich festnehmen?", fragte er.

„Ja", bestätigte Bussard kalt, „Sie stehen unter dem dringenden Tatverdacht, sich mit Achim Strahle, Karsten Perch und Ernst Radicz zur Vertuschung einer Straftat verabredet zu haben. Sie werden selbst wissen, ob man das Rechtsbeugung oder Beihilfe zum Mord nennt."

Bussard sah zur Couch, wo Sylvia immer noch bewusstlos und mit gefesselten Händen auf dem Bauch lag. Er wollte sich zuerst um sie kümmern, bevor er Schmieder Handschellen anlegte.

„Ich glaube, sie verkennen die Situation, Herr Bussard!"

Der Kommissar, der sich schon neben der Couch auf ein Knie niedergelassen und begonnen hatte, Sylvias Fesseln aufzuknoten, drehte überrascht den Kopf.

„Strahle, Perch und Radicz sind ebenso tot wie Petermann", fuhr Schmieder fort. „Es gibt keine Zeugen mehr, die diese absurde Geschichte bestätigen könnten."

„Ich werde den Fall neu aufrollen", kündigte Bussard an, „und ich werde Beweise finden, die Petermanns Geschichte bestätigen. Verlassen Sie sich darauf!"

Im ersten Augenblick hatte ihn Schmieders Reaktion überrascht, doch es war klar, dass der Oberstaatsanwalt versuchte, seinen Kopf aus der Schlinge ziehen. Bussard wollte jedoch dafür sorgen, dass ihm dies nicht gelang. Schmieder hatte einen Unschuldigen für fünfzehn Jahre ins Gefängnis gebracht und dafür sollte er sich vor Gericht verantworten.

„Sie verstehen das nicht, Herr Bussard", widersprach Schmieder. „Ihre Position ist denkbar ungünstig, denn ich habe Sie soeben dabei beobachtet, wie Sie Petermann ermordet haben."

Bussard verharrte mitten in der Bewegung.

„Ermordet?", fragte er und konnte kaum glauben, was Schmieder gerade gesagt hatte. „Sie ticken wohl nicht mehr richtig!"

Schmieders Gesicht verzog sich zu einer widerlichen Fratze, die sowohl seine Überheblichkeit als auch seine eiskalte Berechnung offenbarte.

„Sie wissen, dass die Innere Abteilung den Fall untersuchen wird", stellte er fest, „und ich bin der einzige Augenzeuge. Ich habe gesehen, dass Petermann sich ergeben wollte, doch Sie haben ihn niedergeschossen. Petermann lag schon kampfunfähig am Boden, doch dann haben Sie ihn mit einem zweiten, gezielten Schuss ins Herz getötet. Das ist Mord!"

*

Bussard konnte sich nicht erinnern, jemals so wütend gewesen zu sein. Eine steile Zornfalte hatte sich tief in seine Stirn eingegraben. Er hatte die Zähne zusammengebissen und eine Ader an seiner Schläfe trat deutlich unter der Haut hervor. Mit zu Fäusten geballten Händen saß er auf seiner Couch und suchte nach einem Objekt, an dem er seine Wut auslassen konnte. Er hatte große Lust, auf etwas einzuschlagen, um Dampf abzulassen, doch auf die Ursache des Übels hatte er keinen Zugriff. Am liebsten hätte er Schmieders Überheblichkeit aus dessen Gesicht geprügelt. Bussard konnte kaum fassen, dass der Oberstaatsanwalt ihn erpresste. Dass diese Erpressung auf einer dreisten Lüge basierte, schlug dem Fass den Boden aus. Der Kommissar schäumte vor Wut und wusste nicht, was er tun sollte.

„Elender Drecksack!", rief er und hieb mit der Faust auf den Tisch.

Er war so aufgebracht, dass er nicht stillsitzen konnte. Zornbebend sprang er auf und lief im Wohnzimmer auf und ab. In der Ecke stand der große Koffer mit dem Kontrabass und Bussard hatte nicht übel Lust, so lange auf das Musikinstrument einzudreschen, bis es nur noch aus Zahnstochern bestand. Wenn der Idiot von Nachbar es vergaß, war er selbst schuld.

„Du verdammter Wichser!", fauchte er und dachte wieder an Schmieder.

Der Kontrabass war unschuldig, doch die Schuld des Oberstaatsanwalts konnte der Kommissar nicht beweisen, ohne im Gegenzug für einen Mord angeklagt zu werden, den er nicht begangen hatte. Er hatte Petermann erschossen, um sein eigenes Leben zu retten und Schmieder aus der Gewalt des Geiselnehmers zu befreien. Zum Dank hatte Schmieder ihm einen Maulkorb verpasst, der Bussards Blut zum Kochen brachte. Schmieder würde nicht zögern, vor Gericht einen Meineid zu schwören. Er hatte Petermanns Verurteilung erreicht und er würde das Gleiche auch bei Bussard versuchen. Während der Fahndung nach Hafner war die Stimmung bei den Kollegen so aufgeheizt gewesen, dass manch einer dem finalen Rettungsschuss den Vorzug vor einer Verhaftung geben wollte. Bussard befürchtete, dass dieser Umstand ihm das Genick brechen würde, weil er nach Schmieders Darstellung den Mord an einem ehemaligen Kollegen gerächt hatte. Der Oberstaatsanwalt hielt alle Trümpfe in der Hand und Bussard fragte sich, ob er aus dem

Spiel aussteigen sollte. Er wollte und konnte sich nicht vorstellen, weiterhin die Ermittlungsgruppe Gewaltverbrechen zu leiten, solange Schmieder im Amt war. Mit Anfang vierzig war er noch nicht zu alt, um noch einmal etwas Neues zu beginnen. Er konnte zu einem privaten Sicherheitsdienst wechseln oder sich als Privatdetektiv selbstständig machen. Ein Umzug in ein anderes Bundesland oder ein Job als Ausbilder in Afghanistan kam für ihn jedoch nicht infrage, denn er hatte zwei Töchter, die er so oft wie möglich sehen wollte. Als sein Handy zu läuten begann, versuchte er, es zu ignorieren. Er hatte keine Lust, mit irgendjemandem zu telefonieren. Trotzdem nahm er das Gerät aus seiner Jacke und sah auf das Display. Die Nummer des Anrufers war unterdrückt und es bestand immerhin die vage Möglichkeit, dass eine seiner Töchter versuchte, ihn zu erreichen, obwohl es schon später Abend war.

„Bussard!", bellte er.

„Hallo Bussard, hier ist Sylvia. Ich hoffe, dass ich dich nicht geweckt habe."

„Oh, Sylvia, wie geht´s dir?"

„Ich habe eine Beule am Hinterkopf und eine leichte Gehirnerschütterung, aber sonst bin ich okay."

Nach Schmieders Drohung, Bussard des Mordes zu bezichtigen, hatte sich der Kommissar um Sylvia gekümmert. Er hatte ihre Fesseln gelöst und ihr ein feuchtes Handtuch auf den Kopf gelegt. Sylvia war langsam und mit starken Kopfschmerzen aufgewacht und sie war noch benommen gewesen, als die Sanitäter eintrafen, die Bussard gerufen hatte. Man hatte sie vorsorglich in die Uniklinik gebracht, um sie zu untersuchen und eine Hirnblutung ausschließen zu können.

„Die Ärzte wollen mich noch bis morgen früh hierbehalten“, berichtete sie, „aber wir könnten uns gegen neun bei Karoline treffen und zusammen frühstücken.“

„Wozu?“, fragte er lauter als beabsichtigt. „Dein Auftrag ist streng vertraulich und da du mir sowieso nichts erzählen willst, brauchen wir uns auch nicht zu treffen.“

Es war eine unbewusste Provokation, denn Bussard wollte schon wissen, auf welche Weise Sylvia in den Fall involviert war. Er hatte mehrfach versucht, sie zu erreichen, doch sie hatte sich nicht bei ihm gemeldet und nachdem sie aus ihrer Bewusstlosigkeit aufgewacht war, hatte er keine Gelegenheit gehabt, mit ihr zu sprechen. Vielleicht hätte der Mord an Radicz verhindert werden können und vielleicht hätten weder Hafner noch Petermann sterben müssen, wenn sie von Anfang an mit offenen Karten gespielt hätte.

„Bist du sauer auf mich?“

Ja, bin ich, dachte Bussard, doch er sah ein, dass es zu nichts führte, wenn er den Beleidigten spielte. Seine Wut richtete sich gegen Schmieder, der ihn gezwungen hatte, einen frisierten Bericht der Ereignisse zu liefern, die der Oberstaatsanwalt mit seiner Zeugenaussage bestätigt hatte. Noch am Tatort hatte Schmieder den mutigen Einsatz des Kommissars herausgestellt und erklärt, Bussard für eine Belobigung vorzuschlagen, was Bussard kommentarlos, aber zähneknirschend zur Kenntnis genommen hatte.

„Na gut", stimmte er schließlich zu, „um neun bei Karoline."

„Schön, dann bis morgen früh. Schlaf gut, Bussard!"

*

Bussard hatte nicht gut geschlafen. Der Ärger hatte ihn aufgewühlt und er hatte lange Zeit wach im Bett gelegen. Stunde um Stunde hatte er sich von einer Seite auf die andere gedreht und darüber nachgedacht, ob er die richtige Entscheidung getroffen hatte. Vielleicht wäre es besser gewesen, auf Schmieders Erpressungsversuch zu pfeifen. Bussard hätte Schmieder verhaften und den Petermann-Fall neu aufrollen können. Er hätte außerdem Schmieders Darstellung, wonach Bussard Petermann vorsätzlich ermordet hatte, anzweifeln und als Falschaussage entlarven können, doch letztlich hätte sein Wort gegen das von Schmieder gestanden. Als Oberstaatsanwalt und designierter Leiter der Freiburger Anklagebehörde verfügte Schmieder jedoch über sehr viel Einfluss bei der Justiz. Bussard hatte instinktiv gewusst, dass er bei einer Konfrontation den Kürzeren ziehen würde. Eine Anklage wegen Mordes wäre die Folge gewesen. Er hatte sich geschlagen und eine Falschaussage zu Protokoll geben müssen, die ihm wie ein Wackerstein im Magen lag. Irgendwann war Bussard schließlich doch noch eingeschlafen. In wilden Träumen war er hin und her gehetzt, ohne jemals irgendwo anzukommen und als er gegen halb acht aufgewacht war, hatte er sich wie gerädert gefühlt.

Als Bussard ins Präsidium kam, klopfte man ihm von allen Seiten auf die Schulter. Der Hafner-Fall war abgeschlossen und Bussard hatte den Oberstaatsanwalt aus den Händen eines Geiselnehmers gerettet. Er war der Held des Tages und fühlte sich beschissen. Von einem Tag auf den anderen war sein Leben zur Farce geworden. Alles kam ihm falsch vor und er hatte das Gefühl, als würde er mit gezinkten Karten um seine weitere Karriere zocken. Der Kommissar war froh, dass er mit Sylvia zum Frühstück verabredet war, denn im Präsidium wurde es ihm zu eng und das Schulterklopfen der Kollegen nahm ihm den Atem. Nach einer halben Stunde verließ er das Gebäude kommentarlos, stieg in seinen Passat und fuhr zu der Wohnung von Sylvias Großmutter. Es war fünf Minuten vor neun, als Karoline ihm die Tür öffnete.

„Guten Morgen, Bussard“, begrüßte sie ihn, „komm rein!“

Mit einer Brötchentüte in der Hand betrat Bussard die Wohnung. Die alte Dame schloss die Tür hinter ihm, während das Aroma frisch gebrühten Kaffees ihn bereits im Flur empfing. Er ging in die Küche und legte die Tüte auf den Tisch, der schon für das Frühstück gedeckt war.

„Sylvia ist noch im Bad“, erklärte Karoline und wies auf einen Stuhl. „Setz dich.“

Bussard nahm Platz und lauschte dem Geräusch der alten Kaffeemaschine. Er lehnte sich zurück, verschränkte die Hände im Schoß, schloss die Augen und kramte in seinen Erinnerungen. Als er fand, wonach er gesucht hatte, sprach er leise, ohne die Augen zu öffnen.

„Der Duft frisch gebrühten Kaffees breitete sich in der Küche aus und verkündete ebenso wie die blubbernde und glucksende Maschine, dass das starke, schwarze, heiße Gebräu gleich fertig sein würde, um wieder einmal wie seit Jahrhunderten auf nahezu der ganzen Welt stummer und dennoch hilfreicher Begleiter eines aufrichtigen Gespräches zu sein, unterstützt vom Henkel der Tasse, an den man sich klammern konnte, wenn man jeden anderen Halt verloren zu haben glaubte."

„Oh, was für ein toller Satz!", lobte Karoline anerkennend.

„Ja", stimmte Bussard zu und öffnete die Augen, „diesen Satz habe ich einmal in einem Roman gelesen. Ich weiß nicht warum, aber irgendwie ist er mir in Erinnerung geblieben."

„Brauchst du einen Henkel, an den du dich klammern kannst?", fragte Sylvia.

Bussard hatte sie nicht kommen hören. Sie stand am Türrahmen, trug einen Bademantel und hatte ein Handtuch um den Kopf gewickelt.

„Vielleicht", antwortete er vage.

Der Satz aus dem Roman beschrieb seine Situation nahezu perfekt, denn er hatte das Gefühl, jeglichen Halt verloren zu haben. Ob es allerdings ein aufrichtiges Gespräch werden würde, musste sich erst noch zeigen. Sylvia setzte sich an den Tisch und Karoline goss ihnen allen Kaffee ein.

„Greift zu, Kinder", forderte die alte Dame ihre Frühstücksgäste auf und legte die Brötchen in einen Korb.

Bussard hatte keine Lust, etwas zu essen, doch der Duft der frischen Brötchen stieg ihm in die

Nase und weckte seinen Appetit. Er nahm eine Mohnstange, schnitt sie auf und bestrich sie mit Butter.

„Sylvia will mir nichts erzählen", berichtete Karoline. „Kannst du mir nicht sagen, was passiert ist?"

„Es ist nicht so, dass ich dir nichts erzählen will", verteidigte sich Sylvia, bevor Bussard antworten konnte, „aber es geht um streng vertrauliche Ermittlungen, über die ich dir nichts erzählen darf."

Karoline nahm ein Brötchen aus dem Brotkorb und warf ihrer Enkelin einen skeptischen Blick zu.

„Jaja, Staatsgeheimnisse, die einem auf den Hinterkopf fallen."

Sie sah Bussard verschwörerisch an, doch der Kommissar schüttelte nur bedauernd den Kopf.

„Mir will sie auch nichts erzählen", pflichtete er bei und biss in seine Mohnstange.

Während des Frühstücks entspann sich ein belangloses Gespräch über Geheimnisse, für die es nach Karolines Meinung keinen ungeeigneteren Ort gab als das Theater. Sie erzählte eine Anekdote über einen Kommunalpolitiker aus den siebziger Jahren und seinen vergeblichen Versuch, eine Affäre mit einer Frau geheim zu halten, die dem Lager des politischen Gegners angehört hatte. Bussard hörte nur mit halbem Ohr zu. Ihn beschäftigte die Frage, ob Sylvia ihm von ihren Ermittlungen berichten würde und er wusste noch nicht, ob er das Thema, das ihm an diesem Morgen am meisten auf den Nägeln brannte, anschneiden konnte. Solange sie Partner bei der Freiburger Kripo gewesen waren, hatten sie einander vertraut, aber seit Sylvias Wechsel zum Landeskriminalamt hatten sich die Dinge geändert.

Nach der zweiten Tasse Kaffee erklärte Karoline, dass sie einige Einkäufe zu erledigen hatte. Anders als sonst bot sich keiner ihrer beiden Frühstücksgäste an, ihr behilflich zu sein, doch Karoline wusste, dass der Kommissar und ihre Enkelin ein Gespräch unter vier Augen führen wollten, bei dem es vermutlich um Staatsgeheimnisse ging.

„Also, was ist gestern Abend passiert?", fragte Sylvia, nachdem ihre Großmutter die Wohnung verlassen hatte.

„Bevor wir das Spiel beginnen, sollten wir zuerst das Spielfeld abstecken", schlug Bussard vor und zog seinen Tabak aus der Jacke.

„Was meinst du damit?"

Bussard ließ sich Zeit mit der Antwort. Nachdenklich drehte er sich eine Zigarette und zündete sie an, während Sylvia einen Aschenbecher auf den Tisch stellte.

„Spielen wir mit offenen Karten?", fragte er.

„Ja", antwortete sie und nickte ernst, „ich weiß zwar immer noch nicht, was passiert ist, aber ich habe das Gefühl, ich müsste dir danken."

„Nicht nötig."

Sylvia trank einen Schluck Kaffee, dann setzte sie ihre Tasse ab und betrachtete ihren ehemaligen Kollegen nachdenklich.

„Warum bist du so sauer, Bussard? Du weißt doch selbst, dass man manchmal darauf verpflichtet wird, über bestimmte Angelegenheiten Stillschweigen zu bewahren. Das hatte doch nichts mit dir persönlich zu tun."

„Das nehme ich dir auch nicht krumm", antwortete er. „Du hast dich lediglich an deine Dienstanweisung gehalten."

Schon als die letzten Worte über seine Lippen gekommen waren, wusste Bussard, wie dämlich es war, die beleidigte Leberwurst zu spielen. Wenn er ein aufrichtiges Gespräch mit Sylvia führen wollte, dann musste er ebenfalls aufrichtig sein.

„Sorry", sagte er und hob entschuldigend die Hand, „du hast recht. Ich bin sauer, verdammt sauer sogar, aber nicht auf dich."

„Sondern?"

Der Kommissar zog an seiner Zigarette und ließ den Rauch durch die Nasenlöcher entweichen.

„Die letzten Tage waren ziemlich nervenaufreibend, ein einziges Desaster, aber am besten fangen wir vorne an. Die Frage ist nur, wo vorne ist."

„Wie meinst du das?"

„Das weiß ich selbst nicht so genau", antwortete Bussard und beschloss, seine Geschichte als Erster zu erzählen.

Er berichtete von der Entführung Strahles und der Vermutung, dass Oliver Hafner der Geiselnehmer gewesen sei, von der Aufforderung des ominösen Anrufers zu ermitteln, den Morden an Perch und Radicz, dem angeblichen Pressefotografen, Hafners Tod und endete mit seinen Ermittlungen, die ihn schließlich in das Haus von Schmieder und zu Petermann geführt hatten.

„Warum habt ihr geglaubt, Hafner sei der Täter?", fragte Sylvia.

„Wir hatten das Überwachungsvideo vom Geldautomaten", antwortete Bussard, „dort haben wir Hafners Fingerabdruck sichergestellt. Außerdem haben wir eine Zigarettenkippe mit seiner DNA in der Nähe von Strahles ausgebranntem Mercedes gefunden. Niemand hat geahnt, dass Petermann die Beweise für uns platziert hatte, um den Verdacht auf Hafner zu lenken."

Sylvia runzelte die Stirn und sah Bussard fragend an.

„Aber ihr habt doch Hafners Fingerabdruck sichergestellt", warf sie ein.

„Richtig", bestätigte er, „aber das beweist lediglich, dass Hafners Finger die Geheimzahl am Geldautomaten eingegeben hat und nicht, dass er selbst dort war. Das ist mir allerdings erst klar geworden, nachdem ich mit dem Arzt telefoniert hatte, der Hafner in der Uniklinik behandelt hat. Hafner starb nicht an seiner Schussverletzung, sondern ein einer Sepsis, einer Blutvergiftung."

Die LKA-Beamtin verstand die Zusammenhänge immer noch nicht, denn ein Fingerabdruck konnte nur sehr schwer manipuliert werden. Dass Hafner an einer Sepsis gestorben war, erhellte ihre Einsicht auch nicht weiter.

„Ich glaube, ich kann dir nicht ganz folgen", gestand sie.

„Petermann und Hafner kannten sich aus der JVA Freiburg, in der sie zur gleichen Zeit einsaßen", berichtete Bussard und begann, Licht ins Dunkel des Serienkiller-Falls zu bringen. „Hafner hat Petermann einmal böse zusammengeschlagen und ihn schwer verletzt, weil er glaubte, Petermann hätte ihn Olli anstatt Oliver genannt, was Hafner nicht leiden konnte. Petermann hat daraufhin mehrere Wochen auf der Krankenstation verbracht. Er wusste, wann Hafners Haftstrafe endete und hat ihn am Tag von dessen Entlassung scheinbar zufällig in der

Nähe der JVA aufgegabelt. Petermann hat Hafner entführt, ihn betäubt und in einem Keller gefangen gehalten. Mit einer Rosenschere hat er Hafners rechten Zeigefinger abgeschnitten und ihn benutzt, um am Geldautomaten einen Fingerabdruck zu hinterlassen. Dass wir lediglich einen einzigen Abdruck von Hafners rechtem Zeigefinger gefunden hatten, war nicht weiter verwunderlich, denn das Tastenfeld oder den Touchscreen eines Geldautomaten benutzt man normalerweise eben nur mit dem Zeigefinger. Nachdem wir den Abdruck sichergestellt hatten, haben wir den Fund der Zigarettenkippe mit Hafners DNA-Spuren auch nicht infrage gestellt, was wir ohne den Fingerabdruck vielleicht getan hätten. Da wir jedoch anscheinend zwei voneinander unabhängige Beweise an zwei verschiedenen Tatorten gefunden hatten, sprach alles für Hafner als Täter."

Sylvia stand auf und nahm die Kanne aus der Maschine. Sie füllte ihre Tassen und sah Bussard fragend an, der jedoch den Kopf schüttelte.

„Warum hat sich Petermann so viel Mühe gegeben, die Spur auf Hafner zu lenken, wenn er doch wollte, dass du seine Spur findest?"

„Ich glaube, dass es dafür zwei unterschiedliche Gründe gibt", antwortete Bussard. „Petermann wollte in erster Linie Zeit gewinnen, um seinen Racheplan bis zum Ende durchführen zu können. Dazu brauchte er drei Tage. Wir sollten zwar auf ihn aufmerksam werden, deshalb hat er ja mit Schmieder und mir Kontakt aufgenommen, doch eben nicht zu früh. Sein Plan sah vor, sich nach seiner Mordserie ins Ausland abzusetzen. Ich bin fast sicher, dass wir ihn niemals gefunden hätten, wenn er untergetaucht wäre."

„Und der zweite Grund?"

„Der zweite Grund", wiederholte Bussard und drückte seine Zigarettenkippe im Aschenbecher aus, „der zweite Grund war seine Eitelkeit, für die er letztlich mit seinem Leben bezahlt hat. Ich glaube, er hat dieses Spiel genossen, das er mit uns gespielt hat. Er hat nicht nur falsche Spuren gelegt, sondern sich als Pressefotograf getarnt an den Tatorten aufgehalten. Außerdem hatte er Informationen und Fotos der Morde an die *Badische Zeitung* geschickt, um uns durch die Presse noch mehr unter Druck zu setzen. Am Ende wollte er seinen Triumph auskosten. Er wollte Schmieder demütigen, seine Überlegenheit demonstrieren und dem Oberstaatsanwalt dabei ins Gesicht sehen."

„Um ihn anschließend ebenfalls hinzurichten", folgerte Sylvia, doch Bussard schüttelte den Kopf.

„Nein, Petermann wollte Schmieder nicht töten", widersprach er. „Er hatte nur vier Morde geplant. Hafner war ein Kollateralschaden, den Petermann nicht nur billigend in Kauf genommen hat, er hat damit auch eine alte Rechnung beglichen."

Wieder runzelte Sylvia die Stirn.

„Aber wer war dann das vierte Opfer?"

Bussard zog an seiner Zigarette und drückte die Kippe im Aschenbecher aus.

„Chronologisch betrachtet war das vierte Opfer das erste", antwortete er. „Jonas Strahle starb kurz vor Weihnachten in Australien bei einem Verkehrsunfall mit Fahrerflucht. Der flüchtende Fahrer konnte nie ermittelt werden."

„Woher weißt du, dass es Petermann war?“

„Er hat es mir selbst gesagt. Während du bewusstlos auf der Couch gelegen hast, hat er mir die ganze Geschichte erzählt. Petermann hat Jonas Strahle in Australien ausfindig gemacht und dessen Auto auf einer Landstraße von der Fahrbahn abgedrängt. Das Fahrzeug stürzte einen Abhang hinunter und Jonas Strahle starb noch an der Unfallstelle an seinen schweren Verletzungen. Dass Petermann Schmieder nicht ermorden wollte, hat er mir ebenfalls erzählt.“

„Warum nicht?“, fragte Sylvia überrascht. „Schmieder hatte doch einen erheblichen Anteil daran, dass Petermann im Gefängnis saß.“

„Eben und deshalb wollte Petermann den Spieß umdrehen. Er ging davon aus, dass ich die Wahrheit über den Mord an dem Juraprofessor herausfinden würde. Der Fall sollte neu aufgerollt werden und mit einer Gefängnisstrafe für Schmieder enden. Petermann wusste aus seiner eigenen 15-jährigen Erfahrung, was es bedeutet, wenn ein Staatsanwalt inhaftiert wird. Für Schmieder hätte damit die Hölle auf Erden begonnen und das wäre weitaus schlimmer gewesen als alles, was Petermann ihm sonst hätte antun können. Ich bin sicher, dass Petermann jeden einzelnen Tag genossen hätte, wenn die Dinge so gelaufen wären, wie er sich das vorgestellt hatte.“

„Aber am Ende kam es doch anders“, stellte Sylvia fest.

Stimmt, dachte Bussard, aber das eigentliche Ende kannte Sylvia noch nicht. Sie wusste nichts von Schmieders Erpressung und sie wusste ebenfalls nicht, dass es bereits eine offizielle Version der

Geschichte gab, wonach Hafner die Morde an Strahle, Perch und Radicz verübt hatte. Nach dieser Version war Petermann lediglich ein ehemaliger Strafgefangener gewesen, der versucht hatte, Schmieder zu entführen, um ein Lösegeld zu erpressen und der beim erfolgreichen Versuch der Geiselbefreiung getötet worden war.

„Jetzt würde ich gerne hören, was du mit dieser ganzen Geschichte zu tun hast", erklärte Bussard. „Wieso habe ich dich im Haus von Perch getroffen? Wieso habe ich dich in unmittelbarer Nähe des Hauses von Radicz gesehen und wieso hast du dir die Petermann-Akte aus unserem Archiv geholt?"

„Das Leben geht manchmal seltsame Wege", sinnierte Sylvia und schüttelte den Kopf. „Hätte Petermann ein paar Wochen länger gewartet, dann hätte sein Triumph nicht tödlich enden müssen, weder für ihn noch für seine Opfer."

Sie nahm eine Laugenbrezel aus dem Brotkorb, entfernte das Salz und brach ein Stück davon ab.

„Als Dannemann, dieser Juraprofessor, ermordet wurde, gab es einen aufstrebenden Staatsanwalt in Freiburg", fuhr sie fort. „Sein Name war Matthias Hofstädter und seine Beförderung zum Oberstaatsanwalt stand unmittelbar bevor. Er arbeitete nicht an dem Dannemann-Mord, doch der Fall interessierte ihn und er verfolgte die Ermittlungen. Es dauerte nicht lange und er meldete Zweifel an, denn er glaubte nicht, dass Petermann den Mord begangen hatte."

Sie biss ein kleines Stück der Brezel ab und sprach kauend weiter.

„Hofstädter äußerte seinen Verdacht gegenüber Strahle, doch der Leitende Oberstaatsanwalt bügelte ihn ab. Schmieder, zur damaligen Zeit ein junger Staatsanwalt, der allerdings noch wenig Erfahrung besaß, genieße sein vollstes Vertrauen und werde den Fall erfolgreich zum Abschluss bringen, hatte Strahle erklärt. Heute wissen wir, was Strahle zu diesem Statement bewogen hatte. Hofstädter jedoch wusste nicht, was hinter den Kulissen gespielt wurde. Der Fall ging ihn im Grunde nichts an. Er hatte seine Zweifel geäußert und damit war die Sache für ihn erledigt. Kurze Zeit später wurde Schmieder befördert und bekam den Posten des Oberstaatsanwalts. Seine Ernennung kam für alle sehr überraschend. Hofstädter, der aufstrebende Staatsanwalt, der fest mit seiner eigenen Beförderung gerechnet hatte, musste Schmieders Ernennung zum Oberstaatsanwalt ziemlich erschüttert haben. Er quittierte seinen Dienst und ging in die Politik. Im Lauf der Jahre hat er sich bis zum Staatssekretär im baden-württembergischen Justizministerium hinaufgearbeitet. Als er erfuhr, dass Strahle in Ruhestand gehen würde und Schmieder als dessen Nachfolger zum Leitenden Oberstaatsanwalt ernannt werden sollte, war es Zeit, eine alte Rechnung zu begleichen. Hofstädter, der als Staatssekretär das Ohr des Justizministers besitzt, äußerte den Verdacht, dass es einen oder mehrere dunkle Punkte in der Amtszeit von Staatsanwalt Schmieder geben könnte. Er empfahl, Schmieders beruflichen Werdegang zu durchleuchten, um sicherzustellen, dass man sich nicht ein faules Ei ins Nest legte, was später auf den Justizminister zurückfallen könnte. In Stuttgart sind die Wege ziemlich kurz und so bat der Justizminister den Innenminister um einen Gefallen. Der Innenminister wiederum wandte sich daraufhin an den Leiter des LKA, meinen obersten Chef, und wies ihn an, diskrete Ermittlungen anzustellen. Ich wurde mit diesen Ermittlungen beauftragt und bekam auch gleich das passende Stichwort mitgeliefert."

„Petermann", erriet Bussard und Sylvia nickte zustimmend.

„Ganz genau. Ich sollte den Petermann-Fall untersuchen und feststellen, ob die Staatsanwaltschaft damals saubere Arbeit geleistet hat. Falls ich nichts finden würde, dann sollte ich mir Schmieders andere Fälle vornehmen. Vom Ergebnis meiner Arbeit hängt Schmieders Ernennung zum Leitenden Oberstaatsanwalt ab, doch über den Stand meiner Ermittlungen erstatte ich lediglich meinem obersten Chef Bericht, dem ich bei diesem Fall persönlich unterstehe. Niemand sonst weiß, woran ich arbeite und ich habe natürlich strengstes Stillschweigen zu bewahren."

Wieder biss Sylvia ein Stück von ihrer Brezel ab und spülte es mit einem Schluck Kaffee hinunter.

„Ich hatte kaum Zeit, mich mit dem Fall vertraut zu machen, als Strahle entführt und ermordet wurde. Die Monate bis zu seiner Pensionierung existierten plötzlich nicht mehr und ich geriet ziemlich unter Zeitdruck. Deshalb bin ich sofort nach Freiburg gefahren, um mir die Ermittlungsakte des Petermann-Falls zu besorgen und mit Karsten zu sprechen, der damals der leitende Ermittler gewesen war. Ich hatte eine Weile mit ihm zusammengearbeitet, bevor er als Lottokönig aus dem Dienst ausschied. Als ich zu Karstens Haus kam … naja, den Rest kennst du ja."

Bussard drehte sich eine neue Zigarette und zündete sie an. Sylvias Bericht war nicht ohne Ironie, denn ausgerechnet ein ehemaliger Staatsanwalt, ein Diener Justitias, hätte Petermann triumphieren lassen können. Wenn die LKA-Beamtin die Verschwörung von damals aufgedeckt hätte, wären Strahle, Schmieder und Radicz angeklagt worden. So aber hatte Petermann seinen eigenen Plan in die Tat umgesetzt und am Ende hatte es nur Verlierer gegeben.

„Du warst auch bei Radicz", sagte Bussard.

„Stimmt, aber ich wollte nicht schon wieder an einem Tatort überrascht werden", bestätigte Sylvia. „Ich fuhr weg und rief meinen Chef an, der dann deinen Kollegen den Tipp gegeben hat. Auf den Gedanken, dass die Morde an Karsten und Radicz etwas mit Petermann zu tun haben könnten, bin ich nicht gekommen, denn es hieß ja, dass Hafner der Täter sei. Ich wollte mit Schmieder reden, doch das sollte ganz diskret geschehen. Er sollte schließlich keinen Verdacht schöpfen. Deshalb bin ich am Abend zu seinem Haus gefahren. Er hat mir die Tür geöffnet, ich ging in den Hausflur und dann bekam ich einen Schlag auf den Kopf. Als ich wieder aufgewacht bin, hast du neben mir auf der Couch gesessen und Petermann war tot."

Es ist wirklich seltsam, wie das Leben manchmal so spielt, dachte Bussard. Er wusste, dass Sylvia eine gute Ermittlerin war und die Spürnase besaß, die man brauchte, um in ihrem Beruf erfolgreich zu sein. Über kurz oder lang hätte sie die Manipulationen im Petermann-Fall aufgedeckt, doch nun waren alle Beteiligten tot.

Alle, bis auf Schmieder!

Allein der Gedanke an den Namen des Oberstaatsanwalts ließ Bussards Eingeweide rumoren. Er knirschte mit den Zähnen und einen Augenblick lang bebten seine Nasenflügel vor Zorn.

„Du hast mir noch nicht alles erzählt, oder?", fragte Sylvia.

„Wie kommst du darauf?", erwiderte Bussard.

„Du siehst gerade aus wie die Inkarnation eines Rachegottes", antwortete sie, „und ehrlich gesagt möchte ich nicht in der Haut desjenigen stecken, auf den du sauer bist."

„Ist das so offensichtlich?"

„Ja, es fehlt nur noch der Name des Delinquenten auf deiner Stirn."

Bussard trommelte mit den Fingernägeln auf der Tischplatte. Er fühlte sich wie ein brodelnder Vulkan, der kurz vor dem Ausbruch stand. Es genügte nicht, dass er sich Schmieders Erpressung fügen musste. Sylvia kannte nun zwar die Wahrheit über den alten Fall, doch falls sie laut ausgesprochen wurde, würde sie ihm das Genick brechen und das musste er verhindern.

„Wir werden Schmieder nicht drankriegen", sagte Bussard schließlich und sah seine ehemalige Kollegin mit zornfunkelnden Augen an.

„Wieso nicht?", fragte Sylvia überrascht. „Wir wissen doch, was sich damals abgespielt hat. Schmieder hat geholfen, einen Mord zu vertuschen. Ein Unschuldiger saß deswegen fünfzehn Jahre im Gefängnis. Schmieder wird sich deshalb vor Gericht verantworten müssen."

„Und wer von einem Gericht wegen eines Mordes verurteilt wird, ist ein Mörder", erwiderte Bussard düster, „unabhängig davon, ob er die Tat begangen hat oder nicht. Petermann hat diese Erfahrung gemacht und …“

Die Wut über Schmieders Erpressung ließ ihn verstummen, aber er wusste auch, dass er Sylvia davon berichten musste.

„Und?“, fragte sie, weil er nicht weitersprach.

„… und mir steht das Gleiche bevor“, antwortete er schließlich.

Bussard ballte seine Hände zu Fäusten und seine Fingernägel gruben sich in die Handflächen, während er Sylvia das Ende der Geschichte erzählte, die sich am Abend zuvor in Schmieders Haus abgespielt hatte. Fassungslos lauschte die LKA-Beamtin seinem Bericht, der damit endete, dass Bussard seinem Chef Neudörfer und seinen Kollegen die Version aufgetischt hatte, die Schmieder von ihm verlangt und auch selbst bestätigt hatte.

„Niemand weiß, was sich tatsächlich abgespielt hat?“, fragte Sylvia, obwohl sie die Antwort bereits kannte.

„Niemand außer dir“, bestätigte Bussard.

„Und für die Erpressung gibt es keinen Zeugen. Du kannst sie nicht beweisen.“

„Nein“, antwortete Bussard zähneknirschend, „der Dreckskerl hat mich ins offene Messer laufen lassen.“

13

Dumm, dumdumm, dumdumm, dumdumm …

Eigentlich war das Bassspielen gar nicht so schwierig. Es dauerte zwar eine Weile, bis man einen ungefähren Überblick darüber hatte, wo die einzelnen Töne auf dem Griffbrett lagen, doch dann konnte man ziemlich schnell einfache Rhythmen spielen. Gar nicht so einfach war es jedoch, die Finger an das Bassspielen zu gewöhnen, denn beim Üben begannen sie schon nach kurzer Zeit zu schmerzen. Bussards ehemaliger Nachbar hatte sich nicht gemeldet, weder bei der Hausverwaltung noch beim Fundbüro, und so hatte der Kommissar die Gelegenheit beim Schopf gepackt. Über eine Zeitungsanzeige hatte er einen Lehrer gefunden, der ihm die Grundlagen des Bassspielens beibrachte. Bussard verzichtete auf den Bogen und zupfte stattdessen die Saiten mit den Fingern, wie es beim Blues und Jazz üblich war. Auch wenn wie so oft aller Anfang schwer war, so machte es Bussard richtig viel Spaß, etwas zu erlernen, womit er sich noch nie beschäftigt hatte. Den Groove hatte er noch nicht, doch er spürte, dass die Musik sein Leben bereicherte. Beim konzentrierten Üben, das er mittlerweile seit drei Wochen hingebungsvoll betrieb, vergaß er die Welt um sich herum und wenn er nach einer Stunde das Instrument in den Koffer zurücklegte, dann fühlte er sich jedes Mal ein wenig beschwingt. Vielleicht waren es die tiefen Töne des Kontrabasses, die eine Saite in seinem Inneren zum Klingen brachten, aber vielleicht war es auch nur die tägliche Übungsstunde, die ihm ein wenig Abstand von seinen Sorgen brachte. An sein neues Leben als Single und ohne seine Töchter hatte er sich noch nicht gewöhnt, doch er hatte zumindest das Wochenende mit ihnen genossen. Von Freitagabend bis Sonntagabend hatten sie seine Wohnung mit Leben gefüllt. Er hatte eine große Luftmatratze gekauft, auf der sie geschlafen hatten und es hatte ihm gut getan, morgens mit ihnen zu frühstücken und ihnen abends etwas vorzulesen. Es war ein vergnügliches Wochenende gewesen, heiter und sorgenfrei, und zum ersten Mal seit Wochen hatte er den Montagmorgen gut gelaunt begonnen.

Drei Wochen waren seit der Mordserie vergangen, die mit dem Tod von Frieder Petermann geendet hatte. Bussard hatte eine Untersuchung der Inneren Abteilung über sich ergehen lassen müssen, doch das war eine reine Formalität gewesen. Er hatte auch nichts anderes erwartet, denn Schmieder hatte bestätigt, dass die Tötung Petermanns unvermeidlich gewesen war, um Schmieders und Bussards eigenes Leben zu retten. Trotzdem waren Bussards Nerven während der Untersuchung bis zum Zerreißen gespannt gewesen. Er hatte sich mit der offiziellen Version der Ereignisse nicht abfinden wollen, die aus Hafner einen dreifachen Mörder gemacht hatte, doch wenn er die Wahrheit gesagt hätte, dann hätte ihn Schmieder des kaltblütigen Mordes aus Rache für einen erschossenen Kollegen bezichtigt. Zwei Tage lang hatte die Wut an ihm genagt und in seinem Büro hatte er sich gefühlt wie ein Tiger im Käfig. Einhundertmal hatte er den Entschluss gefasst, den Dienst zu quittieren und einhundertmal hatte er diesen Entschluss wieder verworfen. Dass Schmieder ihn aufs Kreuz gelegt und ihn kaltgestellt hatte, ärgerte Bussard maßlos, doch der Kriminalhauptkommissar, der mit Haut und Haaren Ermittler war, weigerte sich vehement, sich von Schmieder seinen Beruf ruinieren und seine Berufung infrage stellen zu lassen. Es hatte drei Tage gedauert, bis seine Wut langsam zu verrauchen begonnen hatte, doch dann hatten zwei Worte schlagartig alles verändert. Bussard hatte seinen Kollegen Wegner in dessen Büro aufgesucht, wo Wegner gerade das Radio eingeschaltet hatte. Der Radiosender hatte ein altes Stück der Schweizer Band *Yello* gespielt. Es waren nicht die beiden Worte „Oh Yeah" gewesen, die von den Pionieren des Techno-Pop ständig wiederholt worden waren, sondern der Klang der elektronisch verzerrten Stimme des Sängers, die Bussard an sein erstes Telefonat mit Petermann erinnert hatte.

Ermitteln Sie!

Die Erinnerung an diese Aufforderung war wie der Augenblick gewesen, in dem man seine Finger entspannte, um die Sehne des Bogens loszulassen, damit der Pfeil ins Ziel traf. Bussard hatte sich auf seine ureigene Stärke besonnen und das getan, was er am besten konnte.

Das Handy auf dem Wohnzimmertisch begann zu läuten. Bussard legte den Kontrabass in den Koffer zurück, nahm sein Handy und sah auf das Display. Die Leuchtschrift zeigte den Namen an, den er erwartet hatte.

*

Im Gebäude der Staatsanwaltschaft hatte sich eine kleine Schar Gäste versammelt. Fast jeder hielt ein Glas Champagner in der Hand, um mit dem neuen Leitenden Oberstaatsanwalt anzustoßen, dessen Ernennung unmittelbar bevorstand. Man wartete noch auf den Justizminister, der sein Kommen angekündigt hatte, aber noch nicht eingetroffen war.

„Herr Bussard", rief Schmieder und sein wie immer gerötetes Gesicht leuchtete wie die Abendsonne, „schön, dass Sie auch gekommen sind. Es freut mich, dass Sie sich zu diesem Anlass extra freigenommen haben."

„Ich habe Urlaub", erwiderte Bussard, „aber ich wollte sehen, wer Ihren Posten übernehmen wird."

„Da müssen Sie sich noch ein wenig gedulden", entgegnete Schmieder und zwinkerte dem Kommissar kumpelhaft zu. „Ich weiß zwar, wer der neue Oberstaatsanwalt sein wird, aber ich darf es noch nicht verraten, bevor die offizielle Ernennung stattgefunden hat."

Bussard hob sein Glas und prostete Schmieder zu. Er spürte, wie die Wut in seinem Inneren wieder hochkochte, doch er biss die Zähne zusammen und mahnte sich selbst zur Ruhe. Geduld war eine Tugend und das Glück kam zu dem, der warten konnte.

„Hallo, Bussard", sagte jemand hinter seinem Rücken und der Kommissar wandte sich um.

„Hallo, Sylvia", erwiderte er, „danke für deinen Anruf."

Die LKA-Beamtin wurde von einem Kollegen und zwei Uniformierten begleitet. Sie lächelte Bussard an und nickte unmerklich.

„Guten Tag, Frau Harter", grüßte Schmieder strahlend. „Wie geht es Ihnen? Ist Ihre Verletzung in der Zwischenzeit ausgeheilt?"

„Herr Schmieder", erwiderte sie und sah ihm direkt in die Augen, „ich verhafte Sie wegen falscher Anschuldigung, Falschaussage im Amt und Verabredung zur Vertuschung einer Straftat!"

Die Worte der LKA-Beamtin schlugen ein wie eine Bombe. Schmieder öffnete den Mund und riss die Augen auf. Sein eben noch strahlendes Gesicht verwandelte sich in eine Maske der Ungläubigkeit und das Champagnerglas entglitt seinen Fingern. Als es auf dem Boden aufschlug und zerbrach, verstummte das Gemurmel der Gäste.

„Sie …", begann er, doch es hatte ihm buchstäblich die Sprache verschlagen.

Sylvia, die einen schwarzen Hosenanzug trug, griff in die Innentasche ihres Jacketts und zog ein Dokument hervor.

„Hier ist der Haftbefehl", erklärte sie und reichte Schmieder das Schriftstück.

Schmieder nahm es entgegen, überflog den Inhalt und schüttelte den Kopf. Im Gesicht des zukünftig ehemaligen Oberstaatsanwalts konnte Bussard sehen, wie sich Schmieder fieberhaft darum bemühte, einen Ausweg aus der Situation zu finden. Der Haftbefehl hatte sein Selbstbewusstsein erschüttert, doch er gab sich noch nicht geschlagen.

„Das ist absurd", widersprach er, „die Anschuldigungen sind völlig haltlos. Vielleicht hat der Schlag auf Ihren Kopf Wahnvorstellungen bei Ihnen ausgelöst. Ich weiß nicht, wie Sie auf diese Verschwörungstheorie gekommen sind, aber ich versichere

Ihnen, dass Ihnen Ihr Auftritt hier sehr bald schon auf die Füße fallen wird, Frau Harter!"

Sylvia nahm Schmieder das Dokument aus der Hand, faltete es zusammen und steckte es wieder ein. Alle Gäste hatten sich ihr und Schmieder zugewandt und beobachteten in atemloser Spannung den Verlauf der Ereignisse. Man hatte auf Schmieders Ernennung zum Leitenden Oberstaatsanwalt gewartet, doch nun wurde jeder Zeuge einer Wendung, mit der niemand auch nur im Traum gerechnet hatte.

„Der Haftbefehl ist gültig", erklärte Sylvia ruhig und bestimmt.

„Der Haftbefehl ist ein Witz", entgegnete Schmieder. „Selbst wenn, und ich betone das ausdrücklich, selbst wenn an den Anschuldigungen etwas dran wäre, müssten Sie Beweise vorlegen, um diese abstruse Geschichte zu untermauern. Da die Anschuldigungen aber völlig aus der Luft gegriffen sind, können solche Beweise nicht existieren! Ich werde ..."

„Nein, das werden Sie nicht", unterbrach Sylvia. „Wir haben drei Zeugenaussagen, die den Verdacht gegen Sie erhärten."

„Zeugenaussagen? Was für Zeugen sollen das sein?"

„Erinnern Sie sich an Barbara Stadler?", fragte Sylvia. „Perch hat sie damals unter Druck gesetzt, damit sie das Alibi, das sie Petermann gegeben hatte, widerrief."

„Barbara Stadler", wiederholte Schmieder und lachte hämisch auf, „eine Drogenabhängige, die vor fünfzehn Jahren selbst nicht wusste, was sie in ihrem Rausch gesehen hatte? Auf diese Zeugenaussage wollen Sie sich berufen?"

Bussard spürte, wie sich ein Lächeln in seinen Mundwinkel stahl. Er hatte Barbara Stadler ausfindig gemacht und mit ihr gesprochen. Unter Tränen hatte sie berichtet, dass Petermann damals zur fraglichen Zeit bei ihr gewesen sei, dass sie ihre diesbezügliche Aussage jedoch unter dem Druck von Perch widerrufen hatte. Sie hatte sich ihren Mangel an Courage nie verziehen, weil Petermann deshalb schuldig gesprochen worden war und fünfzehn Jahre unschuldig im Gefängnis hatte verbringen müssen. Bussard hatte ihre Aussage aufgenommen und an Sylvia in Stuttgart weitergeleitet. Ohne Neudörfer oder einen seiner Kollegen zu informieren, hatte er auf eigene Faust im Petermann-Fall ermittelt. Mit Hilfe seines Freundes Hajo, dem Direktor der JVA, hatte Bussard einen zweiten Zeugen gefunden, dessen Aussage Schmieder nun schwer belastete.

„Die Zeugenaussage von Barbara Stadler ist eine Woche alt", erklärte Sylvia. „Frau Stadler bestätigt ihre erste Aussage von damals, wonach Frieder Petermann zur Tatzeit bei ihr gewesen sei. Uns liegt auch eine Aussage von Julius Bank vor."

„Julius Bank", fragte Schieder spöttisch, „wer soll das denn sein?"

„Herr Bank arbeitete 1997 als Vollzugsbeamter im Untersuchungsgefängnis", erläuterte die LKA-Beamtin. „Er hat bestätigt, dass er auf Anweisung von Ihnen und Doktor Radicz dem Essen von Frieder Petermann ein Medikament namens FLUCTIN beigemischt hat. Der Wirkstoff des Medikaments diente dazu, Petermann in einen aggressiven Zustand zu versetzen, um bei dem psychologischen Gutachten, das erstellt wurde, während Petermann unter dem Einfluss des Medikaments stand, zu einem gewünschten Ergebnis zu gelangen. Petermann sollte nach Verbüßung seiner Haftstrafe in die Sicherungsverwahrung überstellt werden, was das Gericht damals unter Würdigung des Gutachtens auch angeordnet hat. Im Haus des ermordeten Doktor Radicz sind wir auf Unterlagen gestoßen, die diesen Verdacht erhärten. In den persönlichen Aufzeichnungen des ehemaligen Amtsarztes sind die Gaben von FLUCTIN, die Petermann verabreicht wurden, dokumentiert."

Schmieders selbstsicherer, überheblicher Blick veränderte sich. Seine Augenbewegungen wurden schneller und wie ein gehetztes Tier blickte er zwischen der LKA-Beamtin und ihrem Kollegen hin und her. Die beiden Uniformierten hatten sich rechts und links hinter ihm postiert und die juristische Schlinge, die Sylvia ihm um den Hals gelegt hatte, zog sich langsam, aber unaufhaltsam zu. Er hatte nicht im Traum damit gerechnet, dass Radicz Unterlagen aufbewahrt haben könnte, die für den ehemaligen Amtsarzt eine Art Lebensversicherung dargestellt hatten, falls Strahle oder Schmieder seine kleine Gefälligkeit von damals vergessen hätten. Fünfzehn Jahre lang hatten sie im Haus von Radicz vor sich hin geschlummert, um nun wie ein Geist aus der Vergangenheit plötzlich und unerwartet wieder aufzutauchen.

„Wir haben eine weitere Zeugenaussage von Matthias Hofstädter …", fuhr Sylvia unbarmherzig fort.

„Hofstädter?", krächzte Schmieder.

„… der heute als Staatssekretär im Justizministerium arbeitet. Hofstädter hat damals die Ungereimtheiten im Petermann-Fall bemerkt. Er hatte seine Bedenken Achim Strahle gegenüber geäußert, doch Strahle, der Initiator der Verschwörung, hat Hofstädter damals einen Maulkorb verpasst."

„Hofstädter", flüsterte Schmieder heiser, „er steckt hinter der ganzen Sache."

„Festnehmen", befahl die LKA-Beamtin und die beiden Uniformierten legten Schmieder Handschellen an.

„Damit werden Sie nicht durchkommen", prophezeite Schmieder, doch seine Stimme hatte jede Selbstsicherheit verloren.

In seinen Augen, die kurz zuvor noch an ein gehetztes Tier erinnert hatten, erkannte Bussard, dass Schmieder wusste, dass er verloren hatte. Vielleicht tat er es nur aus alter Gewohnheit, aber vielleicht konnte er seine Niederlage auch noch nicht völlig akzeptieren, denn er gab sich noch immer kämpferisch.

„Das werden Sie noch bereuen! Sie haben nur Indizien, aber keinen einzigen Beweis. Ihre Zeugenaussagen sind das Papier nicht wert, auf dem sie festgehalten wurden. Ich werde Ihre Zeugen vor Gericht in der Luft zerreißen und Sie werden sich wünschen, dass Sie diesen Fehler niemals gemacht hätten!"

Das zufriedene Lächeln stand noch immer in Bussards Mundwinkeln. Er nickte Sylvia dankbar zu, weil sie ihm als Gegenleistung für seine Ermittlungen ermöglicht hatte, bei Schmieders Verhaftung zugegen zu sein. Schmieder hatte sich nicht nur fünfzehn Jahre zuvor als Mitglied einer Verschwörung gegen Petermann strafbar gemacht, um Strahles Sohn Jonas vor einer Verurteilung wegen Mordes zu bewahren. Er hatte Bussard erpresst und das hatte der Kommissar nicht auf sich beruhen lassen können. Schmieder hatte ihn herausgefordert und der Ermittler hatte den Fehdehandschuh aufgenommen. Er hatte Barbara Stadler und Julius Bank ausfindig gemacht. Im Haus von Radicz hatte er die Aufzeichnungen gefunden, die der frühere Amtsarzt als Versicherung aufbewahrt hatte, falls ihm der Wind einmal aus Strahles Richtung ins Gesicht blasen würde. Den wichtigsten Zeugen aber, der Schmieder den Todesstoß versetzen würde, hatte der Kommissar noch nicht präsentiert.

„Es gibt noch einen weiteren Zeugen", erklärte Bussard und selten waren ihm die Worte mit so viel Genugtuung über die Lippen gekommen.

Schmieder wandte den Kopf und warf Bussard einen Blick zu, der verächtlich hätte sein sollen, aber ziemlich kläglich geriet. Bussard erwiderte den Blick mit einem Lächeln, das kalt wie Eis war. Der Kommissar beugte sich vor, brachte seinen Mund neben Schmieders Ohr und sprach so leise, dass nur Schmieder ihn verstehen konnte.

„Falls Sie nicht geständig sind, dann werde ich Strafanzeige wegen Erpressung gegen Sie stellen. Es gibt einen Zeugen, der alles mitangehört hat."

„Unmöglich", zischte Schmieder, „wer soll das sein?"

Bussard trat einen halben Schritt zurück und fixierte den Blick des Oberstaatsanwalts für einen Moment, dann drehte er langsam den Kopf. Er sah Sylvia an, die Schmieder vielsagend zunickte. Schmieders Blick ging zwischen dem Kommissar und der LKA-Beamtin hin und her. Er wusste, dass sie im entscheidenden Moment bewusstlos gewesen war. Sie konnte von der Erpressung nichts mitbekommen haben, doch falls sie bei einem Prozess eine Falschaussage zu Protokoll geben würde, dann würde ihr niemand das Gegenteil nachweisen können. Mit Schrecken erkannte Schmieder, dass er den Kommissar unterschätzt hatte. Bussard und seine ehemalige Kollegin hatten ihn mit seinen eigenen Waffen geschlagen.

„Abführen!", befahl die LKA-Beamtin.

Die beiden Uniformierten packten den Oberstaatsanwalt an den Armen. Schmieder warf Bussard einen letzten Blick zu und in den Augen des Kommissars konnte er seine eigene Zukunft sehen.

„Glaubst du, dass er den Bluff durchschaut hat?", fragte Sylvia leise, nachdem Schmieder außer Hörweite war.

„Schmieder ist nicht dumm", erwiderte Bussard ebenso leise, „er weiß aus eigener Erfahrung, wie man jemandem bei einem Prozess mit einer Falschaussage das Genick bricht. In den nächsten Tagen wird er sich hundertmal fragen, ob wir geblufft haben und er wird hundertmal zu dem Ergebnis kommen, dass es besser sein wird, es nicht darauf ankommen zu lassen. Leute wie er trauen anderen alles Schlechte zu und deshalb wird er versuchen, einen Deal auszuhandeln. Ich weiß, dass er gestehen wird."

„Wir werden sehen", erwiderte Sylvia und nickte Bussard ein letztes Mal lächelnd zu. „Mach´s gut und lass mal wieder etwas von dir hören."

Sie wandte sich um und folgte Schmieder, der von ihrem Stuttgarter Kollegen und den beiden Uniformierten die Treppe hinuntergeführt wurde. Als ihr Blick auf die Handschellen fiel, mit denen seine Hände auf dem Rücken gefesselt waren, erinnerte sie sich an Bussards Worte, wonach Schmieder den Kommissar ins offene Messer hatte laufen lassen. Der Oberstaatsanwalt hatte jedoch nicht damit gerechnet, dass Bussard das Messer vorher umdrehen würde.

Die lange Tote vom Münsterplatz

Anne Grießer (Hrsg.)
256 Seiten, Euro 11,90

Wer bislang glaubte, Freiburg sei eine beschauliche Stadt, der Schwarzwald ein Idyll und Südbaden ein friedliches Ländle, wird hier eines Besseren belehrt.
Auch im Schatten des Münsters lauert der Tod!
24 Kurzgeschichten bekannter Krimiautoren aus der Region garantieren packende Spannung von der ersten bis zur letzten Seite.
Neben heiter-skurrilen Geschichten finden sich dabei immer auch die ernsten, leisen, besinnlichen Töne, nicht selten lauert das Grauen hinter der nächsten Ecke.

Passen Sie gut auf sich auf, denn Mord ist eine ernste Sache. Eine todernste!

www.wellhoefer-verlag.de

Breisgauner

Anne Grießer (Hrsg.)
276 Seiten, Euro 11,90

Das liebliche Markgräfler Land, die geheimnisvollen Täler des Schwarzwaldes, die malerischen Städte Freiburg, Emmendingen und Waldkirch - sie alle werden Schauplätze von mörderischen Geschichten.
Begleiten Sie 26 bekannte Autorinnen und Autoren auf einer kriminellen Reise durch die Regio.
Lesen Sie, wie der Münsterturm über Nacht verschwinden konnte, was es mit einem schlecht riechenden Beifahrer im Höllental auf sich hat, warum ein kopfloser Schimmelreiter in Breitnau sein Unwesen treibt und wie eine harmlose Regiokarte zur tödlichen Falle werden kann.